Memórias de um urso-polar

Yoko Tawada

Memórias de um urso-polar

tradução
Lúcia Collischonn de Abreu
Gerson Roberto Neumann

todavia

I.
A teoria da evolução da avó

Alguém me fazia cócegas atrás das orelhas, sob as axilas. Eu me contorcia, transformava-me em lua cheia e rolava no chão. Talvez berrasse enquanto isso, com a voz rouca. Então virava minhas costas para o céu, espreguiçando-me, e enfiava a cabeça embaixo do ventre: agora eu era uma lua crescente, ainda muito jovem para me dar conta do perigo. Abria sem pensar meu ânus para o cosmos e o sentia em minhas entranhas. Teriam certamente rido de mim se eu falasse em cosmos naquela época. Eu era tão pequena, tão inocente, tão nova neste mundo. Sem meu pelo felpudo era nada mais que um embrião. Ainda não conseguia andar direito, mesmo que minhas patas já fossem desenvolvidas o bastante para agarrar e segurar. Cada tropeço me levava um pouco mais adiante, mas será que eu estava, de fato, "indo" para algum lugar? Meu campo de visão estava revestido por uma névoa, que ressoava no meu ouvido. Nada do que eu via ou ouvia tinha contornos claros. Minha vontade de viver morava basicamente nas patas e na língua.

Minha língua ainda conseguia se lembrar do gosto do leite materno. Eu pegava o dedo indicador daquele homem com a boca e chupava, o que me acalmava. Os pelos que cresciam no nó dos seus dedos eram como cerdas de uma escova. O dedo se arrastava como verme dentro de minha boca e cutucava. Ele então empurrava meu peito, convidava-me para dentro do ringue.

Exausta da brincadeira, eu punha minhas patas no chão e levantava o queixo — a postura em que mais gostava de ficar para esperar a próxima refeição. Em meu torpor, lambia meus próprios lábios, e o gosto do mel vinha à mente, mesmo que eu o tivesse provado somente uma vez na vida.

Um dia, o homem atou minhas patas com um objeto estranho. Tentei me libertar, mas não consegui. Minhas patas nuas doíam, como se o chão sob elas espetasse. Eu levantava a pata direita e logo depois a esquerda, mas não conseguia manter o equilíbrio e caía para a frente. No contato com o chão, as dores voltavam. Meu corpo repelia o chão, meu tronco se estendia para cima e para trás, e eu conseguia ficar na vertical por alguns segundos. Depois de uma respiração, caía novamente, por cima da pata esquerda. Doía, e por isso de novo eu repelia o chão abaixo de mim. Após várias tentativas, consegui me equilibrar sobre duas patas.

Escrever: um ato estranho. Quando olhei para a frase que havia acabado de colocar no papel, senti vertigem. Onde estou agora? Entrei em minha história e desapareci nela. Para voltar, afastei meu olhar do manuscrito e deixei-o focar na janela até que eu finalmente estivesse de volta ao aqui e agora. Mas onde é o aqui? E quando é o agora?

A noite tinha atingido sua peculiar profundidade. Parei na janela do meu quarto de hotel e olhei para a praça lá fora, que lembrava um palco, talvez pela luz circular que um poste criava ao redor de si. Um gato dividiu a luz em dois com seus passos imponentes. Na vizinhança, predominava um silêncio transparente.

Nesse dia, participei de um congresso. Ao final, todos os participantes foram convidados para um jantar comemorativo. Quando voltei para o hotel, à noite, tinha uma sede de ursa, que saciei tomando água direto da torneira. O gosto das anchovas oleosas não queria deixar minha boca. No espelho, vi minha boca manchada de vermelho. Era o trabalho magistral da beterraba. Eu não gostava muito de raízes, mas quando as via nadando em um *borsch* só queria beijá-las. Com as ilhas de gordura, que me abriam o apetite para carne, a beterraba parecia irresistível.

As molas rangeram sob meu peso de ursa. Sentei no sofá e pensei que a conferência tinha sido, de novo, desinteressante, mas me levara inesperadamente de volta à minha infância. O tema da discussão era a importância da bicicleta para a economia nacional.

Qualquer um, especialmente um artista, tinha de assumir que ser convidado para uma conferência era uma armadilha. Por isso, a maioria dos participantes não queria se pronunciar, a menos que fossem obrigados. Já eu participava por vontade própria, levantando minha pata direita de forma consciente, elegante, desenvolta e sem rodeios. Todos os outros no auditório olhavam para mim. Eu já estava acostumada a atrair a atenção de toda a plateia.

A parte superior do meu corpo, macia e corpulenta, é envolvida por pelo branco. Quando levanto meu braço e movo meu tórax um pouco para a frente, centelhas de luz estonteantes voam no ar. Eu me encontrava em meio à ação, enquanto as mesas, as paredes e até as pessoas presentes empalideciam lentamente e se confundiam com o plano de fundo. A cor branca e brilhante de meu pelo se diferencia do branco comum. É permeável. Assim, a luz do sol podia atravessar o pelo e alcançar minha pele, sob a qual era cuidadosamente conservada. Essa é a cor dos meus antepassados, que permitiu que sobrevivessem no círculo ártico.

Para expressar uma opinião, é preciso ser visto pelos coordenadores. Para isso, deve-se levantar a mão rapidamente, mais rápido do que os outros. Quase ninguém consegue levantar sua mão tão rápido numa conferência quanto eu. "Aparentemente você ama expressar sua opinião." Uma vez ouvi esse comentário irônico. Contra-ataquei com um simples: "Este é o princípio básico da democracia, não é?". Apesar disso, nesse dia concluí que não era minha livre expressão, e sim uma espécie de reflexo que fazia minha pata levantar rapidamente. Esse reconhecimento me causou uma pontada no peito. Eu tentava afastar essas dores de mim e me encontrar de novo em meu ritmo habitual, que era de compasso quaternário: a primeira batida era o tímido "Por favor" do coordenador, a segunda batida era a palavra "Eu". Eu jogava essa palavra em cima da mesa. Na terceira batida todos os ouvintes engoliam em seco, e na quarta batida eu arriscava um passo corajoso em que eu dizia "acho" claramente. Para que tudo entrasse no compasso, eu acentuava, obviamente, a segunda e a quarta batidas.

Eu não pretendia dançar, mas meus quadris começavam a se balançar de um lado para outro na cadeira. A cadeira dançava junto e rangia contente. Cada sílaba acentuada era como uma batida em um tamborim, que ritmizava minha fala. Os outros me ouviam como se enfeitiçados, esqueciam suas obrigações, vaidades e a si mesmos. Os lábios dos homens pendiam flácidos, seus dentes brilhavam em um branco cremoso, da ponta de suas línguas pingava algo como sua corpulência liquidificada em forma de saliva.

"A bicicleta é sem dúvida a maior invenção da história da civilização. É a flor do picadeiro, o herói de toda a política ecológica. No futuro próximo, todas as grandes cidades serão dominadas por bicicletas. Não somente isso: todo lar terá seu próprio gerador, que estará conectado a uma bicicleta. Então poderemos nos exercitar e produzir energia ao mesmo tempo. Poderemos também simplesmente montar na bicicleta para visitar nossos amigos, em vez de ligar ou enviar um e-mail. Quando usarmos a bicicleta de forma multifuncional, vários aparelhos eletrônicos vão se tornar supérfluos."

Eu via que uma nuvem negra se formava sobre alguns rostos. Colocava ainda mais força na minha voz e continuava: "Vamos pedalar até um rio e lá lavaremos nossas roupas. Vamos pedalar até a floresta e lá juntaremos lenha. Não precisaremos mais de máquinas de lavar, não dependeremos mais de energia ou gás para aquecer a casa ou preparar a comida". Alguns rostos se divertiam com meu turbilhão de pensamentos e mostravam sorrisos contidos, enquanto os outros se petrificavam, acinzentados. Não tem problema, eu me encorajava, não se deixe envergonhar! Não preste atenção aos entediados! Relaxe! Ignore o público falso à sua frente, imagine centenas de sorrisos amigáveis e continue a falar. Isto é um circo. Toda conferência é um circo.

O coordenador tossiu com leve desdém, como se quisesse mostrar que não tinha interesse algum em dançar conforme minha música. Então, trocou olhares com um funcionário barbudo que estava sentado ao lado dele. Lembrei que os dois homens tinham entrado lado a lado no local da conferência. O funcionário, magro como um prego, usava um terno preto opaco, apesar de não estar em um enterro. Ele começou a falar sem antes se apresentar: "Rejeitar automóveis e adorar as bicicletas: um culto sentimental e decadente que já conhecemos de países ocidentais. Os holandeses são bons exemplos disso. Ao mesmo tempo, ainda é urgentemente necessário fomentar a cultura das máquinas. Devemos unir de forma razoável os locais de trabalho com os lares. As bicicletas produzem a ilusão de que se pode ir a qualquer lugar a qualquer momento, quando bem se entende. Uma cultura da bicicleta poderia exercer uma influência questionável em nossa sociedade". Levantei a mão para contradizer esse argumento. O coordenador, entretanto, me ignorou e anunciou o intervalo para o almoço. Saí do recinto, sem ter trocado uma palavra com ninguém, e corri para fora do prédio, como uma menininha fugindo da escola.

Quando criança, eu era sempre a primeira a sair da sala no recreio, desde a pré-escola. Corria até o cantinho mais afastado do pátio, como se aquela pequena mancha na terra significasse algo muito especial. Na realidade, era somente um lugar úmido na sombra, sob uma figueira, onde alguns moradores mal-educados largavam o lixo. Nenhuma criança se aproximava daquele lugar além de mim, o que me agradava. Uma vez, uma das crianças esperou por mim escondida embaixo da figueira para me assustar por trás. Lancei-a por cima do ombro. Foi só instinto de defesa, sem má intenção. Como meu físico era forte, ela voou pelos ares.

As outras crianças me chamavam, em segredo, de "musaranha" ou "menina das neves", como descobri posteriormente. Eu não teria nunca ouvido esses apelidos se uma delas não tivesse me contado. Na época, a criança o fez como se tivesse se colocado no meu lugar, como se tentasse me ajudar, mas talvez seu coraçãozinho gostasse da ideia de me machucar. Até aquele momento, eu nunca tinha me perguntado como era vista pelos olhos das outras crianças. O formato do meu nariz e a cor do meu pelo me diferenciavam da massa. Percebi isso pela primeira vez através dos apelidos.

Ao lado do centro de conferências, havia um parque tranquilo com bancos brancos. Escolhi um à sombra. Atrás de mim, ouvia um sussurro, provavelmente de um córrego. A pastagem enfiava, por tédio, seus finos dedos na água, elegante e traiçoeira, talvez querendo brincar com ela. Brotos verde-claros apontavam suas hastes. A terra sob a sola dos meus pés se soltava, mas não era o trabalho de uma toupeira, e sim de pés de açafrão. Alguns deles eram pretensiosos e aventuravam-se a imitar a torre de Pisa. Sentia uma comichão nos ouvidos. Nunca insistir!, uma regra a que nunca desobedeci, pelo menos na época em que trabalhava no circo. A comichão não vinha da cera do ouvido, mas do pólen e do canto dos pássaros, que bicavam no ar incansáveis semicolcheias. A primavera cor-de-rosa me surpreendia com sua chegada sem aviso prévio.

Que tipo de truque teria utilizado para chegar daquele jeito a Kiev, sem ninguém notar, e tão rápido, com aquela grande delegação de pássaros e flores? Será que já se preparava em segredo havia várias semanas? Será que eu era a única que não tinha percebido, tão ocupada com o inverno que tomara posse de minha consciência? Falo a contragosto sobre o clima, e assim nunca me dou conta das previsões sobre suas grandes mudanças. A Primavera de Praga também veio a mim como uma surpresa. Quando pensei no nome "Praga", meu coração começou a bater claramente mais forte. Talvez uma mudança ainda maior no tempo vá me surpreender e eu seja a única aqui que não tem a mínima ideia do que está por vir!

A terra congelada derretia e chorava lamacenta. Das narinas irritadas se arrastava uma lesma em formato de coriza. As lágrimas brotavam da mucosa inchada ao redor dos olhos. Resumindo: a primavera é tempo de luto. Alguns dizem que ela nos rejuvenesce. Mas quem rejuvenesce volta aos tempos de infância, e isso pode machucar. Enquanto eu pudesse me orgulhar de ser a primeira a expressar minha opinião em todas as conferências, estaria bom para mim. Não queria, de forma alguma, entender como havia chegado àquele rápido movimento de mão.

Não havia sede de conhecimento em mim, mas o leite derramado da sabedoria não queria voltar ao copo. O mais doce aroma do leite emanava da toalha de mesa, e eu chorava minha primavera. A infância, o mel amargo, pinicava minha língua. Era sempre Ivan quem preparava minha comida. Eu não tinha nenhuma lembrança de minha mãe. Para onde ela havia ido?

Na época, ainda não sabia como deveria designar aquela parte do corpo. Não sentia mais aquele formigamento doloroso quando repelia o chão, a reação era na verdade um simples reflexo. Apesar disso, para mim não era possível manter o equilíbrio por muito tempo. Assim que aquela parte do corpo entrava em contato com o chão, doía novamente.

Eu ouvia Ivan gritar "Ai!" quando batia a canela em alguma coisa ou quando era picado por uma vespa. Para mim, estava claro que a expressão "Ai!" pertencia a uma sensação específica de uma pessoa. Eu acreditava que quem sentia a dor era o chão, e não eu. O chão, e não eu, deveria mudar para que as dores se fossem. Por causa das dores, afastava novamente o chão de mim para levar a parte superior do meu corpo para cima. Assim, esticava a coluna vertebral como um arco, mas não conseguia mantê-la daquele modo por muito tempo. Eu cedia e novamente me encontrava sobre quatro patas. Se repelia o chão com muita força, caía oblíqua para trás. Quanto tentei até que conseguisse ficar por um tempo sobre duas patas!

Após o jantar oficial, voltei ao quarto de hotel e escrevi até este ponto. Escrever não era uma atividade com a qual estava habituada. O cansaço caiu sobre minha cabeça e adormeci sentada à escrivaninha. Na manhã seguinte, quando acordei, senti que durante a noite havia envelhecido. Agora começava a segunda metade da vida. Em uma corrida de longa distância, eu teria atingido o ponto de retorno. Devo voltar, meu objetivo é a linha de partida. Lá, onde as dores começaram, também acabarão.

Ivan pegou um pedaço de sardinha da lata, esmagou com um pilão, misturou um pouco de leite e me passou. Feito especialmente para mim. Se eu excretava alguma coisa no chão, lá vinha ele imediatamente com pá e vassoura para limpar. Ivan nunca me xingava, nunca ouvi uma reclamação sequer sair de sua boca. Para ele, o asseio era prioridade. Todos os dias, vinha com uma mangueira comprida e uma escova especial para limpar o chão. Às vezes, apontava a mangueira na minha direção. Nada era mais divertido do que ser molhada com água gelada.

Eram raras as vezes, mas ainda assim existentes, em que Ivan não tinha tarefas. Quando isso acontecia, ele se sentava no chão, ajeitava seu violão no colo, dedilhava as cordas e cantava. Uma triste melodia dos becos mais úmidos e escondidos mudava para uma música rítmica dançante que levava a uma nota sem fim. Eu era toda ouvidos. Aquilo despertava algo em mim, talvez a primeira saudade do desconhecido. Os lugares distantes ainda não vistos me atraíam, e eu me sentia dilacerada entre aqui e lá.

Às vezes, o olhar de Ivan encontrava o meu sem querer, e eu, no próximo instante, já estava em seus braços. Ele apertava minha cabeça contra sua garganta, esfregava sua bochecha contra a minha. Fazia-me cócegas, rolava meu corpo de um lado para outro no chão e se jogava sobre mim.

Desde a volta de Kiev, eu ficava muito tempo em meu quarto em Moscou e arranhava incessantemente meu texto. Minha cabeça se curvava sobre o papel de carta que peguei do hotel sem pedir permissão. Repintava um e outro momento da minha infância e não conseguia ir adiante. Minhas lembranças iam e vinham como as ondas na praia. Cada uma se assemelhava à anterior, mas nenhuma era idêntica à outra. Para mim, não havia opção a não ser relatar aquela mesma cena muitas e muitas vezes, sem poder dizer qual relato seria o definitivo.

Por muito tempo, eu não tinha ideia do que tudo significava. Ficava na jaula, assim era sempre a atração no picadeiro, nunca uma espectadora. Se no meio-tempo tivesse saído, teria visto o forno instalado embaixo da jaula. Teria visto como Ivan colocava lenha nele e ateava fogo. Talvez também tivesse visto o gramofone com uma tulipa preta gigante que ficava em uma armação atrás da jaula. Quando o piso da jaula esquentava, Ivan deixava a agulha cair no disco. A música de fanfarra quebrava o ar como um punho em um vidro, e logo minhas patas sentiam uma dor ardente. Eu levantava e as dores sumiam.

Por dias e semanas aquele mesmo jogo se repetia. Ao final, estava tão treinada que, ao ouvir o som da fanfarra, já ficava de pé automaticamente. Na época, eu não conhecia o conceito de "ficar de pé", mas para mim era claro qual era a postura do meu corpo que me livrava da dor, e aquele conhecimento estava marcado a ferro em meu cérebro, juntamente com Ivan gritando "De pé!" e o bastão que ele levantava.

Eu aprendia expressões como "De pé!", "Muito bem" ou "Mais uma vez!". Presumia que as coisas estranhas atadas aos meus pés eram sapatos especiais que não deixavam passar o calor. Contanto que estivesse sobre duas patas, não doía, não importando quanto o chão ardesse.

Quando a fanfarra acabava de tocar e eu havia me estabilizado sobre duas pernas, era a vez do cubo de açúcar. Primeiro Ivan dizia a palavra "açúcar" muito cuidadosamente e punha um cubo em minha boca. Foi para mim o primeiro nome para o doce ânimo que derretia na minha língua depois da fanfarra e do levantar.

De repente Ivan estava parado de pé ao meu lado, olhando de cima meu texto. "Ivan! Como vai? Quanto tempo!" Eu queria dizer aquilo a ele, mas minha voz falhava. Enquanto inspirava e expirava bem fundo várias vezes, a silhueta dele desapareceu, em completo silêncio. Ele deixou para trás um calor corporal íntimo e um leve queimar na minha pele. Para mim, era difícil voltar a respirar. Ivan, que havia muito estava morto em mim, voltara à vida porque eu havia escrito sobre ele. As garras de uma águia invisível agarravam meu peito, eu não conseguia continuar respirando. Preciso imediatamente beber um pouco daquela água transparente e benta, pensei, para me livrar da pressão insuportável. Na época, era difícil achar uma boa vodca na cidade, pois a maioria era exportada para atrair divisas estrangeiras para o país. A zeladora da casa malcuidada onde eu morava tinha orgulho de seus contatos, que ocasionalmente lhe levavam valiosos produtos de graça. Eu sabia que ela às vezes escondia uma garrafa no armário para si.

Corri do apartamento, desci voando as escadas e ataquei a zeladora, perguntando se teria certa aguinha no apartamento dela. Em seu rosto brotou um sorriso estranho, que lembrava a escrita cuneiforme dos sumérios. Ela friccionou indecorosa o dedo indicador contra o polegar e me perguntou: "Você por acaso recebeu...?". Respondi irritada: "Não! Não tenho nenhuma moeda estrangeira!". Por eu ter exposto, de forma seca e fria, através das palavras "moeda estrangeira" o segredinho doce e estimulante que ela queria compartilhar comigo de forma íntima, a zeladora se afastou de mim com ar ofendido. Eu precisava reconquistá-la com um papo-furado qualquer.

"Você está de penteado novo. Ficou muito bem."

"Ah, esse meu cabelo de palha? Dormi a noite inteira parada, dura como pedra."

"E seus novos sapatos? São lindíssimos!"

"O quê? Os sapatos? Você notou? Não são novos. Ganhei de parentes. Gosto deles."

Mesmo que os elogios soassem como puro puxa-saquismo, e bem desajeitado, a zeladora estava disposta a reconhecer minhas boas intenções. Seu olhar voltou rastejando para mim, como um verme gorduroso e peludo.

"Você não bebe. Por que o interesse pela minha vodca?"

"Ela me lembra da minha infância, e agora ela me angustia, mesmo que eu tenha esquecido tudo há muito tempo. Minha respiração está tão pesada."

"Você se lembrou de algo desagradável?"

"Não, quer dizer, ainda não sei se é desagradável ou não. No momento só estou com essa dificuldade de respirar."

"Você não deve beber para esquecer. Senão vai acabar que nem o pobre oficial que morava no apartamento acima do seu."

Ouvi uma vez um estouro pesado contra o paralelepípedo na frente do prédio. Parecia algo muito mais pesado que o corpo de um homem adulto. Ouvi o estrondo mais uma vez e fiquei arrepiada.

"Você deveria escrever um diário, se quer sedimentar suas lembranças."

O conselho me surpreendeu. Soava muito intelectual, não combinava com ela. Fiz mais perguntas e a zeladora admitiu ter lido em russo *Sarashina Nikki*, uma obra-prima do gênero diário da literatura japonesa medieval. Conseguira um exemplar através de um contato seu, apesar da edição limitada de cinquenta mil exemplares ter se esgotado na pré-venda. O orgulho de suas conexões era provavelmente o único motivo pelo qual ela lera aquilo.

"Você deve ter a coragem de escrever, assim como a autora desse livro!"

"Mas eu pensava que num diário se escrevessem os acontecimentos diários. Eu queria trazer de volta, através da escrita, coisas das quais não me lembro mais."

A zeladora me ouviu atenta, então me fez casualmente uma nova sugestão: "Então escreva uma autobiografia!".

Existiam motivos pelos quais eu havia abandonado minha carreira nos palcos para gastar meu tempo precioso em conferências tediosas. Quando eu era a estrela brilhante de nosso circo, tivemos que organizar um programa conjunto com uma trupe de dança de Cuba. De início, haviam pensado em apresentações alternadas, sem efetivamente criar uma síntese. Mas nosso trabalho conjunto evolui para uma direção inesperada. Eu me apaixonei pela forma sul-americana de dançar, queria aprendê-la e incorporá-la ao meu repertório. Fiz um curso rápido de dança sul-americana e treinava com empenho. Com muito empenho. Depois de mexer meus quadris insistentemente por horas e dias inteiros, meus joelhos ficaram tão danificados que não estava mais apta a fazer nenhuma acrobacia. Eu me tornei inútil para o circo. Normalmente teriam me sacrificado, mas por sorte me transferiram para a equipe administrativa.

Eu nunca teria imaginado que possuía talento para um cargo de escritório. O departamento de recursos humanos só reparava nas habilidades dos empregados quando podiam ser aplicadas e utilizadas a seu próprio favor. Eu até arriscaria dizer que, em mim, a ordem do escritório já era inata. Meu nariz conseguia cheirar e diferenciar as contas importantes das desimportantes. Meu relógio interno sempre tiquetaqueava corretamente, de modo que eu não olhava nunca para o relógio, mas mesmo assim era pontual. Para um cálculo, não precisava nunca brigar com os números, pois conseguia ler no rosto dos empregados quanto cada um deveria receber. Quando queria, podia aprovar qualquer projeto do meu chefe, não importando quão utópico soasse o conceito. Minha boca dominava a arte de mastigar um plano de difícil digestão e retransmiti-lo de forma convincente.

Havia muito que eu pudesse fazer pelo nosso circo e o balé: preparação para as turnês internacionais, divulgação para a imprensa, anúncio de novas vagas, a usual papelada administrativa e, acima de tudo, participação em conferências.

Eu estava gostando de minha nova vida até começar a escrever minha autobiografia. Então perdi, de repente, a vontade de ir a conferências. Quando me encontrava sentada em meu quarto, lambendo a ponta do lápis, só queria continuar lambendo, sem ver viva alma por todo o inverno enquanto trabalhava na minha autobiografia. O escrever não se diferencia tanto da hibernação. Aos olhos dos outros, eu poderia parecer adormecida, mas na toca de urso do meu cérebro eu dava à luz minha própria infância e a criava até vê-la crescer.

Eu chupava sonhadora meu lápis quando recebi um telegrama no qual se lia que eu deveria participar de um congresso no dia seguinte. O tema era "As condições de trabalho do artista".

Conferências são comparáveis a coelhos: em uma conferência se constata, na maioria das vezes, que há a necessidade de outra conferência. As conferências se multiplicam rapidamente. Quando não se faz nada contra, elas se transformam em tantas, tão rápido, que não se pode mais cobrir suas necessidades, mesmo que cada um de nós sacrifique diariamente boa parte de seu tempo com elas. Devemos pensar em uma maneira de abolir as conferências. Se não conseguirmos, nosso traseiro ficará plano após tantas horas sentados; além disso, todas as organizações e instituições entrarão em colapso sob o peso de nosso cérebro. Há sempre um número cada vez maior de pessoas que usam a cabeça prioritariamente para pensar em uma desculpa verossímil para não ir à próxima conferência. Assim o vírus do subterfúgio se alastra mais rápido do que todas as gripes perigosas. Além disso, os parentes reais e fictícios deverão morrer mais de uma vez na vida para que seus enterros funcionem como desculpa. Não tenho nenhum parente que eu possa mandar para uma morte fictícia. Meu condicionamento corporal naturalmente não permite nenhuma gripe. Assim, não tenho desculpas. O tempo passou e eu me perdi em minha agenda, que foi dominada pelo bolor negro dos compromissos.

Além de congressos e conferências, eu fazia visitas formais para cuidar dos convidados oficiais do circo e para participar de almoços de negócios. Essa atividade me deixava cada vez mais cheinha e era o único aspecto positivo em minha nova vida. Em vez de dançar em um palco, eu sentava em uma poltrona confortável em uma sala de conferências, depois sujava meus dedos em um *pierogi* bem gorduroso, comia um encorpado *borsch*, enfiava o negro e brilhante caviar para dentro e montava em meu corpo um acervo de gordura.

Eu poderia continuar vivendo desse jeito se a primavera não tivesse me surpreendido e estremecido. Agora lá estava eu, deitada como se houvesse caído de uma escada alta. Em uma vistoria rotineira das telhas, nunca teria imaginado que a casa poderia implodir de repente. Uma união perfeitamente organizada, um heroico autorretrato de bronze, um humor estável, sem altos e baixos, um ritmo de vida regular: ela estava prestes a desabar e eu não suspeitava de nada. Não seria muito esperto continuar sentada em um navio naufragando, seria melhor simplesmente pular no mar aberto e mexer os próprios membros. Era a primeira vez que eu recusava o convite para uma conferência. Tinha medo de ser destruída pela minha recusa, pois quem não executa suas obrigações perde sua razão de existir. Mas minha vontade de continuar escrevendo minha autobiografia já estava naquele ponto três vezes mais forte do que o medo da destruição de minha existência.

Era uma sensação solitária, a de escrever uma autobiografia. Até ali, tinha usado a língua principalmente para transportar uma opinião para fora. Agora a língua ficava em mim e tocava pontos fracos dentro de mim. Era como se eu estivesse criando algo proibido. Eu me envergonhava daquilo, não queria que ninguém lesse a história da minha vida. Mas, quando vi que as letras cobriam inteiramente o papel, senti desejo de mostrá-la a alguém. Talvez fosse comparável ao orgulho de uma criança pequena ao exibir seu produto fedido. Uma vez entrei na casa da zeladora enquanto sua neta apresentava aos adultos a "torta" marrom e fresca que havia pouco produzira. Ainda fumegava. Na época, fiquei impressionada, mas hoje consigo entender o orgulho da criança. O excremento foi a primeira façanha que ela produzira sem o auxílio de outros, e não havia nenhum motivo para desdenhar de seu orgulho.

Mas a quem eu deveria mostrar meu produto? A zeladora me era suspeita. Nossa amizade tinha, sim, algo de significativo, que vinha do coração, mas seu trabalho era espionar os moradores do prédio. Eu não tinha pais, meus colegas eu nem considerava, já que me evitavam quanto podiam. Não tinha amigos.

Lembrei-me de um homem que era chamado de "Leão-Marinho". Ele era editor de uma revista literária. Quando minha vida nos palcos ainda estava a todo vapor, ele era um de meus fãs, e me visitava no camarim com frequência com um luxuriante buquê de flores.

Leão-Marinho se parecia mais com uma foca do que com um leão-marinho, mas seu apelido era Leão-Marinho, e eu deveria chamá-lo assim, pois seu nome verdadeiro fugira-me da memória. Segundo ele, sentia-se febril desde a primeira vez que me vira no palco. Alegava estar perdidamente apaixonado por mim. Após me visitar nos bastidores nem sei quantas vezes, Leão-Marinho confessou seu desejo de dividir meu travesseiro. Mas ele já sabia que a natureza tinha feito nossos corpos incompatíveis.

Eu também me convenci, à primeira vista, de que nossos corpos não poderiam nunca se unir no ato sexual: o dele era úmido e escorregadio, enquanto o meu era seco e áspero. Tudo o que rodeava sua barba era esplendidamente formado, enquanto as pontas de seus quatro membros eram pateticamente fracas. Em contraste, minha própria força de vida se concentrava nas pontas dos meus dedos. Ele era careca de nascença, enquanto eu era toda coberta por um pelo grosso, da cabeça até a zona mais íntima. Nunca seríamos um bom casal. Mesmo assim, uma vez acabamos nos beijando. A sensação era como se um minúsculo peixe estivesse se debatendo em minha boca. Leão-Marinho tinha uma arcada dentária irregular, mas aquilo era o que menos me incomodava, já que reconheci de imediato sua verdadeira masculinidade no fato de que não tinha cáries. Aquilo eu podia apreciar verdadeiramente. Quando perguntei por que ele não tinha nenhum dente podre, Leão-Marinho me respondeu que era porque não comia doces. Eu, por outro lado, os achava irresistíveis. O que eu usaria como metáfora para a melhor época de minha vida se não houvesse doces?

Eu não o via fazia algum tempo, mas ele mantinha contato: de vez em quando me mandava seu mais recente catálogo, no qual estava impresso o endereço de seu escritório. Reuni coragem e decidi fazer uma visita sem avisar.

O escritório de sua firma, que se chamava Nordsternverlag,* estava localizado na extremidade sul da cidade. Do lado de fora, não havia nenhuma indicação de que algo como uma editora poderia estar localizado naquele prédio. Um homem jovem estava parado no lobby, fumando um cigarro. Sério, ele me perguntou o que eu fazia ali. Eu mal tinha pronunciado a palavra "Leão-Marinho" quando ele me falou para segui-lo, caminhando à minha frente no corredor como se fosse um robô. Em ambos os lados, o papel de parede estava descascando como pele queimada. Penetramos cada vez mais fundo no prédio, e no fim do corredor chegamos a uma porta verde atrás da qual havia uma sala sem janelas. O teto era baixo e os manuscritos, que estavam empilhados em imensas pilhas, estavam amarelados.

Leão-Marinho olhou pra mim e recuou como se eu tivesse lhe dado um tapa na cara. "O que está fazendo aqui?", ele perguntou friamente. Só naquele momento me ocorreu que não havia nada no mundo mais perigoso do que um ex-fã. Tarde demais. Eu, uma miserável ex-estrela de circo, estava lá, parada

* "Editora Estrela do Norte", em alemão. [N. E.]

indefesa, agarrada à minha obra virginal, em frente a um editor com sede de sangue. Muitas vezes no passado eu havia dançado em cima de uma bola gigante, e até andei em um triciclo cenográfico e em uma moto de circo. Mas publicar uma autobiografia era um feito acrobático muito mais perigoso.

Abri a bolsa cuidadosamente, tirei as folhas cobertas de escritos e larguei-as na mesa sem uma palavra. O olhar dele permaneceu interrogativamente no meu nariz. Leão-Marinho olhou os caracteres escritos em cima da mesa, então ajustou seus óculos e começou a ler. A armação era redonda, e ele lia recurvado sobre o manuscrito. Leão-Marinho leu a primeira página e então a segunda. Quanto mais lia, mais seus olhos brilhavam com prazer, ou talvez eu tenha imaginado isso. Depois de várias páginas, ele mexeu na barba e abriu largamente as narinas. "Você escreveu isso?", perguntou, sua voz trêmula. Assenti com a cabeça. Leão-Marinho juntou as sobrancelhas e estampou uma expressão de cansaço no rosto, como uma máscara. "Vou manter o manuscrito aqui. Honestamente, estou um pouco decepcionado que seja tão curto. Talvez você possa continuar escrevendo e me trazer mais na semana que vem."

Eu não disse nada, e meu silêncio pareceu tê-lo deixado confiante. "E posso dizer mais uma coisa? Você não tem um papel melhor? Roubou isso de um hotel? Pobrezinha! Pegue um pouco do meu, se quiser." Leão-Marinho me apresentou uma pilha de papéis suíços com os Alpes como marca-d'água, um bloco de notas e uma caneta Montblanc.

Corri para casa e escrevi numa folha do papel chique recém-adquirido: "Quando fiquei sobre as duas pernas, já alcançava o umbigo de Ivan". Deslizei a ponta metálica da caneta pela estrutura vegetal delicada do papel. A sensação era tão boa quanto a de coçar as costas.

Um dia, Ivan apareceu dirigindo uma estranha engenhoca. Ele andava nela algumas vezes, descia e então posicionava o objeto, que chamava de "triciclo", entre minhas pernas. Mordi o guidão do novo veículo, feito de um material que era ainda mais duro do que o pão bolorento que Ivan às vezes me jogava, caí e sentei no chão para inspecioná-lo. Ivan me deixou brincar por um tempo e depois posicionou a coisa entre minhas pernas novamente. Dessa vez, continuei sentada no banco, por isso fui recompensada com um cubo de açúcar. No outro dia, Ivan colocou meus pés no pedal. Eu o pressionei, como Ivan me indicou com a mão, e o triciclo rolou para a frente por uma pequena distância. Então recebi mais um cubo de açúcar. Eu pedalava e ganhava açúcar. Mais pedaladas, mais açúcar. Não queria parar, mas depois de um tempo Ivan tirou o triciclo de mim e foi para casa. No dia seguinte, repetimos nosso jogo, e nos próximos também, até que comecei a montar no triciclo por livre e espontânea vontade. As aulas de direção não pareciam difíceis depois de ter compreendido os princípios básicos.

Tive uma experiência horrível com meu triciclo. Certa manhã, Ivan apareceu fedendo — uma mistura nauseante de perfume e vodca. Sentindo-me ofendida e traída, joguei o triciclo na direção dele, que habilmente desviou e começou a gritar comigo, girando seus braços no ar como um par de rodas. Daquela vez, não teve açúcar para mim; ele puxou o chicote. Demorou muito até eu compreender que havia três tipos de ação. Ações performáticas me davam açúcar. A segunda categoria não me dava nada: nem açúcar nem chicote. As ações da terceira categoria faziam com que eu fosse copiosamente recompensada com chicotadas. Eu classificava novas ações dentro dessas três categorias, como um funcionário dos correios separa e classifica cartas.

Com isso, concluí a nova seção da minha autobiografia e levei meu manuscrito para o Leão-Marinho. Lá fora, um vento frio soprava, mas dentro da editora o ar estava abafado, cheirando à fumaça fria de cigarros soviéticos. Na mesa dele, vi pratos cheios de ossos, provavelmente de frango, e atrás deles sentava Leão-Marinho, habilmente operando seu palito de dentes como o bico de um pequeno pássaro. Como sobremesa, servi-lhe meu manuscrito com suas letras densamente agrupadas. Ele devorou imediatamente, deu uma tossida rouca, bocejou e disse: "É muito curto. Escreva mais".

Sua arrogância me deixou irritada. "Quanto eu escrevo é problema meu, não seu. O que eu ganho se escrever mais?" Meu antigo orgulho de estrela de circo havia retornado de repente. Leão-Marinho estava perplexo, aparentemente não havia pensado que eu faria demandas. Com dedos nervosos, abriu uma gaveta, puxou uma barra de chocolate, entregou-me e adicionou um pequeno comentário: "Esse é um excelente produto da Alemanha Oriental. Não como doce, então pode ficar com ele".

Não acreditei em uma palavra do que ele disse, já que a cor do pacote que envolvia o chocolate como uma armadura metálica brilhava de uma forma que não parecia da Alemanha Oriental. Sem dúvida Leão-Marinho havia conseguido o chocolate através de suas conexões na Alemanha Ocidental. Eu poderia entregá-lo! Mas não dei sinais de ter percebido a mentira. Em vez disso, quebrei a barra no meio, com papel e tudo. Uma pele de cacau atrativa e negra foi revelada. Mas infelizmente achei o gosto muito amargo. "Vai ganhar mais se continuar escrevendo. Mas, para ser honesto, não tenho certeza de que você tem muito mais a dizer." O Leão-Marinho colocou sua máscara de editor ocupado de volta no rosto e deixou sua mente rastejar pela papelada.

Irritada com a provocação barata, corri para casa e me atirei à mesa. Irritação é uma fonte de energia de fácil combustão, que pode ser extremamente útil na produção de um texto. Ela dá a energia que você teria que gerar de outra forma. Raiva é o tipo de combustível que não pode ser encontrado na floresta. Por esse motivo, sou grata a qualquer um que me enfureça. Aparentemente, escrevi com força demais nos dedos. A ponta da caneta desistiu após tanta pressão e se dobrou. O sangue azul-turquesa da Montblanc se derramou, manchando minha barriga branca. Foi um erro ter tirado toda a roupa por causa do calor. Uma autora nunca deve se sentar nua à mesa. Eu me lavei, mas a mancha de tinta permaneceu.

Aprendi a usar uma saia de renda, bem de menininha. Quer dizer, aprendi a suportar. Pelo menos havia parado de arrancá-la quando me obrigavam a vesti-la. Também deixei que enfeitassem minha cabeça com grandes laços. Ivan disse que eu devia aguentá-los, porque era uma garota. Não conseguia engolir esse argumento, mesmo sendo capaz de engolir seus cubos de açúcar ad infinitum. Vários pedaços de tecido foram amarrados ao redor de minha cabeça. Aquilo também me incomodava cada vez menos, e até as apavorantes luzes dos refletores pararam de me confundir. Eu nunca perdia a compostura, nem mesmo quando via uma massa de pessoas fervilhando na minha frente. A fanfarra anunciava minha chegada e eu cavalgava no meu corcel-triciclo para dentro do palco bem iluminado. Uma saia rendada circundava meus quadris e em cima da minha cabeça tremulava uma fita grande. Eu descia do triciclo, estendia a pata direita para Ivan para um aperto de mãos e subia em uma bola, equilibrando-me no topo dela por um tempo. Entre os estrondosos aplausos, espiava um cubo de açúcar na palma da mão de Ivan, vindo à tona borbulhante como água de uma fonte. A doçura na minha língua e as nuvens ondulantes de alegria que subiam dos poros dos espectadores me embriagavam.

Em uma semana consegui, com um pouco de dificuldade, escrever até aqui e fui visitar o Leão-Marinho de novo. Ele leu meu manuscrito avidamente, sem se esquecer de manter uma expressão indiferente no rosto. Quando chegou ao final, soltou um pequeno e brusco comentário: "Se em algum momento tivermos espaço no nosso cronograma de publicações, podemos publicar seu texto". Então, voltou a colocar uma barra de chocolate ocidental na minha pata e rapidamente se virou, como que para esconder seus pensamentos de mim. "Por questão de princípios, não pagamos honorários aos nossos autores. Se precisa de dinheiro, tente entrar no sindicato dos escritores."

Um dia voei até Riga para participar de uma conferência. De cara, notei que vários dos participantes olhavam sorrateiramente e com frequência na minha direção, não por desconfiança, algo com que já estava acostumada, mas de forma diferente. Havia algo de errado no ar que respirava ou eu tinha perdido alguma coisa? Durante o intervalo entre duas sessões, os participantes da conferência se reuniam em pequenos grupos cochichantes. Quando me aproximei de um desses grupos, todos rapidamente começaram a falar em letônio, de modo que não consegui entender nada. Fui correndo até o corredor e fiquei parada perto da janela. Um homem de óculos foi até mim com ar de intimidade e declarou: "Li seu trabalho!". Outro homem, ouvindo isso, foi se juntar a nós, corando levemente. "Acho fascinante o que você escreve. Estou curioso para ler a sequência." Uma mulher, que parecia ser sua esposa, pôs-se ao lado dele, sorriu para mim e sussurrou para o marido: "Que sorte poder conversar com a autora cara a cara". Rapidamente, uma cerca viva de pessoas havia se formado ao meu redor. Aos poucos, me dei conta de que Leão-Marinho já havia publicado minha autobiografia em sua revista sem me informar. Achei imperdoável.

A conferência terminou antes do esperado, e tudo o que eu queria fazer era correr para a livraria da rua comercial para pedir um exemplar. O vendedor disse que a edição estava esgotada, imaginando que eu estivesse me referindo à mais recente, que estava na boca de todos. Observando-me de cima a baixo, ele me deu uma dica: "*A gaivota*, de Tchékov, está em cartaz no teatro do outro lado da rua. O ator que faz o papel de Treplev comprou um exemplar. Há uma apresentação hoje à noite".

Corri da livraria até o teatro e bati tão violentamente na porta de vidro, que estava trancada, que uma trinca apareceu na hora. Felizmente ninguém viu, com uma exceção: um jovem com uma cara contorcida em um pôster. Ele piscou para mim com o olho direito. Ninguém notou além de mim.

Havia um parque logo ao lado. Bebi um copo de *kvass* e passei o tempo com a ajuda dos jornais expostos do lado de fora de uma banca, como papel de parede. Exatamente uma hora antes do início da apresentação, voltei ao teatro. "Preciso falar com Treplev", eu disse à mulher da bilheteria. "A peça começa em uma hora. Você não pode falar com os atores agora." Uma recusa contundente sem nenhum tipo de rodeio. Eu não conseguia pensar em nada melhor para fazer, então comprei um ingresso, voltei para o parque e tomei mais um copo de *kvass*. Passou uma hora e eu orgulhosamente entrei no teatro pela grande porta da frente e sentei no meu lugar na plateia. Tudo aquilo era novidade para mim. Meu trabalho no circo havia ocupado todo o meu ser. Eu não tinha conseguido visitar outros palcos, muito menos pela perspectiva de um membro da plateia. Além disso, o mundo do teatro era separado do mundo do circo por um muro tão grosso quanto o que divide o Oriente e o Ocidente. Era um erro grave de minha parte, entretanto, rejeitar o teatro da forma que uma criança despreza um legume específico sem nunca ter experimentado. Eu poderia ter aprendido muitas coisas com o teatro, por exemplo como variar o ritmo ao longo de um programa ou como combinar humor com melancolia. Se tivesse entendido aquilo quando ainda estava me apresentando no circo, teria me permitido idas mais frequentes ao teatro.

A peça era deliciosa. A parte que achei mais apetitosa foi a gaivota morta no palco.

Quando terminou, fui para os bastidores, visitar o camarim, que cheirava a talco. Na frente dos espelhos presos lado a lado ao longo da parede, vários cosméticos coloridos jaziam espalhados. Os atores ainda não haviam retornado. Encontrei a revista que estava procurando, peguei-a e folheei até encontrar meu texto. Tinha até sido adornado com um título. Eu não me lembrava de ter dado a ele um título ou de terem me pedido para criar um. Sem dúvida, Leão-Marinho havia criado aquele título forçado: "Tormenta de aplausos para minhas lágrimas". Em sua imprudência, havia adicionado: "Parte um". Sem pedir a permissão da autora, ele estava fazendo propaganda do próximo capítulo! Aparentemente, sua arrogância não conhecia limites.

Ouvi uma miscelânea de sons no corredor, então senti o cheiro do suor dos atores, misturado com o cheiro de rosas. Tanto atrizes quanto atores balançaram os quadris quando me viram parada no meio do camarim. Levantei a revista e anunciei: "Sou a autora de 'Tormenta de aplausos para minhas lágrimas'!". Soava como uma desculpa esfarrapada, mas foi efetiva: o choque desapareceu dos rostos petrificados e foi substituído pelo brilho da reverência. Tal mudança começou pela boca, subindo gradualmente até atingir a testa. Os cílios começaram a tremer de forma sedutora. Por favor, por favor, sente-se! Eles me ofereceram um banquinho feio e pequeno. No momento em que comecei a me mexer nele, rangeu violentamente, beirando o colapso. Decidi que podia ficar sem um lugar para sentar. "Posso pedir seu autógrafo?"

Era Treplev perguntando. Seu odor corporal era composto de sabonete, suor e esperma.

Naquela noite, voltei para Moscou e, abrigada no cheiro da cama familiar, percebi que havia me tornado uma autora, um desenvolvimento de carreira que não poderia ser revertido. O sono fugia de mim; nem uma caneca de leite morno com mel ajudou. Quando criança, eu estava constantemente sob pressão e sempre precisava estar na cama cedo para levantar ao amanhecer para começar meu treinamento. Houvera um tempo, antes da minha infância começar, em que nenhum relógio tiquetaqueava. Eu olhava para a lua, sentia os raios do sol no meu pelo e observava a gradual alternância de claro e escuro, uma série de pequenas trocas. Dormir e levantar não eram preocupações minhas, eram o trabalho da natureza. Quando minha infância começou, a natureza chegou ao fim. Agora eu queria descobrir mais sobre o que acontecera comigo antes.

Eu estava deitada na minha cama, olhando para o teto, onde descobri um camarão que na realidade era somente uma mancha. A face estreita de Treplev apareceu, mesmo que não tivesse nenhuma semelhança com um camarão. Nos dias, semanas, meses e anos que iam se seguir, ele ia atuar, se apaixonar e, mais cedo ou mais tarde, morrer. E eu? Morreria antes dele. E Leão-Marinho? Morreria antes de mim. Após a morte de todas as criaturas vivas, todos os nossos desejos não cumpridos e palavras não ditas seguiriam à deriva na estratosfera, combinando-se uns com os outros e permanecendo na terra como neblina. Como a neblina seria vista pelos vivos? Iam se esquecer de lembrar-se dos mortos e se entregar a comentários meteorologicamente banais como: “Que neblina, hein?”.

Quando acordei, já era quase meio-dia. Surpreendi Leão-Marinho em sua mesa. “Por favor, quero a última edição da sua revista!”

"Não tenho mais nenhuma cópia. Está esgotada!"

"Você publicou minha autobiografia."

"Isso é certamente possível."

"Por que não me mandou um exemplar?"

"Você sabe como o correio está sendo censurado ultimamente. Eu queria entregar uma cópia para você pessoalmente, mas sabe como sou ocupado, e a cópia que separei sumiu. Mas você não precisa ler o texto de novo. Sabe o que escreveu, não?" Não havia um mísero sinal de culpa em seu rosto. E por que deveria haver? Ele estava certo: eu não tinha que ler meu próprio texto.

"Por sinal, certifique-se de entregar o próximo capítulo até no máximo o início do mês que vem. Não perca o prazo!", ele disse, limpando a garganta.

"Por que anunciou como uma série sem me perguntar primeiro?"

"Que pena seria se uma história de vida tão interessante como a sua ficasse incompleta!" Seu elogio me acalmou por um momento, mas aí lembrei que ele havia feito algo imperdoável.

"Você sabe muito bem que é parte da minha constituição física ser incapaz de produzir lágrimas. Por que esse título?"

O Leão-Marinho esfregou as mãos, como se estivesse escolhendo a massa apropriada para moldar um novo pão de falsidades. Fiquei na ofensiva. "Não dê títulos aleatórios por capricho! Pense pelo menos um pouco no significado das palavras! As lágrimas pertencem à sentimentalidade humana. Para mim, o gelo e a neve são tudo. Você não pode simplesmente descongelá-los e transformá-los em lágrimas."

Leão-Marinho sorriu, o que fez sua barba sacudir. Aparentemente, ele tinha descoberto uma forma de reverter a situação em seu favor. "Você ouviu a palavra 'lágrimas' e já assumiu que fossem as suas. Mas o mundo não gira ao seu redor. Não é você, e sim os leitores que vão derramar as lágrimas. E você não deve chorar, só respeitar o prazo."

Eu me deixei intimidar por suas palavras insolentes, sentindo-me como uma pequena foca com membros atrofiados, apesar de possuir garras e membros poderosos que me tornam uma oponente formidável. Leão-Marinho cuspiu suas últimas palavras em minha direção: "Já terminou de recitar suas falas? Então vá para casa! Tenho muito que fazer".

Em vez de lhe dar um soco na cara, mostrei a língua, que se lembrava de um conhecido gosto adocicado. "Por sinal, aquele chocolate ocidental que você me deu não era de jogar fora. Você tem boas conexões no Ocidente?" Leão-Marinho perdeu a pose. Com dedos nervosos, tirou uma barra de chocolate da gaveta e a jogou para mim.

Assim que fechei a porta de casa atrás de mim, sentei-me à escrivaninha. Ainda estava furiosa. O desejo criativo se agarrava aos meus tornozelos como uma armadilha e recusava-se a me libertar. Já na Idade Média havia homens como Leão-Marinho, que colocavam armadilhas na floresta para capturar ursos vivos. Eles enfeitavam os ursos com flores e os faziam dançar na rua. As multidões adoravam, aplaudiam e jogavam moedas. Os cavalheiros e os artesãos talvez observassem os ursos com desprezo, pois eles pareciam com artistas de rua, que flertavam com a multidão, elogiavam-na, eram submissos e dependentes dela. No entanto, os objetivos dos ursos eram outros: queriam entrar em estado de êxtase juntamente com o público ou, através de sua dança e sua música, comunicar-se com os fantasmas e espíritos. Não sabiam quem era a multidão, muito menos o significado da palavra "flerte".

Ainda criança, eu já me apresentava todos os dias no palco, mas não tinha a menor ideia dos outros atos que tinham lugar ali. Às vezes, ouvia o rugido de um leão, mas nunca o via atuar.

Além de Ivan, alguns outros homens trabalhavam para mim. Um deles me levava cubos de gelo e os espalhava no chão, outro limpava meus pratos. Quando eu dormia, conversavam baixinho e andavam na ponta dos pés para não me acordar. Eu me divertida com isso, pois mesmo dormindo conseguia identificar imediatamente até mesmo quando um ratinho do outro lado do salão começava a polir seu focinho com as patas aveludadas. O corpo de Ivan e dos outros homens tinha um odor tão forte que meu nariz, mesmo no sono mais profundo, não conseguia ignorar a presença.

O sentido do olfato era para mim o mais confiável de todos, e permanece assim até hoje. Quando ouço uma voz, nem sempre o dono dela está presente. Um gramofone ou um rádio também podem produzir vozes. Minha visão não é confiável. Uma gaivota de pelúcia ou um ser humano vestido em pele de urso não são nada mais que fachadas criadas para confundir meus olhos. Pelo cheiro, percebo quando alguém fuma, come cebolas, usa sapatos novos ou está menstruando. O aroma de um perfume não consegue encobrir o cheiro de uma axila suada ou do alho. Pelo contrário: ele os destaca, e aparentemente os seres humanos não sabem disso.

Um campo nevado cobria minha visão. Por todos os lados, não havia outra cor, somente o branco. Meu estômago estava vazio, a fome o apunhalava por dentro. Logo senti o cheiro de um rato-das-neves. Ele não era visível, estava cavando um túnel subterrâneo. O túnel não era muito profundo, então apertei o nariz contra o chão e segui o cheiro do rato, que se movia. Não conseguia ver nada, mas era fácil localizá-lo. Ali estava ele! Hora da verdade! Acordei. A superfície branca que eu via em frente a mim não era um campo nevado, e sim um papel em branco.

Minhas retinas se lembravam muito bem de minha primeira coletiva de imprensa. Eram apunhaladas a cada cinco segundos por flashes das máquinas fotográficas. Ivan congelou em seu terno, que estava folgado nos ombros e no peito. Diferente de uma apresentação de circo, só havia dez pessoas na plateia. "Preste atenção, essa é uma coletiva de imprensa", disse Ivan, imprimindo aquela estranha expressão, "coletiva de imprensa", na minha mente. Corajosos, tomamos nossos lugares no palanque. Os flashes nos atacaram mais uma vez, como um aguaceiro. Do outro lado de Ivan, estava sentado seu chefe. O cheiro de seu cabelo e os movimentos de seus dedos — impressionantemente covardes e sádicos ao mesmo tempo — me deixavam agressiva. Se ele estivesse mais próximo, eu teria mostrado meus dentes caninos. Aparentemente, o chefe notou minha antipatia e manteve distância.

"O circo é uma excelente opção de entretenimento para as classes trabalhadoras porque..." Ele sem dúvida queria encorpar sua esquálida fala com mais gordura semântica, mas foi imediatamente interrompido pela seguinte frase de um jornalista: "Você já foi mordido por um animal selvagem?". O chefe não tinha nenhuma resposta pronta. Então Ivan foi atacado com mais perguntas. Elas caíam dos céus, como uma chuva de confete colorido, e o confundiam.

"É verdade que você fala a língua dos ursos?"

"É superstição acreditar que um urso pode roubar a alma de uma pessoa e que ela então morre antes do tempo?"

Ivan murmurou palavras incompreensíveis. "Hum, bem, eu, me desculpe, de alguma forma, acredito que, hã, mas isso não..." Apesar de suas respostas fracas, foram publicados longos artigos sobre nós não somente aqui, mas também na Polônia e na Alemanha Oriental.

Preciso admitir: minha vida só mudou porque me tornei autora. Para ser precisa, não fui exatamente eu quem fez isso: fui feita autora pelas palavras que escrevi, e esse ainda não é o final da história: um resultado dava à luz outro resultado, e me encontrei sendo transportada para um lugar que nem sabia que existia. O escrever era como uma acrobacia mais perigosa do que dançar sobre uma bola. Era mesmo um trabalho árduo aprender aquela dança, tanto que cheguei a quebrar os ossos durante um ensaio, mas ao fim consegui atingir meu objetivo. Ao final, estava certa de que conseguia me equilibrar em cima de um objeto rolante, mas não sei se posso afirmar o mesmo da escrita. Para onde rolava a bola do escrever? Ela não podia simplesmente rolar para a frente, pois assim eu cairia fora do palco. Minha bola deveria girar em seu próprio eixo e ao mesmo tempo circular no centro do palco. Como a Terra ao redor do Sol.

Escrever me exigia tanta energia quanto caçar. Quando sentia o cheiro da presa, a primeira coisa que me vinha era desespero: será que conseguirei capturá-la ou vou falhar mais uma vez? Essa insegurança pertencia à ordem do dia de um caçador. Quando minha fome era grande demais, tornava-me incapaz de caçar. Tudo o que eu queria, antes da caçada, era comer uma refeição com direito a entrada e sobremesa em um restaurante de primeira classe. Além disso, gostaria de ter certeza de que meus membros estavam propriamente descansados. Meus antepassados dormitavam invernos inteiros em cavernas protegidas. Quão agradável seria se eu também pudesse descansar ao menos uma vez por ano até a primavera me acordar! Um verdadeiro inverno não conhece a luz, os sons ou o trabalho. Em cidades grandes, o inverno se encolhe cada vez mais, e assim também se encolhe a dimensão da vida.

A lembrança de minha primeira coletiva de imprensa permaneceu forte em minha mente, como se tivesse sido pintada lá. Não desbotava de jeito nenhum, mas não consigo me lembrar do período que veio logo depois. Um trabalho era seguido por outro. Por dez anos, trabalhei sem pausa em um calor que não deixava o inverno entrar. Tudo o que me era pesado ou que me machucava era transformado em adubo para minha carreira. É por isso que eu não conseguia me lembrar de nada.

Meu repertório ficava cada vez mais amplo; meu vocabulário, cada vez maior. Mas nunca senti surpresa maior ou mais esclarecedora do que quando compreendi o real significado das artes cênicas. Eu precisava aprender constantemente novas coreografias, e com isso me sentia como uma trabalhadora de fábrica que, mesmo tendo recebido uma tarefa nova e mais desafiadora, considera-a monótona, e não uma fonte de orgulho. "A performance em um circo parece muito com o trabalho em uma linha de montagem", afirmei uma vez em uma conferência cujo tema era "O orgulho da classe operária".

Leão-Marinho leu meu novo manuscrito e disse: "Seria melhor se você não se envolvesse com crítica politizada. Além disso, sua filosofia também me entedia. Os leitores querem mesmo é saber como você aprendeu a arte performática sem perder seu lado selvagem e como se sentiu em relação a isso. Suas experiências são importantes, não seus pensamentos". Não sei exatamente o porquê, mas seu comentário me deixou furiosa. Na volta para casa passei no mercado público, comprei um pote de mel e comi tudo de uma vez só, raspando o fundo e usando minha pata como se fosse pá. Depois disso, nunca mais escrevi sobre política, mesmo não sabendo com certeza o que é político e o que não é.

Você pode pensar que nasci com talentos acrobáticos, que treinei muito para aperfeiçoar minhas habilidades e, então, mostrei orgulhosa os resultados para minha plateia. Essa interpretação é completamente falsa. Nunca escolhi uma profissão; minha vocação nem sequer foi discutida. Eu andava no triciclo e recebia cubos de açúcar como recompensa. Se tivesse, em vez disso, jogado o triciclo longe, não teria mais recebido comida, e sim chicotadas. Ivan tampouco tinha escolha. Mesmo o pianista, que era independente do circo e só tocava para nós de vez em quando, provavelmente nunca se perguntou se tinha vontade de tocar piano ou não naquele momento. Cada vez mais, éramos levados a um beco sem saída e fazíamos o mínimo necessário para sobreviver, o que, ao mesmo tempo, significava desafios extremos. Eu não era vítima da violência de Ivan. Nenhum movimento corporal que eu fazia no palco era exagerado ou desnecessário. Em outras palavras: nada do que eu fazia era resultado de uma violência externa.

Não temos escolha na vida, pois tudo o que somos capazes de fazer, em comparação com a própria vida, não é nem de perto o que imaginamos. E se não compreendemos essa pequenez em sua totalidade, não sobreviveremos. Esse princípio fundamental não pode ser muito diferente, nem para os jovens privilegiados em uma sociedade próspera.

Se minhas habilidades físicas, o estímulo de Ivan ou mesmo o interesse do público tivessem diminuído mesmo que um pouco, toda a nossa arte e performance no palco teria sido por nada.

Meu texto, que graças à abordagem não ortodoxa de meu editor chegou rapidamente às estantes das livrarias, atraiu a atenção de leitores em outros países que sabiam ler em russo. Um especialista em estudos eslavos chamado Eisberg, que morava em Berlim, traduziu o primeiro volume de minha autobiografia para o alemão e publicou-a em um periódico literário. Essa tradução recebeu uma eufórica resenha publicada em um jornal nada insignificante. A caixa de correio da editora recebia incontáveis cartas de leitores, que clamavam por uma continuação. Na mesma época em que a primeira parte foi publicada em Berlim, surgiu aqui em Moscou a segunda. O original e sua tradução começaram a tocar uma fuga. Para mim o jogo parecia mais com gato e rato do que com uma sublime forma musical. Sendo eu, nesse caso, o rato perseguido, porque precisava correr sempre mais rápido para não ser pega pelo gato.

Com certeza não foi o sr. Eisberg que publicou meu texto ilegalmente. É provável que Leão-Marinho tenha vendido a tradução a Eisberg, sem me avisar. Assim, meu texto se transformou em moeda ocidental, que sumia no bolso de Leão-Marinho. Depois que minha zeladora me pintou esse cenário, visitei o editor e exigi uma explicação. Ele disse que nada sabia. Nunca conseguia identificar, por causa de sua pele grossa, se estava mentindo ou não. Ele me virou as costas e se permitiu um comentário insolente: "Se você tem tempo para ficar exigindo seus direitos de tradução, tem tempo para escrever novos volumes".

Suas palavras desceram até meu estômago e o retorceram — tudo o que eu queria era vomitá-las. Pensei em uma ideia cruel de vingança e, mesmo que a achasse detestável, não conseguia deixá-la de lado. Liguei de uma cabine telefônica para o superintendente do prédio onde a Nordsternverlag ficava e confidenciei-lhe que Leão-Marinho estava escondendo uma grande quantidade de moeda estrangeira. Provavelmente o superintendente já tinha tal informação havia tempos e lucrava com aquilo. Mas ele tinha que considerar a possibilidade de que a ligação anônima tivesse vindo da própria polícia secreta, querendo testar sua lealdade. Assim, não podia arriscar ignorá-la. Senão, correria o grande risco de ele mesmo ir parar atrás das grades. Assim, informou Leão-Marinho em primeiro lugar, depois o denunciou à polícia secreta. Tudo isso é pura especulação minha. Quando a polícia revistou o escritório de Leão-Marinho, não encontrou nem uma mísera barra de chocolate, muito menos dinheiro estrangeiro.

Mais tarde ouvi falar de uma dama em Odessa que havia comprado um Toyota branco de um grego que visitava o spa. Seus vizinhos estavam surpresos e se perguntavam de onde a mulher tirava tanto dinheiro ocidental. Um pouco antes disso, Leão-Marinho tinha sido visto em Odessa. Uma testemunha havia afirmado tê-lo visto entrando na mansão da madame com uma grande mala nas mãos. A situação já estava se pintando na minha cabeça: com a venda dos direitos de tradução, Leão-Marinho tinha conseguido uma grande quantia de dinheiro com a qual podia comprar um carro para sua concubina em Odessa.

Era um grande azar para mim o fato de o sr. Eisberg ser um talentoso tradutor. Ele fazia de minhas frases de ursa uma literatura artística, que logo foi elogiada por um jornal ocidental. Contudo, nenhum crítico havia elogiado a qualidade poética de minha autobiografia. Os elogios eram para critérios bem diferentes, que eu não compreendia.

Na época, havia na Alemanha Ocidental um movimento de protesto contra a exploração dos animais de circo. Os representantes do movimento argumentavam que o adestramento feria os direitos humanos dos animais. No Bloco do Leste, os animais eram ainda mais oprimidos do que no Oeste. Aqui, foi publicado um livro intitulado *Adestramento do amor*, de uma conhecida autora, dra. Aikowa. O pai dela era um zoólogo. Talvez tenha sido por isso que ela conseguiu ensinar tigres siberianos e lobos a atuar no palco sem chicotes ou outras ameaças. O livro consistia, em sua maior parte, de entrevistas nas quais a autora descrevia seu tratamento carinhoso para com os animais. Seu livro provocou muitos jornalistas no Oeste. “Animais selvagens nunca se interessariam pelo palco se os seres humanos não os obrigassem a isso usando a violência. Aikowa tenta justificar a existência de seu circo, que não é nada mais do que uma tentativa pseudoartística através da qual o socialismo pretende continuar embolsando dinheiro do Oeste." Essa era, mais ou menos, a opinião raivosa dos jornalistas. Eles descobriram que minha autobiografia poderia ser usada como prova do abuso dos animais promovido pelos socialistas.

Não demorou muito para que o departamento responsável soubesse da reputação de meu livro no Ocidente. Um belo dia, Leão-Marinho me comunicou via telegrama que minha autobiografia não poderia mais ser publicada. Irritei-me com ele, mas não tinha nenhuma dúvida quanto ao futuro de minha escrita. Ia simplesmente continuar escrevendo, mesmo que Leão-Marinho não quisesse publicar nada do que eu escrevesse. Talvez pudesse até encontrar uma editora melhor. Era o fim das palavras venenosas e espinhosas com as quais ele tentava extrair cada vez mais linhas de minhas patas. Nunca mais levaria a opinião de alguém em consideração — já era hora de me recolher e aproveitar um tempo sozinha com minha pena.

Minha vida se tornou tão quieta quanto uma lareira na qual o fogo já havia tempo se extinguira. Antes eu não conseguia nem ir até o mercado comprar comida enlatada sem que algum fã me abordasse. Agora ninguém me reconhecia. Mesmo em meio ao burburinho da feira, ninguém retribuía meu olhar. Todos os olhares voavam para longe de mim como efeméridas, e não conseguia capturar nenhuma delas. Alegrei-me quando o correio trouxe uma carta de meu empregador, mas tudo o que dizia era que não deveria voltar ao escritório até que a situação melhorasse. Também não ia continuar com o projeto com os músicos cubanos; eles haviam designado outra pessoa para a função. Os convites para conferências já não vinham mais.

A revista de Leão-Marinho não tinha o monopólio literário nacional, mas por algum motivo eu não fora contatada por outras. Toda a indústria literária havia decidido me dar um gelo. Tal pensamento revirou meu estômago, e dei um soco na escrivaninha. Era uma reação espontânea, depois me dei conta de que tinha na mão uma caneta. Tarde demais.

A garganta da caneta já estava quebrada, sua cabeça introduzida na carne de madeira da minha mesa, enquanto seu corpo repousava em minha pata.

Antigamente achava ridículo todo e qualquer ato simbólico; por exemplo, não tinha interesse nenhum por um autor bípede que quebrava sua caneta ao meio para protestar contra a censura. No entanto, agora eu havia destruído minha caneta. Esperava que um objeto de escrita fosse me dar segurança em tempos de crise, mas no fim acabou se provando tão frágil quanto o braço de um recém-nascido.

Um belo dia, recebi uma carta de uma organização nacional que se intitulava Aliança para a Promoção da Comunicação Internacional. Era um pedido estranho: "Gostaria de participar de um projeto que consiste na plantação de laranjeiras na Sibéria? É muito importante para nós ter uma celebridade como você se unindo à nossa causa. Isso ajudará a chamar a atenção do público para nosso trabalho". Eu? Uma celebridade? As palavras eram como pétalas de rosa fazendo cócegas agradáveis em meu ouvido. Sem hesitar, aceitei participar do projeto.

No mesmo dia, um pouco mais tarde, fui tirar o lixo e quando abri a porta do apartamento vi a zeladora parada bem na minha frente. Ela me perguntou como eu estava. Soava como uma desculpa, mas eu não sabia o que a zeladora poderia estar escondendo. "Estou planejando ir trabalhar na Sibéria", respondi orgulhosa, e contei sobre o honroso convite. As sobrancelhas da zeladora se torceram de pena. "O objetivo desse projeto é cultivar laranjas no frio", adicionei, para evitar possíveis mal-entendidos. Minhas palavras quase a fizeram chorar. Ela apertou forte sua sacola contra o peito e se desculpou. Precisava se retirar, pois tinha um compromisso urgente.

Eu era inocente e otimista o bastante para acreditar que laranjas também podiam crescer na Sibéria. Afinal, pode-se colher kiwis e tomates no deserto de Israel, por que não laranjas na Sibéria? Além disso, se tinha alguém que ia se adaptar bem à Sibéria era eu. O frio era minha paixão.

Desde então a zeladora passou a me evitar. Sempre que eu deixava meu apartamento, ela rapidamente saía da escada e se escondia atrás da porta do dela. Na entrada do prédio, notei algumas vezes que ela se escondia por trás das frestas de sua cortina. Quando bati à sua porta uma vez, porque queria falar com ela, a zeladora fingiu que não estava em casa.

Em meus ouvidos brotava bolor, porque ninguém mais falava comigo. A língua não existe só para falar, também é utilizada para a digestão do alimento. Os ouvidos, por outro lado, estão lá só para ouvir vozes e ruídos. Os meus só ouviam os ruídos do trem e enferrujavam exatamente como as rodas de um trem abandonado. Eu sentia falta da voz das pessoas, então tive a ideia de comprar um rádio e fui até a loja de eletrônicos. O vendedor me disse, porém, que todos os rádios no país estavam esgotados no momento. Eu estava quase feliz com isso, como que por birra. Mesmo que tivesse conseguido comprar um aparelho, com certeza seria de uma qualidade tão baixa que quem ouvisse não poderia diferenciá-lo do chiado do trem. Na volta para casa, parei em uma papelaria para comprar papéis de carta. Contei para o atendente da loja sobre meu projeto Laranjas na Sibéria, e a reação imediata foi: "Sinto muito. Mas acredito que deve haver uma maneira de fugir". Talvez eu devesse mesmo me preocupar. Quando estava prestes a subir as escadas até meu apartamento, a zeladora saiu sorrateiramente do dela e, sem dizer nada, me passou um pedaço de papel com o nome e o endereço de um homem que me era desconhecido. Entendi imediatamente que ele poderia me salvar, mas ações rápidas e decididas não eram meu forte.

Mais uma semana se passou sem que eu tivesse feito nenhuma coisa a respeito.

Uma nova semana se iniciou, e o carteiro me trouxe, ofegante e com as bochechas vermelhas, uma carta registrada. Era um convite para uma conferência internacional que seria realizada na Berlim Ocidental. A carta era escrita em um estilo frio e seco. O que tornava mais inacreditável o fato de que os organizadores me ofereciam um honorário de dez mil dólares para participar. Devo ter entendido algo errado, pensei, e li a carta novamente, mas lá estava, preto no branco: "dez mil dólares" e "Berlim Ocidental". Por que me ofereciam tanto? O mais estranho era que o dinheiro não seria enviado para mim, e sim para o sindicato dos escritores de meu país. Então foi ficando cada vez mais claro para mim. Sem a oferta de dinheiro, eu não teria conseguido permissão para viajar para o exterior. Demorei menos de duas semanas para juntar todos os meus documentos, incluindo uma passagem de avião de Moscou para o aeroporto de Berlim-Schönefeld.

Eu não tinha quase nada de bagagem comigo, pois deveria ser uma viagem curta. O avião cheirava a plástico derretido, e o assento não me agradava, pois era muito estreito e apertado. A aeronave pousou no aeroporto de Berlim-Schönefeld, e fui recebida por policiais, que aparentemente estavam esperando por mim. Levaram-me para uma van e até a estação de trem, onde me colocaram em um elegante vagão que ia me levar à Berlim Ocidental. Quando o guarda de fronteira apareceu, mostrei a ele todos os documentos que trazia comigo. O trem estava estranhamente vazio, e lá fora voavam paisagens sem humanos, deformadas pelo vidro grosso da janela. Uma mosca voou contra minha testa; não, não era uma mosca, era uma frase: "Estou indo para o exílio!". De repente entendi minha situação. Alguém havia arranjado aquela fuga para me salvar de um perigo que eu nem sabia que existia. Óculos vermelhos de plástico surgiram em frente aos meus olhos. Era uma jovem, na casa dos vinte. Ela me perguntou algo. Respondi em russo: "Não entendo". Então os óculos me perguntaram, em um russo instável, se eu era russa. Claro que não, mas como poderia explicar o que era? Enquanto eu procurava por palavras, ela disse: "Ah, sim, você pertence a uma minoria étnica, não é? Fiz um trabalho uma vez sobre os direitos humanos das minorias e foi a primeira vez que recebi uma boa nota. É uma lembrança bela e inesquecível para mim. Viva as minorias!". Os óculos se sentaram ao meu lado enquanto eu ainda lidava com a confusão em minha cabeça. Meu clã fazia parte de uma minoria étnica? Era bem possível que não estivéssemos em tão grande número como os russos, principalmente nas cidades, mas no extremo norte, na natureza, éramos esmagadora maioria. "As minorias são maravilhosas!", exclamaram os óculos, que aparentemente estavam em estado maníaco. Ela não me deixava em paz, bombardeava-me com perguntas como aonde eu estava indo e se eu tinha amigos em Berlim Ocidental. Escolhi não responder àquelas perguntas típicas de um espião.

Os plátanos, que antes corriam com velocidade estonteante pela paisagem, agora se arrastavam como velhos inválidos usando bengala. O trem entrou em uma gigante catedral, gritou e parou.

A estação era uma grande tenda de circo. Algumas pombas estavam sentadas em postes altos, arrulhando. Eu sabia que haviam surgido da cartola de um mágico. Um burro de ferro passou perto de mim, carregado de malas. Uma brilhante placa mágica anunciava o tempo todo novos números de circo. Agora apareceu uma mulher com roupas coloridas e as coxas expostas. O microfone anunciou o nome das estrelas para a plateia. Alguém assobiou atrás de mim e um cão orgulhoso, que se vestia como um homem, entrou no palco. No balcão havia uma pilha de cubos de açúcar: a clássica recompensa dos artistas de palco.

Já bastante desorientado, meu nariz foi surpreendido com um buquê de flores pressionado contra ele, cheirando a néctar. Uma palavra de cumprimento chegou até mim através das flores: "Bem-vinda!". Várias mãos foram esticadas em minha direção: uma mão inchada, uma mão ossuda, uma mão magra, mão, mão, mão, mão, mão. Estendi a minha, feito uma política, dando a cada uma dessas mãos um aperto confiante.

Eu nunca tinha visto um buquê de flores tão exuberante. Para que exatamente? Não havia demonstrado nenhum talento artístico. Seria o exílio um tipo de equilibrismo, e por isso eu recebia os cumprimentos? Era de fato um desafio conseguir executar tal ato sem ensaio nem apoio, mas eu não achava tão difícil assim. A mulher com cabelos tingidos de vermelho, que me alcançara o buquê, aparentemente queria me dizer algo, pois sua boca se mexia, como se estivesse prestes a falar, mas nenhuma palavra saía. No lugar dela, falou um jovem com uma gordura infantil apetitosa: "Me desculpe, sou o único aqui que fala russo. Meu nome é Wolfgang. É um prazer conhecê-la". Ao seu lado estava um homem suado segurando um banner em sua mão direita e uma grande maleta na esquerda. Nele se lia: "Iniciativa Cidadã CAOS — Contra Autores Oprimidos na Sibéria!". Todos usavam jeans bem passados e sapatos de couro polidos. Provavelmente era uma espécie de uniforme da iniciativa.

Eu não tinha ideia do que eles discutiam. O primeiro se despediu, depois veio o segundo; eram cada vez menos, e no final ficamos somente Wolfgang e eu. "Hora de ir."

Por todos os lados surgiam prédios de alturas variadas, muito menores do que os de Moscou. Algumas casas lembravam bolos ricamente decorados. Os carros brilhavam à luz do sol, e eu podia até enxergar meu reflexo em suas superfícies metálicas. Naquela cidade, as pernas de homens e mulheres vestiam jeans. Uma brisa me trouxe o cheiro de carne de mamífero assada, carvão e perfume doce.

Wolfgang parou em frente a um edifício e subiu as escadas. Pensei: meu apartamento deve ser nesse edifício recém-pintado. Quando abri a geladeira, havia uma paisagem paradisíaca de salmão rosado, cortado em fatias finas como folhas de papel e armazenado em plástico transparente. Provei de imediato uma fatia. Não era ruim, mas tinha um retrogosto um pouco defumado. Talvez o pescador fumasse muito enquanto trabalhava. Demorou para que me acostumasse ao gosto defumado. Wolfgang olhou ao redor e disse: "Um belo apartamento, não é?".

Eu não estava interessada no apartamento. Preferia simplesmente entrar na geladeira e permanecer lá. Wolfgang percebeu que meu olhar estava fixo no salmão e riu. "Como pode perceber, não poupamos despesas com você. Isso deverá ser suficiente por enquanto." Assim que saiu, rapidamente devorei todo o estoque de salmão.

Fiquei parada em frente à porta aberta da geladeira vazia, curtindo o ar frio. Puxei uma gaveta da parte de baixo. Estava cheia de cubos de gelo pequenos e atraentes. Enfiei-os na boca e mastiguei.

A cozinha logo começou a me entediar. Fui para o próximo cômodo, que tinha uma televisão e uma cadeira. Coloquei meu traseiro com cuidado na cadeira, distribuindo meu peso gradualmente nela, e de imediato ouvi o estalo. A cadeira perdeu uma perna. Mais adiante ficava o banheiro, tão pequeno quanto o vestiário do circo itinerante. Tomei um banho gelado e saí sem me secar. Imediatamente uma grande poça se formou no chão. Sacudi a água do corpo, deitei na cama e de repente precisei rir, pois o conto de fadas me veio à cabeça: três ursos fazem mingau e saem para passear. Em sua ausência, aparece uma menina na casa, come o mingau, estraga uma cadeira, vai para a cama e adormece. Os ursos voltam para casa, encontram a panela vazia, a cadeira quebrada e a menina adormecida. Ela acorda, assustada, pula da cama e sai correndo. Os três ursos ficam lá parados, indignados e sem palavras. Via-me no lugar da menina. O que devia fazer quando os três ursos voltassem do passeio?

Não foram os três ursos, e sim Wolfgang quem voltou no dia seguinte para ver como eu estava me virando no novo apartamento.

"Como está hoje?", ele perguntou.

"Me sinto como a menina naquele livro dos ursinhos."

"Qual? Pooh ou Paddington?"

Eu não conhecia nenhum deles. "Quis dizer os três ursos de Liev Tolstói!"

Wolfgang disse: "Desse não ouvi falar".

Havia uma cortina de gelo entre mim e Wolfgang. O gelo parece ser um material sólido, mas derrete rapidamente em contato com calor corporal. Coloquei o braço no ombro de Wolfgang, de forma brincalhona, mas firme. Ele se livrou com formidável rapidez e destreza, fez uma cara e disse: "Trouxe papel e caneta para você. Gostaríamos que continuasse seu trabalho. Deverá começar quanto antes, para que termine logo. Garantimos que receberá pagamento por isso". A boca de Wolfgang cheirava a mentira. Há diferentes formas de mentira, e cada uma tem um cheiro diferente. Naquele caso, o aroma era de suspeita: Wolfgang estava provavelmente transmitindo as palavras de seu chefe, não seus próprios pensamentos. Ele era um mentiroso, por sorte ainda um jovem mentiroso. Seu cheiro revelava que não passava de uma criança, e os cheiros não mentem. Dei um empurrão brincalhão nele e, quando não reagiu, dei outro. Wolfgang enrugou os lábios e gritou:

"Pare com isso!", mas não conseguia mais suprimir seu desejo infantil de lutar comigo. Joguei-o no chão, com cuidado para não o esmagar. Enquanto brincávamos, o odor da mentira sumiu de seu corpo.

Logo meu estômago começou a se contrair de fome. Parei de dar atenção a Wolfgang, corri sozinha para a cozinha e abri a geladeira. Sem salmão, eu já sabia. Wolfgang foi atrás de mim, viu as prateleiras da geladeira vazias e disse: "Ah, parece que o salmão não era ruim como eu temia. Não devia ter me preocupado". Ele achava que conseguia esconder seu choque por trás do tom irônico.

No dia seguinte, ele me visitou novamente, apesar de eu não ter pedido. Piscava freneticamente e perguntou, gaguejando de leve: "Como vamos?".

"Nada bem." Eu ainda não havia dominado a técnica do sorriso e frequentemente passava a impressão errada.

Wolfgang me olhou assustado e perguntou: "É mesmo? O que houve?".

"Minha fome está me deixando doente."

"Acho que fome não é uma doença."

Eu já havia pensado naquilo. Na verdade, não conseguia ficar doente. Alguém uma vez me dissera que a doença era uma tradição teatral dos funcionários de escritório, que só atuavam nas segundas, quando não queriam ir trabalhar. Até aquele momento, eu nunca havia adoecido.

"O que você fez ontem à noite?"

"Sentei à escrivaninha, mas não consegui escrever."

Os olhos de Wolfgang brilharam gelados por um momento "Tudo a seu tempo! Ninguém está pressionando você a trabalhar tão rápido a ponto de perder sua paz interior." Wolfgang voltou a cheirar a mentira, e estremeci.

"A fome não é a melhor amiga da poesia. Vamos às compras."

"Não tenho dinheiro."

"Então vamos abrir uma conta no banco para você. O chefe já havia sugerido isso."

No caminho para o banco, passamos por dois elefantes enormes, parados na rua. Eles eram feitos de uma massa cinzenta, talvez concreto.

"Aquilo é um circo?"

"Não, esse é o portão do zoológico"

"Atrás do portão vivem animais de concreto?"

"Não! No zoológico tem animais reais, e muitos. Eles vivem em grandes propriedades cercadas."

"Até mesmo os leões, leopardos e cavalos?"

"Claro. Ali você pode encontrar centenas de espécies diferentes."

Fiquei perplexa.

O que fizemos no banco certamente não era um ato criminoso, mas depois fiquei com a consciência pesada. Entramos num prédio que tinha um logotipo misterioso. Wolfgang cochichou algo para o homem na cabine e eles conversaram por um tempo em voz baixa. Então o homem produziu um pedaço de papel, como se conjurando um feitiço. Carimbei minha pata na página em vez de assinar e assim abri minha primeira conta bancária. Disseram que levaria uma semana até meu cartão estar disponível. Wolfgang me mostrou como tirar dinheiro de um caixa eletrônico. Notei que ele deixava as pernas bem afastadas, de forma desnecessária, quando parava em frente à máquina. Depois ele me mostrou um supermercado que havia sido construído dentro de um túnel por baixo dos trilhos do trem. No fundo da loja, onde os produtos mais frios estavam dispostos sob a luz mais brilhante, estava o salmão defumado. "Não vou poder visitar você nos próximos dias porque recebi uma tarefa muito importante. Voltarei em uma semana. Daí podemos ir juntos pegar seu cartão. Este salmão deve durar até lá. Não coma demais!"

Eu estava com os braços cheios do salmão que Wolfgang comprara para mim, mas comi tudo naquela mesma noite. Nos próximos dias, não comi nada, mas felizmente não senti fome.

"Você não deve comer tanto salmão canadense!", disse Wolfgang em tom cuidadoso quando abriu a porta da geladeira na semana seguinte. Fiquei sem ar, pois estava claro que ele no fundo tinha vontade de me xingar, de gritar comigo a plenos pulmões. Mas mantinha a voz sob controle e falava calmamente, evitando uma linguagem discriminatória. Senti como se fosse uma artista de circo que cometia um erro de acrobacia em frente ao público. Meus pensamentos giravam sem sentido ao redor de por que não poderia comer tanto salmão canadense. "O que há de errado com o Canadá?"

Wolfgang parecia procurar freneticamente por uma imagem que pudesse explicar o problema de forma mais fácil. "O Canadá não pode evitar que os salmões caros nadem para lá. O problema é que essa alimentação está devorando suas economias. É importante economizar dinheiro." Eu não entendia o que ele queria dizer exatamente, mas notei que a palavra "Canadá" soava bela e fria.

"Você já esteve no Canadá?", perguntei.

"Não."

"Sabe que tipo de país é?"

"É um país muito frio."

Quando ouvi aquilo, quis imediatamente me mudar para o Canadá.

O adjetivo "frio" tinha um som tão apelativo! Eu daria tudo para experimentar tanto frio. A beleza da rainha da neve. Um prazer horripilante. A verdade glacial. Uma ousada acrobacia, que gelava a espinha. Um talento que fazia todos os seus competidores gelarem de medo. Racionalidade afiada como estalactite. O frio tinha um amplo espectro.

"É realmente tão frio assim no Canadá?"

"Sim, é incrivelmente frio."

Sonhei com uma cidade congelada na qual as paredes dos prédios eram feitas de gelo transparente. Em vez de carros, salmões nadavam pelas ruas.

Vivia com as janelas abertas, dia e noite. Para mim, Berlim era uma cidade tropical. Em algumas noites, o calor me dominava e não queria me deixar dormir. Era fevereiro, e mesmo no inverno a temperatura ultrapassava o zero. Decidi de uma vez por todas emigrar para o Canadá. Já que tivera uma boa primeira experiência com o exílio, certamente poderia ser exilada mais uma vez.

Uma semana depois fui ao banco, acompanhada por Wolfgang, para pegar meu cartão. Enfiei-o na fenda do caixa eletrônico, apertei quatro vezes o número um, minha senha, e observei como a máquina cuspia notas. Então apertei o número dois quatro vezes. "O que você está fazendo? Você já pegou seu dinheiro!", disse Wolfgang em voz baixa, mas cortante. Eu queria saber se a máquina cuspia mais alguma coisa se eu inserisse um código diferente.

Na segunda visita ao supermercado, meu nariz imediatamente se irritou com os muitos cheiros. Eu não lembrava onde estava o salmão. Aquele supermercado vendia muitas coisas supérfluas e absurdas em vez de oferecer o mais importante, o salmão. Eu pedia a Wolfgang explicações sobre todos os produtos que me interessavam. "O que é isso? É de comer?" Havia tantas coisas que eu nunca havia visto. O mundo animal também tem suas estranhezas, como animais que preferem comer folhas que foram arrancadas de seus galhos, raízes retiradas do solo ou maçãs que caíram com o vento. Mas não se compara às curiosidades que os seres humanos tanto amam: a gordura que passam nas bochechas, o grosso líquido que usam para colorir as unhas, minúsculos palitinhos que provavelmente usam para tirar ranho do nariz, sacolas para estocar temporariamente coisas que serão jogadas fora mais tarde, o papel com que limpam a bunda, os pratos redondos descartáveis e os cadernos para crianças com pandas na capa. Todos aqueles produtos tinham um cheiro estranho. Minhas patas começavam a coçar no momento em que encostava neles.

Eu estava cheia dos cheiros do supermercado e só queria voltar para a escrivaninha, onde minha autobiografia esperava por mim. Quando disse isso a Wolfgang, ele ficou aliviado.

Já não gostava mais da minha escrivaninha, ela parecia muito baixa, baixa demais para escrever uma autobiografia aceitável. Só conseguia sentar calmamente, deixando as memórias virem em seu próprio ritmo, quando o papel do manuscrito estivesse bem na frente do meu nariz, tão próximo que, se meu nariz sangrasse, a folha poderia estancar. Talvez a solidão estivesse pesando em mim, mesmo sendo eu quem pedira que Wolfgang fosse embora.

Por dias, ele não deu as caras. Talvez a conta no banco devesse tomar o lugar de um caso amoroso. O dinheiro era enviado para minha conta, eu o sacava, ia fazer compras e as comia. Depois eu bateria na porta dele, novamente, ou ligaria, e o amor aparecia na forma de notas de dinheiro. Eu não podia comê-las, então as trocava no supermercado por salmão. Eu comia e comia e comia, mas nunca estava satisfeita. Conseguia sentir, claramente, como uma parte do meu cérebro regredia dia após dia. À noite, deitava na cama e ficava me revirando, e de manhã não conseguia me arrastar para fora dela. Meus membros estavam fracos como macarrão; meu humor, pouco iluminado. Era uma degeneração. Eu queria fazer algo para impedir aquilo. Meu sonho era ensaiar um novo ato no frio cortante, para colher o aplauso estrondoso do público.

Saí de casa. Uma moto voou logo defronte ao meu nariz, com um estrondo ensurdecedor. Eu também tivera uma moto, havia muito tempo, feita especialmente para mim. O barulho do motor me deixava com tanto medo que no início eu me afastava dela. Já conseguia andar com meu triciclo, mas não em uma bicicleta. Então fizeram para mim uma moto com três rodas, de modo que eu não pendia para os lados. Ivan tocava o barulho de uma moto de novo e de novo em frente à minha jaula, para me acostumar ao som. Sim, eu estava em uma jaula. A palavra "jaula" machucou meus sentimentos. Perdi a vontade de continuar escrevendo.

Joguei minha caneta longe e fui para o centro. Na minha frente, caminhava uma moça de casaco de pele. Ela parecia ter pulado para dentro de um monte de raposas mortas. Através das janelas, eu conseguia ver não apenas os produtos oferecidos nas lojas, mas também o que havia nos pratos dos clientes dos restaurantes. O tédio dos passantes era aparente; se as janelas fossem grandes o bastante, eles observavam atentamente todo e qualquer produto nas vitrines e todos os pratos nos restaurantes. Se estavam tão entediados a ponto de se interessar pelos pratos de um restaurante desconhecido, certamente iam se divertir muito com a história de uma criança em uma jaula.

Do outro lado da rua, na diagonal do banco, havia uma livraria. Nos últimos tempos, o suéter branco do vendedor de livros havia chamado minha atenção algumas vezes. Naquele dia, tomei coragem e entrei na loja, pois à primeira vista estava vazia. Eu estava cercada de estantes altas de livros, embasbacada, e me assustei quando uma voz atrás de mim perguntou se eu procurava por algum livro específico. O suéter branco estava parado atrás de mim, bloqueando a saída, de modo que não consegui escapar.

"Você tem alguma autobiografia?"

"De quem? Se me permite a pergunta."

"Tanto faz."

O suéter branco me mostrou uma prateleira atrás de si e disse: "Estes são todos autobiografias!".

Aparentemente, eu agora conseguia improvisar uma breve conversa em alemão.

Era decepcionante ver quantas autobiografias gordas já existiam no mundo. Elas preenchiam todas as dez prateleiras da estante, de cima a baixo. Aparentemente, uma biografia é um tipo de texto que qualquer um que consegue empunhar uma caneta pode escrever.

"Todos em alemão?"

"Qual é o problema? O que há de errado nisso?"

"É preciso escrever em alemão? Tenho que aprender."

"Na verdade, não. Chamamos de alemao a língua que você está falando agora."

"Eu consigo falar, é natural para mim. Mas ler e escrever..."

"Então precisamos ir àquela estante. Temos uma grande variedade de livros didáticos de idiomas. Você quer um com explicações em inglês?"

"Não, russo. Ou polo-nortês."

"Acho que eu tenho um livro em russo."

O livro didático era mais barato do que um pacote grande de salmão, mas infelizmente não era tão digerível. Assim como em um manual de montagem de uma máquina, o autor descrevia os componentes linguísticos, como verbos, adjetivos etc. Era improvável que, ao final, o leitor pudesse construir uma máquina com eles. Na parte de trás do livro, encontrei uma seção intitulada "gramática aplicada"; lá havia um pequeno conto que deveria ser lido. Eu o devorei como devoro um salmão, e assim esqueci toda a gramática.

A protagonista era uma rata. Sua ocupação: cantar. Seu público: *Das Volk*, o povo. Na lista de palavras, encontrei "*Volk*", que correspondia à palavra russa "*narod*".

Havia um tempo em que eu não tinha dúvidas de que a palavra "*narod*" se referia ao público de um circo. Mais tarde, em inúmeras conferências e assembleias, ficou claro para mim que aquela suposição não estava correta, mas eu não conseguia definir o termo de forma exata, embora minha falta de conhecimento nunca tivesse sido percebida.

Enquanto a rata cantasse, o povo concedia a ela toda a sua atenção. Não fazia nenhuma macaquice, não dava nenhuma risadinha, não atrapalhava o concerto com ruídos de rato. Era exatamente daquele jeito que meu público se comportava, e meu coração batia forte. Todos os membros da minha plateia podiam andar sobre duas pernas e andar em um triciclo. Mesmo assim, eles me olhavam como se eu estivesse realizando um milagre. E ao final me aplaudiam generosamente. Mas por quê?

Na minha segunda visita, o vendedor de livros veio diretamente até mim, deu uma tossida seca e perguntou se o livro havia sido útil. "Não entendi a gramática, mas o conto era interessante. A história da rata cantora Josefine." Minha resposta o fez rir.

"A gramática é supérflua, se você entendeu o conto." Ele me alcançou outro livro da estante. "Este livro é do mesmo autor. Entre outras coisas, ele escreveu várias histórias do ponto de vista de animais." Quando nossos olhos se encontraram, algo pareceu lhe ocorrer, e ele ficou desconcertado. Então completou, apressadamente: "O que quero dizer é que tem valor como literatura, e não por ter sido escrita da perspectiva de uma minoria. Na verdade, o protagonista nunca é um animal. Durante o processo em que um animal é transformado em não animal ou um humano é transformado em um não humano, a memória se perde, e essa perda é o personagem principal". Seu discurso para mim era muita salada sem prato principal. Eu não conseguia acompanhá-lo, mas ele não notava. Então baixei os olhos e fiz como se estivesse perdida em pensamentos profundos sobre o livro. Depois de um tempo, finalmente me surgiu uma pergunta. "Qual é seu nome?" Ele ficou surpreso. "Ah, me desculpe! Meu nome é Friedrich." Ele não perguntou como eu me chamava.

Abri o livro, como se estivesse partindo um pão francês em dois. Minhas unhas eram longas demais para folhear o livro rapidamente. Já havia tentado cortá-las, mas perdera muito sangue. Agora simplesmente as deixava crescer. Da página aberta pulou aos meus olhos um título com a palavra "cão". Honestamente, eu não suportava cães, criaturas covardes, traiçoeiras, que inocente e sorrateiramente se aproximavam de mim por trás e na primeira oportunidade mordiam meu tornozelo. Teria continuado a evitar todos os cães se um não tivesse surgido no título, que Friedrich pronunciou de forma melódica: "Investigações de um cão". Então um cachorro poderia ter uma mente inquisitiva. Aquela revelação diminuiu meu preconceito contra a espécie. Friedrich me mostrou outra história do livro, cujo tema era a academia. "Você vai achar esta história ainda mais divertida do que a do cão." Naquele momento, Friedrich pareceu um professor de escola satisfeito.

Comprei o livro de contos e li primeiro "Um relatório para a academia". Infelizmente, preciso admitir que achei interessante aquela história de macaco. Mas o interesse podia ter diferentes origens, até mesmo a raiva podia tê-lo causado. Quanto mais eu lia, mais descontrolada ficava minha raiva, e eu não conseguia parar de ler. O macaco é de natureza tropical, o que já era mais do que suficiente para que aquela literatura não fosse bem digerida por mim. Parecia-me muito símio querer se transformar em gente, e além de tudo falar sobre sua própria transformação. Imaginei um macaco macaqueando um ser humano; imediatamente minhas costas começaram a coçar de forma insuportável, como se pulgas e piolhos estivessem sambando em meu pelo. O narrador macaco aparentemente acreditava ter escrito uma história de sucesso. Mas, se pedissem minha opinião, eu responderia de imediato que não é nenhum progresso caminhar sobre duas pernas.

Sentia enjoo quando lembrava como aprendera a andar sobre duas pernas quando criança. E não somente havia aprendido, mas escrito e publicado um texto a respeito. Provavelmente meus leitores tinham pensado que eu queria apoiar a teoria da evolução com minha história de macaco. Se tivesse lido aquele relato antes, teria escrito minha autobiografia de forma totalmente diferente.

No dia seguinte, Wolfgang me fez uma surpresa. Contei sobre a história do macaco, que ainda estava em minha cabeça. Ele reagiu com uma expressão indignada. "Como assim? Se você tem tempo para ler outras histórias, pode muito bem escrever seu próprio texto! Uma autora que só lê é preguiçosa. A leitura está roubando o tempo que você poderia usar para a escrita."

"Mas assim posso aprender alemão. Escrevo em alemão e você economiza tempo. Não precisa mais de tradução."

"Não, isso não funciona! Você deve escrever em sua língua materna. Precisa desabafar, e isso deve acontecer de forma natural."

"O que é minha língua materna?"

"A língua que você fala com sua mãe."

"Nunca falei com minha mãe."

"Mãe é mãe, mesmo que você nunca tenha falado com ela."

"Acho que minha mãe não falava russo."

"Sua mãe era Ivan. Já esqueceu? A era das mães femininas passou!"

Eu estava confusa, pois Wolfgang não cheirava a mentira, o que quer dizer que ele falava o que acreditava ser verdade, mas mesmo assim não conseguia confiar nele. Era certamente ideia de seu editor impor-me a língua russa para que o tradutor pudesse vergar meu texto de modo a ser conveniente com sua política. As abelhas conseguem transformar o néctar das flores em mel. O néctar em si já tem gosto doce, mas o profundo e invasivo sabor do mel é obtido através do processo de fermentação, que é colocado em movimento com a ajuda de líquidos nojentos do corpo de um inseto. Esse meu conhecimento provinha do material informativo que recebera ao participar de uma conferência intitulada "O futuro da apicultura". Wolfgang e seus amigos queriam misturar os líquidos corporais de minha autobiografia e fazer da mistura um novo produto. Para escapar do perigo, eu precisava escrever o texto diretamente em alemão. Daquela vez, queria eu mesma definir até o título.

Wolfgang disse que não queria desviar minha atenção da escrita e saiu do apartamento. Eu o observei pela janela. Esperei que sumisse dentro de um ônibus e então saí de casa para visitar minha livraria. Naquele dia, não havia nenhum cliente ali. Friedrich estava parado num canto, com as costas curvadas. Seus cabelos eram de um preto profundo, que atraía meu olhar. Ele registrou minha presença e levantou os cílios, o que fez seus olhos parecerem maiores, enquanto seus lábios formavam uma risada amigável. "Tudo bem? Está frio hoje", disse Friedrich.

Eu me sentia jogada de volta à minha solidão sempre que alguém me dizia que estava frio em um dia quente. Não se deve falar muito sobre o clima, pois é uma coisa bem pessoal, que frustra toda a comunicação.

"'Um relatório para a academia' era interessante, mas não consegui acompanhar o pensamento do macaco. É ridículo como ele imita os seres humanos."

"Mas você não se perguntou se não seria uma escolha voluntária do macaco?"

"Ele não podia fazer diferente. Escreveu isso. Não tinha escolha."

"Exatamente. Acredito que era isso que o autor pretendia. Mesmo nós, seres humanos, não ficamos assim, como somos, de forma voluntária. Fomos forçados a mudar para sobreviver. Nunca houve uma escolha."

Naquele momento, um cliente, que até então estava mergulhado em seu livro, virou-se e ajeitou os óculos cuidadosamente com a ponta dos dedos.

"A marca Darwin mais uma vez se provou ser um sucesso comercial! Por que as mulheres se maquiam? Por que mentem? Por que estão sempre com ciúme? Por que os homens começam guerras? A única resposta a todas essas perguntas é: a evolução quis assim. Justifica tudo. Mas ainda não consigo pensar em um único motivo por que seria bom para o planeta o perigoso Homo sapiens produzir descendentes. E você, Friedrich?"

A voz do homem a quem ele se dirigia falhou quando gritou "Meu irmão!". O homem de cabelo preto e Friedrich abraçaram-se calorosamente e perceberam de imediato quando tentei escapar da livraria para não os atrapalhar. Friedrich, o vendedor, me chamou de volta e me apresentou a seu irmão. "Esta é a autora de 'Tormenta de aplausos para minhas lágrimas'." Fiquei perplexa. Todo aquele tempo ele já sabia quem eu era!

Friedrich era o motivo principal para eu visitar aquela livraria com tanta frequência. Os homens da espécie Homo sapiens me agradavam muito. Eram macios e pequenos, tinham dentes fracos, mas adoráveis. Seus dedos eram de uma constituição delicada, com unhas quase inexistentes. Às vezes me lembravam os animais de pelúcia que apertamos contra o peito.

Um dia uma moça estava me esperando na livraria. Era uma conhecida de Friedrich, chamava-se Annemarie e pertencia a uma organização que apoiava os direitos humanos. Ela queria conversar comigo sobre a situação dos artistas e atletas do Bloco do Leste. Respondi que os direitos humanos não eram meu tema. Inicialmente, ela pareceu decepcionada, e logo depois horrorizada.

Comecei a perceber que meu destino e o destino dos direitos humanos estavam intrinsecamente conectados. Mas eu não sabia nada sobre aquilo. Humanos que só pensavam em outros humanos tinham criado o conceito de direitos humanos. Um dente-de-leão não tinha direitos humanos, nem mesmo um aguaceiro, uma água-viva, a chuva, o coelho. Talvez uma baleia tivesse. Lembrei-me do texto que li em uma conferência intitulada "A caça às baleias e o capitalismo": os grandes mamíferos tinham mais direitos do que os menores, como o rato, o que provavelmente se devia ao gosto de alguns grupos humanos, que davam mais valor a animais maiores. Entre os mamíferos que não eram vegetarianos nem viviam na água, nós, os ursos-polares, éramos os maiores. Além daquela teoria, eu não conseguia pensar em nenhum motivo pelo qual me perseguiam para tentar me dar os tais direitos humanos.

Annemarie já tinha saído da livraria. Fiquei parada, com a mente vazia, em meio às estantes de livros, recebendo com grande dificuldade o olhar solene e penetrante de Friedrich. "Você não tem um novo livro para mim?" Ele me deu um livro. "Aqui está. *Atta Troll*! Este é para você! Um verdadeiro texto de urso." Na capa, lia-se o nome Heinrich Heine. Abri o livro e coincidentemente deparei com uma das poucas páginas ilustradas, em que se encontrava um urso-negro deitado, com as pernas traseiras e dianteiras esticadas. Ele era tão atraente que não pude mais me afastar do livro. Queria pagar, mas Friedrich tocou minha pata delicadamente e disse: "Sua mão está fria. Está com frio?". Meu sorriso tinha um gosto amargo.

Na manhã seguinte, eu só tinha reclamações para Friedrich. "Você me vendeu um livro de difícil digestão!"

"Tem seus motivos. O autor pode ter distorcido algumas coisas para evitar ser atacado por seus inimigos."

"Que lobo você acha que era seu inimigo?"

"A censura, por exemplo."

"Sem o quê?"

"Censura, o sensor do poder. Você nunca ouviu falar disso lá na União Soviética?"

Procurei em meu cérebro por esse conceito, mas só encontrei confusão. "É por isso que escrevem assim tão complicado?"

"Mesmo quando o autor escreve da forma mais fácil possível, às vezes pode soar complicado para o leitor." Friedrich pegou o livro, folheou e disse: "Você tem que ler estas linhas! Não vai se arrepender de ter gasto dinheiro com este livro".

O texto dizia que a natureza não poderia ter dado aos homens direitos, pois os direitos não eram naturais.

Friedrich disse: "Se os seres humanos querem possuir direitos humanos, devem dar aos animais os direitos animais. E como posso justificar que ontem comi carne? Não sou tão corajoso a ponto de pensar nisso até o fim. Meu irmão, por sinal, virou vegetariano há um certo tempo". Seu olhar me pressionava por uma resposta.

"Não posso ser vegetariana", eu disse rapidamente, mesmo sabendo que meus antepassados e parentes distantes haviam sobrevivido sem carne. Eles comiam sobretudo frutas e vegetais, ocasionalmente um caranguejo ou peixe. Lembrei-me de uma conferência sobre o capitalismo e o consumo de carne, onde haviam me perguntado por que eu matava outros animais. Não soubera responder.

Às vezes eu ficava violenta, e hoje me envergonho disso. Consigo ouvir nossa professora nos motivando com sua fala: "Agora dançamos todos em roda!". Para mim era impossível entrar na roda. A professora me pegou pela pata e me levou para a roda. Mais de uma vez a situação se repetiu de forma similar, e em algum momento ela parou de me incluir e me deixou em paz. Eu ficava parada em um canto da sala observando os acontecimentos. Um dia uma criança perguntou à professora por que eu não participava. Porque eu era egoísta, respondeu ela, e naquele momento recebeu de mim um empurrão tão forte que caiu de bunda. Não era eu, era um reflexo muscular, que me movia à violência. Fiquei com medo de mim mesma, pulei da janela do terceiro andar e caí, ilesa, no chão. Então saí correndo sem direção. Ninguém conseguia me capturar. A partir desse momento fui considerada oficialmente uma criança-problema. Eu era vista como atlética, mas antissocial. Disseram que eu seria enviada para um instituto especial para crianças talentosas, já que a habilidade atlética era um recurso valioso em nosso país. O tal instituto era, na verdade, uma jaula. De lá não conseguia mais ver o sol. O sentimento úmido e sombrio voltou em mim quando me lembrei da jaula. Ivan estava parado em frente. Meu tempo no jardim de infância aparentemente acontecera antes de conhecer Ivan.

Alguém bateu à porta, pausando minha autobiografia. Era Wolfgang, acompanhado de um homem estranho. Fiquei sabendo que era o representante da iniciativa cidadã CAOS. Aparentemente sabia que meu alemão era o bastante para uma conversa casual.

"Como vai?"

A pergunta, que ele pronunciou com um sorriso artificial, soou como um teste. Seu sobrenome era Jäger e eu sabia que aquela palavra significava "caçador". Aos meus ouvidos, o nome soou cruel e sorrateiro. Ele tinha um rosto distinto. Sua barba branca o fazia parecer um oficial. Na primeira fileira do circo eu às vezes via homens com semblante similar.

"Como anda sua autobiografia? Está fazendo progresso?"

A frase me deixou na ofensiva. Eu tinha medo de que ele roubasse meu trabalho.

"É um trabalho lento e penoso. A língua me atrapalha."

"A língua?"

"Mais precisamente o alemão."

O sr. Jäger me lançou um olhar de repreensão. Senti que estava borbulhando, mas sua voz permaneceu calma e fria quando disse: "Pensei que tivéssemos comunicado bem claramente que você deve escrever na sua própria língua, pois temos um tradutor fantástico".

"Minha própria língua? Não sei qual é. Com certeza uma do polo Norte."

"Você está brincando. O russo é a mais magnífica língua literária do mundo."

"Por algum motivo, não consigo mais falar russo."

"Isso não é possível. Escreva o que quiser, mas, por favor, em sua própria língua! Não precisa se preocupar com seu sustento. Desde que escreva, pagamos suas contas." Ele tinha um sorriso no rosto, mas o cheiro de suas axilas era de malícia e falsidade. Os seres humanos tentam, com muita frequência, vender-me sua generosidade para me manipular melhor. Gostaria de pedir ajuda a Wolfgang, mas só via suas costas. Ele se interessava mais pela janela do que por mim.

"Estou certo de que sua autobiografia será um best-seller."

A visita daqueles dois homens deixou minha caneta mole. Naturalmente, a imagem de uma caneta que para na vertical ou não soa muito masculina. Como fêmea, eu diria que quanto menor fosse o texto recém-nascido melhor seria, porque então teria mais chances de sobreviver. Além disso, eu precisava de silêncio absoluto. Uma ursa dá à luz seu filhote em uma caverna escura, sem a ajuda de ninguém. Ela não conta a ninguém sobre o parto, lambe sua prole, que mal consegue ver, e sente em seu peito quando os recém-nascidos começam a mamar. Ninguém deve ver os pequenos, eles são cheirados e tocados, mas nunca vistos. Somente quando atingem certo tamanho é que a mãe pode levar seus filhotes para fora. Pode acontecer de um urso faminto ver esses pequenos animais e devorá-los sem saber que são seus próprios filhotes. Os gregos antigos escreveram sobre casos parecidos. Acredito que o pai urso-polar deve aprender com os pinguins, que se revezam em turnos para chocar os ovos. Para um pai pinguim, é inimaginável comer os ovos. Ele os choca dias e noites, por semanas, em meio a tempestades de neve, esperando pela esposa, que sai em busca de alimento.

"Os casamentos dos pinguins são todos iguais, mas cada casamento entre ursos-polares é diferente." Escrevi essa frase em russo e deixei o papel do manuscrito na escrivaninha para que o sr. Jäger pudesse ver, caso fizesse uma visita inesperada novamente. De fato, os dois retornaram alguns dias depois e encontraram a frase que eu havia deixado. Wolfgang traduziu a frase para o alemão e gritou eufórico: "Isto é literatura universal!".

O sr. Jäger pegou minha pata e disse: "Continue escrevendo! Quanto mais rápido, melhor. Depois teremos tempo de diminuir ou melhorar o texto. O maior erro aqui é pensar demais e acabar escrevendo muito devagar!". Aparentemente, ele queria me encorajar com aquelas palavras.

"Antes do meu exílio eu tinha muito assunto sobre o qual escrever. Os temas se multiplicavam como larvas em um cadáver. Mas, desde que estou aqui, não tenho mais conexão com quem eu era. É como se um fio da memória tivesse sido cortado. Não consigo avançar."

"Provavelmente você ainda não se aclimatou."

"Aqui é insuportavelmente quente. Não consigo aguentar o calor."

"Mas é inverno e suas mãos estão frias."

"É para ser assim. É um desperdício de energia manter as mãos e os pés quentes. O mais importante é que meu coração continua quente."

"Talvez você esteja resfriada."

"Nunca na vida fiquei resfriada. Só um pouco cansada às vezes."

"Quando se está cansado, se pode ver televisão, por exemplo." O sr. Jäger concluiu sua visita com aquela útil sugestão e foi embora com Wolfgang. Nos ombros caídos deles, notei certa decepção.

Assim que os dois sumiram da vista, liguei a televisão. Uma mulher que me lembrava um panda estava parada em frente a um grande mapa, colorido e em retalhos, falando com uma voz aguda. Amanhã, ela disse, a temperatura cairá três graus. Sua voz soava dramática, como se aquela diferença fosse mudar a política mundial. Troquei para outro canal, onde se viam dois pandas. Do lado de fora da jaula, estavam dois políticos, unidos em um aperto de mão. Não achei apropriado misturar pandas com a política dos Homo sapiens. Aí me dei conta de que eu também estava envolvida na política, então não era melhor do que aqueles pandas. Trancada em minha jaula invisível, era a prova viva da violação dos direitos humanos, e nem humana era.

Desliguei a televisão, que queria continuar me torturando com imagens entediantes. Na tela preta, vi a silhueta borrada de uma mulher corpulenta. Era eu, a mulher com ombros estreitos e testa baixa. Devido ao focinho pontudo, não era tão fofa quanto os pandas. Comecei a amassar meu sentimento de inferioridade como se fosse pão, atividade que eu praticava desde minha infância. Então um par de estrelinhas brilhou em meus globos oculares.

Sim, era exatamente aquilo: havia alguém que me confortava. Desde quando?

Eu era a única menina branca e robusta, enquanto as outras eram magras e marrons. Tinham nariz de botão e testa larga. Eu via o orgulho delas em seus ombros. "Tenho inveja das outras meninas. Elas são bonitas", eu disse, sentimental e vaidosa. Àquilo, o ser humano da vez dizia: "Elas são todas ursas-pardas, e caso você ainda não saiba nem todos os ursos são pardos. Continue assim como você é. Além disso, graças ao seu caráter selvagem, você conseguiria atrair um grande público se trabalhasse em um palco". Ele estava lá parado, segurando uma vassoura. Era um dos muitos empregados que limpavam as escolas. Estavam sempre lá, mas eu nunca soube seus nomes. Ninguém nunca os chamou pelo nome. Durante o dia, trabalhavam de forma anônima; à noite, provavelmente viviam com as famílias e utilizavam seus nomes. Agradeci ao homem, um dos inúmeros trabalhadores, por suas palavras.

Eu era uma menina forte, podia sem esforço jogar meus coleguinhas no ar. Um dia, fiz isso com outra, e ela usou uma palavra para me xingar que me surpreendeu. De repente percebi que todas as crianças menos eu usavam o mesmo lenço pendurado no pescoço. Eu não pertencia. Diferentemente delas, não vivia na casa dos meus pais. Talvez tenha sido o motivo pelo qual o palco se tornou meu lar e só lá minha vida pôde acontecer. Eu era livre, recebia aplausos, vivia em êxtase até quase desmaiar.

Wolfgang me visitou desacompanhado. Eu devia ter deixado para lá, mas não consegui resistir a mostrar a ele meu manuscrito recém-saído do forno. Estava tão fresco que ainda fumegava. Wolfgang leu o texto, sem tirar seu casaco e sem sentar. Quando terminou a última frase, deixou seu corpo cair como um saco de areia na cadeira e disse: "Às vezes, ficava tão desesperado que roía minhas unhas até chegar aos dedos. Não era tarefa fácil motivar você. Sua criatividade está de volta. Estou muito aliviado".

"Achou bom o que escrevi?"

"Com certeza! Continue escrevendo! O episódio dos lenços no pescoço vai ser um sucesso. Todas as outras crianças pertencem aos jovens pioneiros, menos você. Quando eu era pequeno, havia uma organização de escoteiros de que todos os meus amigos faziam parte. Eles usavam o mesmo lenço no pescoço. Eu tinha inveja deles, porque não podia participar."

"Por que não?"

"Minha mãe era contra. Ela dizia que era uma ideologia que eu não podia entender."

"Que tipo de ideologia?"

"Não sei exatamente. Talvez algum tipo de autossacrifício. Pela pátria, por exemplo. Minha mãe dizia que não se deve plantar essas ideias na cabeça das crianças."

"Essa era a opinião dela?"

"Sim. Como era a sua mãe?"

"Hoje o tempo está bonito. Quero sair de casa."

"Aonde você quer ir?"

"Quero visitar uma loja de departamentos."

O lugar que chamavam de loja de departamentos era uma versão mais triste do supermercado. Havia menos produtos por metro quadrado e quase nenhum cliente. Uma grelha de salmão. Um lençol florido. Um espelho grande. Uma bolsa de mulher, cuja superfície me lembrava da pele de uma foca. Chegamos a uma parte da loja em que não havia um só cliente. A música alta tentava preencher o espaço vazio. Um gramofone estava em um pedestal e, diretamente ao lado dele, um cão de plástico, branco, com pintas pretas e em tamanho real. Podia-se ver a imagem dele em todos os discos, o que achei patologicamente excessivo. "Um dálmata", disse Wolfgang, com uma expressão de orgulho no rosto, como se tivesse feito uma descoberta extraordinária. "Os cães são tão diferentes em aparência, mas são todos, no final das contas, cães. Não é engraçado?"

Eu gostaria de ter respondido que já lera aquela mesma ideia em "Investigações de um cão", mas não disse nada, pois Wolfgang não devia pensar que eu havia lido outro livro.

A loja não somente absorveu minha atenção como também devorou todas as minhas forças, mesmo que eu não estivesse procurando por nada em particular. Não achei nenhum produto que eu quisesse possuir. No fim, fui vencida pelo cansaço, e o que ficou foi a sensação de que eu era uma perdedora. Ao lado da loja, havia um parque de diversões. Propus a Wolfgang que fôssemos até lá e percebi imediatamente que ele não tinha nenhuma vontade de fazê-lo, mas não desisti, como se estivesse me vingando, e insisti, teimosa e rabugenta.

Sentamos lado a lado em um banco no parque de diversões. Wolfgang me perguntou se eu havia visto televisão.

"Sim, mas achei um tédio. Só mostravam pandas."

"E por que acha os pandas entediantes?"

"Porque eles já vêm maquiados naturalmente, não se esforçam para ser interessantes. Não sabem fazer truques no palco nem escrever uma autobiografia."

Wolfgang caiu na gargalhada, o que não era típico dele.

Uma mulher magra como um esqueleto passou por nós, com uma coleira de couro na mão. Mas não era um cão andando na frente dela, e sim um homem alto. Wolfgang pegou sorvete para nós, em potinhos de papel ridiculamente pequenos. Em uma só lambida minha língua acabou com todo o sorvete de baunilha. Então essa mesma língua proferiu meu desejo mais profundo: "Quero emigrar para o Canadá!".

"O que você disse?"

"Quero emigrar para o Ca-na-dá!"

Um pouco de sorvete caiu da língua de Wolfgang, que no momento servia de colher. "Por que escolheu um lugar tão frio?"

"Ainda não entendeu que, mesmo que para você seja confortável aqui, para mim é muito quente?"

Os olhos de Wolfgang se encheram de lágrimas. Ele parecia um cão. No geral, os cães procuram loucamente por seus companheiros de matilha. Uivam saudosos, mas não por amor, e sim por um medo existencial, acreditando que só podem sobreviver em grupos. Não sou egoísta, mas prefiro ficar sozinha, porque é a escolha mais racional e prática para a busca por alimento.

Despedi-me de Wolfgang taciturna. Fiquei feliz de poder voltar a trabalhar sem ser interrompida. Queria urgentemente voltar às memórias do gramofone de minha infância. Mas no fim o que me veio à mente foi o gramofone que eu havia visto na loja, com o petulante dálmata ao seu lado. Ele se portava como se sua presença ali fosse natural, mas não era um cão de verdade. O pedaço da minha memória foi substituído na loja pelo logotipo de uma marca.

Escrever uma autobiografia significava adivinhar ou inventar tudo o que se havia esquecido. Pensei que já tivesse descrito suficientemente a imagem de Ivan. Na verdade, quase não conseguia mais me lembrar dele. Ou melhor: estava começando a lembrar muito claramente, o que só podia significar que Ivan agora era nada mais do que uma criação minha.

Minha memória vivia no movimento do meu braço. Ela me surpreendeu durante uma conferência. Toda vez que eu tentava imaginar o rosto de Ivan logo à minha frente, surgia apenas a imagem pintada de Ivan, o Tolo, de um livro infantil.

Começaram a germinar em mim novas dúvidas sobre minha escrita. Em vez de continuar escrevendo a autobiografia, peguei um livro, o qual por sorte eu não precisaria escrever, pois alguém já o havia escrito. A leitura era na verdade uma fuga da escrita, mas talvez fosse menos condenável se eu lesse um livro que já havia lido, em vez de um novo. O cão do conto "Investigações de um cão" estava ocupado com o presente. Ele escolhia se queixar e ponderar, em vez de criar uma infância plausível. Por que não posso escrever o presente? Por que preciso inventar um passado que soe autêntico? O autor da história do cão também não havia escrito uma autobiografia. Em vez disso, ele aproveitou a oportunidade de ser às vezes um macaco, às vezes um rato. Durante o dia, tomava a forma de um ser humano e ia trabalhar como funcionário público. À noite, curvava-se sobre seu manuscrito. Uma vez, fui a Praga para uma conferência. O nome Kafka não foi mencionado uma única vez. Aquela cidade também vivia uma primavera tardia, mas Kafka vivera muito antes, até mesmo antes do inverno. Ele não conhecia a vida em nosso país, mas saberia o que quero dizer quando afirmo que ninguém pode agir inteiramente de acordo com seu livre-arbítrio.

Foi um dia tropical após o outro. Nas minhas células cerebrais incandescentes, os fragmentos de meus pensamentos se recusavam a fundir-se. Em um país com neve e gelo, eu poderia esfriar minha cabeça e me sentir fresca novamente. Quero emigrar para o Canadá! Já escapei do leste para o oeste. Mas como se escapa do oeste para o oeste? Um dia fui surpreendida pela resposta correta.

Em um passeio, descobri uma área coberta por neve e gelo. Estava presa dentro de um pôster. Na parede, ao lado dele, havia outros pendurados, e percebi que estava parada em frente a um cinema. Sem hesitar, procurei pela entrada e comprei um ingresso, como se fizesse aquilo todo dia, mas era minha primeira vez. Um filme canadense mostrava a vida no polo Norte. Lebres-da-eurásia, raposas-prateadas, carnívoros brancos, baleias-cinzentas, focas, leões-marinhos, lontras, orcas e ursos-polares. A vida lá era, para mim, inimaginável, mas ao mesmo tempo eu sabia que era o dia a dia de meus antepassados.

Na volta para casa, tomei um atalho através de uma passagem mal iluminada atrás da estação de trem. Quatro adolescentes estavam parados em círculo, e um deles pintava símbolos estranhos no muro com um spray. Eu estava curiosa, então fiquei ali parada, observando sem falar nada. O menor deles notou minha presença e tentou me espantar. "Sai fora!"

Eu não consigo suportar quando alguém tenta me expulsar de um grupo. Reagi com teimosia, não estava pronta para dar nem sequer um passo para trás. Os outros quatro jovens foram, um a um, notando minha presença. Um deles me perguntou de onde eu era. "De Moscou." De repente, todos os cinco jovens pularam para cima de mim, como se a palavra "Moscou" fosse um código para "atacar!". Não queria machucar aqueles humanos magros e jovens, com o couro cabeludo nu e macio, mas precisava pelo menos me defender. Assim, distribuí golpes leves com a pata aberta. O primeiro garoto caiu de bunda e, sem conseguir levantar, ficou olhando para mim boquiaberto e surpreso. O segundo voou pelos ares, levantou novamente, apertou os dentes e tentou me derrubar, mas voou de novo, leve como uma pena. O terceiro sacou uma faca do bolso do casaco, querendo me esfaquear. Ele se aproximou. Esperei e fui para o lado no último segundo, então virei e empurrei suas costas. O garoto foi jogado contra um carro estacionado. Perdeu o autocontrole e correu na minha direção, com o lábio cortado. Desviei novamente e dei-lhe um leve empurrão nas costas. Ele caiu no chão, mas levantou rapidamente, daquela vez para fugir. Seus amigos já estavam havia tempo longe da vista.

O Homo sapiens se movimenta de forma lenta, como se tivesse muita carne sobressalente no corpo, mas ao mesmo tempo é pateticamente magro. Pisca com muita frequência, sobretudo em momentos decisivos, quando precisa enxergar com mais clareza. Quando nada está acontecendo, encontra alguma razão para se mover freneticamente, mas, quando há um perigo real, lida com isso de forma muito lenta. O Homo sapiens não foi feito para a batalha, de forma que deveria aprender a sabedoria e a arte da fuga, como coelhos e veados. Mas ele ama a luta e a guerra. Quem criou essas tolas criaturas?

Alguns humanos afirmam ter sido criados à imagem e semelhança de Deus. Isso é um insulto a Deus. No norte de nossa terra há pequenas tribos que ainda lembram que Deus, na verdade, se parecia com um urso.

No chão havia uma jaqueta de couro de boa qualidade. Levei-a para casa para dar de presente a Wolfgang.

Como esperado, ele apareceu no dia seguinte.

"Encontrei uma jaqueta de couro na rua, mas fica muito apertada em mim. Quer experimentar?"

Inicialmente, Wolfgang olhou para a jaqueta com indiferença, mas então seu rosto congelou. "Onde conseguiu esta jaqueta? Não viu a suástica?"

De fato, havia uma espécie de cruz pintada nela. Fiquei horrorizada. Tinha dado uma surra numa equipe da Cruz Vermelha? Procurei rapidamente por uma desculpa. "Eles me atacaram primeiro. Foi autodefesa."

Wolfgang fumegava um vapor raivoso. Provavelmente tudo era um engano, e quis desfazê-lo rápido. "É sério, mal toquei nos garotos. Se necessário, posso ir até lá e pedir desculpas. Eles não me compreenderam. Eu disse que era de Moscou e todo o grupo me atacou. É um código para alguma coisa?"

Wolfgang sentou, com um suspiro, e me explicou que, de acordo com estatísticas recentes, os neonazistas atacavam primariamente russos-alemães de cor clara como eu, e não os de pele mais escura e os otomanos de cabelo preto. Os radicais de direita temiam, segundo ele, os indivíduos que se pareciam com eles, ainda que fossem diferentes.

"Não pareço com eles", eu disse, em protesto.

"Talvez não, mas um local como Moscou pode despertar certos sentimentos, às vezes até raiva."

Wolfgang chamou o representante da CAOS e então informou a polícia. Depois me mostraram um artigo de jornal que falava sobre uma autora exilada que havia sido atacada por extremistas de direita. Já que eu não havia me machucado, não escreveram que a vítima estava no hospital em estado grave, o que teria sido mais forte. Saí sem nenhum arranhão, mas o fato é que eu, uma fêmea, havia sido atacada por cinco homens e aquilo era motivo o bastante para Wolfgang e seus amigos pedirem à embaixada do Canadá que me aceitassem como refugiada política, porque permanecer na República Federal da Alemanha era muito perigoso para mim. Suspeitei que a CAOS quisesse se livrar de mim, já que eu comia muito salmão e escrevia pouco. "Temos que esperar pela resposta", disse Wolfgang, com uma voz que parecia uma rosa cheia de espinhos.

Meu anseio por aquela terra gelada continuou, forte como nunca, mas uma preocupação inesperada brotou em mim. De início, parecia insignificante, expressa levemente na frase: tenho que aprender inglês? Será que todo o meu esforço para aprender alemão foi em vão? Espero que não me confunda com o fato de estar escrevendo minha vida em várias línguas ao mesmo tempo! Uma nova preocupação, que agora vinha à tona, parecia ainda mais ameaçadora: tudo o que eu já coloquei no papel não vai se perder, está seguro. Mas e os acontecimentos que me esperavam no Novo Mundo? Não consigo aprender a nova língua tão rápido quanto a vida passa. Há algo que pode desaparecer, que se chama "eu". Morrer significa não estar mais aqui. Eu nunca tivera medo da morte, mas quando comecei a escrever minha autobiografia isso mudou: eu poderia morrer sem terminar de descrever a minha vida.

Meus antepassados com certeza não conheciam a insônia. Em comparação a eles, eu comia muito e dormia pouco. Minha evolução foi, sem dúvida, uma regressão. Peguei a garrafa de vodca que deixava guardada atrás da escrivaninha para as noites de insônia. Em Moscou, precisava de bons contatos para conseguir uma garrafa de Moskovskaya, mas na Berlim

Ocidental se pode comprar uma em qualquer quiosque de estação de trem. Segurei a garrafa como um trompete em frente ao meu focinho, como se fosse começar a tocar uma fanfarra, e matei a sede. Em algum momento, não conseguia mais afastar a garrafa do rosto. Tentei removê-la e doeu. Ela havia crescido em mim. Eu era agora um unicórnio. Vi um urso-polar se aproximando de mim e meu susto me empurrou para dentro da água gelada. O urso-polar estava lá parado, sem presa na boca, ofegante e irritado. Eu o conhecia, era meu tio. Por que então queria me comer? "Querido tio", eu disse, com uma voz amigável, mas ele mostrou seus dentes para mim e rugiu. Ah, era verdade, ele não entendia a língua que eu falara. Não era de estranhar. Na água, eu me sentia segura; a água era o meu elemento. Ao meu lado nadava uma fêmea de unicórnio. Ela sussurrou no meu ouvido: "Você não pode se dar ao luxo de ficar bêbada! Atenção! As orcas estão vindo!".

"Que maluquice! Aqui não há orcas", respondeu outro unicórnio.

"Há, sim. Estão todas emigrando, pois não há mais alimento em seus países nativos."

"Vamos fugir juntos!"

Nós três nadamos lado a lado em direção ao norte. Mergulhávamos no mar azul-gelo e voltávamos à superfície. Era, como os jovens na época falavam, "animal" deslocar-se pelo oceano com amigos. Nem doía quando minha cabeça se chocava com blocos de gelo à deriva. Logo perdi meu foco. Então, algo surgiu na superfície: a princípio parecia uma pequena e inofensiva calota de gelo, mas depois se mostrou um imenso iceberg, do qual só se via a ponta. Meu chifre foi de encontro ao colosso com um som de rachadura e se quebrou. Não foi nada, pensei em voz alta, o chifre era somente um elemento decorativo. Logo fui forçada a perceber que sem ele não conseguia manter meu equilíbrio. Meu corpo girou ao redor do eixo e foi puxado para baixo por um redemoinho. Socorro! Preciso de ar! Vi várias focas recém-nascidas se debatendo. Aparentemente estavam se afogando, assim como eu. Teria apreciado torná-las meu lanche se não estivesse tão ocupada com meu próprio afogamento.

As imagens da noite desapareceram. Acordei, com medo de ir para o Canadá. Com esforço, sentei à escrivaninha, mas meus sentidos não estavam sob controle e deixei meu olhar vagar para fora da janela. Na rua havia um menino, que andava muito vagarosamente em uma bicicleta que lembrava um cão salsicha. Quando o menino puxava com força o guidão, a roda da frente levantava no ar, e ele ficava andando só com a roda de trás. O menino andou em círculo por um tempo, então retornou a roda dianteira ao chão. Depois girou enquanto ainda andava, e por fim ficou sentado de forma que suas costas estavam viradas para o lado contrário. Claramente estava treinando para o palco do circo, mesmo sem saber quando e se teria permissão para fazer seu ato. De repente, ele caiu para o lado, como se uma mão malvada e invisível o tivesse empurrado. Seus joelhos nus se tingiram de vermelho. Mas nenhuma dor poderia impedi-lo de continuar. O menino levantou e em seguida tentou plantar bananeira na bicicleta em movimento. Pensei na palavra "guidão"; sim, queria ter um guidão para guiar meu destino. Para tanto, precisava continuar escrevendo minha autobiografia. Minha bicicleta era minha língua. Ia escrever não somente sobre o que se passara, mas sobre tudo o que ainda passaria. Minha vida ia se desenvolver exatamente como eu a colocava no papel.

No aeroporto de Toronto, fui recebida calorosamente por um vento gelado. Eu sabia como deveria apresentar a cena em que era recebida no aeroporto por estranhos, mas aquela seria uma repetição da cena de Berlim, que eu já havia colocado no papel.

Como uma autora evita repetições se em sua própria vida as mesmas cenas se repetem de novo e de novo? Como fizeram os outros que emigraram para o Canadá? Como descreveram sua vida? Quando se tem essas dúvidas, o melhor a fazer é visitar uma boa livraria.

"A literatura sobre migração está lá." Friedrich me mostrou a estante onde ainda havia a placa antiga em que se lia "filosofia". Havia uma quantidade tão grande de livros que eu não fazia ideia de qual lombada tocar primeiro. Ele recomendou três, e comprei todos.

No primeiro livro, aprendi que o Estado canadense recebia imigrantes e os tratava muito bem. Para cada novo cidadão, organizavam uma cerimônia na prefeitura, à qual o próprio prefeito comparecia para cumprimentar a pessoa e a presenteava com um buquê de flores. Copiei aquela passagem.

Na próxima cena, o narrador em primeira pessoa visitava uma escola de idiomas. A ideia de uma nova língua pesava sobre mim. O alemão ainda me era muito novo, eu não precisava de outra. Uma foto no livro mostrava uma sala de aula da escola de idiomas, cheia de cadeiras frágeis e arrebentadas. Pensei que não valia a pena emigrar, se era preciso ficar entalado em cadeiras estreitas para aprender a nova gramática. Então o autor mencionou que a sala de aula era bem aquecida, quase tanto que poderíamos nos preocupar com o desperdício de energia. Mas depois afirmou que as preocupações não tinham fundamento, pois o Canadá tem fontes de energia ilimitadas. Que pensamento terrível! Já estava farta até o focinho do primeiro livro, então o joguei num canto e abri o segundo. O autor daquele havia viajado de barco do sul até o norte do Novo Mundo e entrara secretamente no Canadá. "Cheguei à noite, no escuro, a uma ilha de pescadores pequena e deserta. A temperatura estava congelante, então tirei minha roupa pesada e encharcada e me envolvi com uma rede de pesca. O cheiro de algas encheu meu nariz." As roupas frias e encharcadas e o cheiro de algas me agradaram tanto que copiei, esfomeada, a passagem. Mas aquele autor não permaneceu na praia por muito tempo; no outro dia, foi até as autoridades e por fim também acabou em uma escola de idiomas. Fechei o volume e abri o terceiro livro mais ou menos na metade, porque queria atracar no meio da história. Ali me esperava o primeiro encontro, a saudade, o primeiro beijo: fui imediatamente pescada para dentro do livro.

Comecei a frequentar uma escola técnica. No início, não tinha nenhum outro objetivo a não ser aprender inglês. Eu conversava de bom grado com todo mundo e nem me preocupava em como os outros me viam ou no que pensavam de mim. Ao longo das semanas, fui percebendo cada vez mais que eu era a única em minha turma que tinha uma aparência branca-de-neve. O sentimento de inferioridade brotou em mim como uma flor venenosa. Ninguém me insultava, provavelmente ninguém notava minha cor, mas o espelho me mostrava um rosto pálido e sussurrava: "Você parece doente. Você parece triste". Comecei a visitar um lago nos limites da cidade para pegar sol depois da aula, esperando o milagre marrom, mas minha natureza não deixava que outras cores se fixassem em mim. Na minha turma, havia um jovem chamado Christian, que me passava uma impressão agradável. Ele me perguntou se algo me incomodava. Em vez de responder, sugeri que fôssemos nadar juntos no domingo. Ele concordou imediatamente, sem que eu sentisse a mínima resistência.

Estávamos deitados à beira do lago, com o corpo molhado, sentindo as minúsculas e leves partículas de luz do sol poente. Christian também era pálido como eu, e era inexplicável para mim por que não o havia notado anteriormente. Contei a ele sobre meu sofrimento, e ele me contou a história do patinho feio. Christian tinha orgulho de sua cidade, Odense, da qual o autor daquele conto também era nativo. Uma sensação alegre me invadiu, nossos olhares se encontraram e coloquei minha pata-mão em sua cabeça. Ele se curvou lentamente e pressionou seu nariz-focinho contra meu peito. Enquanto estávamos flertando, o sol desceu os últimos degraus e desapareceu para o porão. Ficamos deitados os três juntos: Christian, eu e a noite.

Christian disse que não queria casar comigo na igreja, pois segundo ele a religião era uma droga que não estava mais na moda. Celebramos nosso matrimônio entre nossas quatro paredes. Quase automaticamente, engravidei, e dei à luz dois filhotes: uma menina e um menino. O menino morreu antes que eu pudesse lhe dar um nome. A menina recebeu o nome de Toska.

Enquanto estava copiando essas passagens do livro, entrei como protagonista na história que estava sendo contada. Eu gostaria de adotar essa história como minha história de vida e vivê-la até a última pontuação. Lia cada frase em voz alta e copiava, até o ponto em que não olhava mais as páginas do livro. Uma voz de dentro dele sussurrava a história para mim. Eu ouvia e escrevia. Tal atividade custou muito da minha força vital.

Eu e meu marido concluímos a escola técnica. Para coroar a façanha, ele recebeu uma vaga para trabalhar como relojoeiro e eu, como enfermeira. Meu marido logo se uniu ao sindicato; começou a se engajar politicamente e não voltava para casa na hora do jantar. Nos fins de semana, lutava ainda mais pelos trabalhadores, em vez de descansar. Nossa filha Toska foi criada por mim, sozinha. Ela era de uma natureza alegre e me fazia feliz, mas às vezes também me causava constrangimento. Dançava e cantava na rua, e, quando os passantes aplaudiam com entusiasmo, não queria mais parar. Um dia meu marido me surpreendeu com uma sugestão: "Vamos fugir para a União Soviética". Uma inquietação incurável infiltrou-se em mim. Quanto sofrimento, quanto esforço me custou sair de minha terra! O que aconteceria comigo, se me reconhecessem lá como uma traidora? Quando meu marido ficou sabendo de minhas preocupações, não mencionou mais a emigração. Fiquei aliviada e pensei que o tema do exílio estava fora de cogitação para sempre. Meu amor pelo Canadá era grande, mas eu não queria supervalorizá-lo, porque também amava os Estados Unidos, ou pelo menos as panquecas que eram produzidas lá. Depois de uma semana, ficou claro para mim que eu havia subestimado a obstinação de meu marido. Ele veio com outra sugestão. "Vamos fugir para a Alemanha Oriental! Lá eles não sabem nada sobre seu passado. Fazemos o pedido como canadenses e argumentamos que queremos contribuir para a construção de um Estado ideal. Amo o Canadá tanto quanto você, mas o Primeiro Mundo está em um beco sem saída. Já contei que minha mãe perdeu o emprego na Dinamarca porque participou de uma operação dos radicais esquerdistas. Ela veio comigo para o Canadá e logo foi morta por um amante neurótico. Se ficarmos aqui, teremos que continuar nos sujeitando a trabalhar como mulas para continuar recebendo tão pouco quanto recebemos agora. Toska não conseguirá ter uma educação de qualidade. Ela é muito talentosa. No leste, receberia treinamento especializado gratuito. Ela pode ser patinadora no gelo profissional ou até bailarina." Quando ouvi aquilo, a decisão de ir para a Alemanha Oriental com minha família estava praticamente garantida.

Aliviada, suspirei, joguei-me na cama, deixei minha orelha afundar no travesseiro macio. Deitada como um croissant, abraçava Toska, que ainda não tinha nascido, ela ainda era parte de meu sonho, enquanto eu caía em um sono macio. Uma coisa era certa: minha filha algum dia estaria no palco, no papel principal de *O lago dos ursos-polares*, de Tchaikóvski. Mais tarde daria à luz um filho, de aparência tão adorável que todos iam querer imediatamente afofá-lo. Eu daria a ele, meu primeiro neto, o nome Knut.

Olho por cima do vasto campo à minha frente, sem nenhuma casa, nenhuma árvore, todo coberto de gelo, até o horizonte. Já no primeiro passo percebo que o chão é feito de calotas polares. Meus pés afundam com aquela em que acabei de pisar, e já estou com água gelada até os joelhos. Em seguida minha barriga está molhada, depois meus ombros. Não tenho medo de nadar, e o resfriamento da água gelada na verdade é agradável para mim, mas não sou um peixe, e não consigo permanecer na água para sempre. Vejo uma superfície que penso ser uma margem, mas logo que a toco se desloca para o lado e desaparece no mar. Não procuro mais por terra firme, e sim por um bloco de gelo maior. Após muitas decepções, finalmente encontro um bloco de gelo maciço o bastante para aguentar meu peso. Equilibrada em cima dele, olhando para a frente, sinto o gelo derreter a cada segundo abaixo das solas quentes dos meus pés. A ilha de gelo ainda é tão grande quanto minha escrivaninha, mas ao fim não estará mais lá. Quanto tempo ainda tenho?

II.
O beijo da morte

Minha espinha dorsal alonga-se para cima, meu peito se abre, puxo meu queixo um pouco para trás. Fico parada em frente à parede de gelo, não tenho medo dela. Não é uma luta. Na verdade, ela é formada por pelos quentes feitos de neve. Encaro a parede e encontro nela um par de olhos de pérolas negras e um nariz úmido. Coloco rapidamente um cubo de açúcar na língua e a estico em direção a ela. A ursa-polar se põe lentamente na minha direção, enverga primeiro os quadris, depois o pescoço, equilibrada nas pernas traseiras. Ela bufa, e cheiro de neve flui violentamente de seu focinho. Então, de forma habilidosa e rápida, sua língua rouba o açúcar do local mais íntimo da boca. Terá uma boca tocado a outra?

O público prende a respiração, se esquece de aplaudir e permanece congelado por um momento. Mil olhos encaram com medo a ursa Toska, nenhum dos espectadores sabe que o verdadeiro perigo não se encontra ali. Obviamente, minha vida teria acabado de maneira drástica se Toska, do alto de seus três metros de altura, tivesse me golpeado com sua pata poderosa. Mas ela não o fez. Seria então verdadeiramente perigoso se a trupe de nove ursos-polares que estava no fundo da cena se tornasse desarmônica. Se um único deles perdesse a calma, o reduzido fogo poderia incendiar a potencial inquietação dos outros ursos, evoluindo muito rapidamente para uma grande chama, cobrindo todo o palco, para queimar todos nós. Portanto, observo todos os presentes minuciosamente, até aqueles que estão atrás de mim. Todo o meu corpo é um sensor. Cada um dos meus poros é um olho, e abro incontáveis olhos nas costas também. Cada pelo da minha nuca deve funcionar como uma antena, para monitorar as relações de poder no grupo. Não há um segundo sequer em que eu esteja desatenta, além do único segundo em que Toska e eu nos beijamos. Ali, toda a minha atenção está voltada para nossos lábios, e não consigo prestar atenção nos outros ursos. Minha mão esquerda, que segura um chicote, estremece no momento do beijo.

O público acredita que o chicote garantiria meu poder sobre os predadores. Na realidade, essa corda de couro é comparável à batuta de um maestro. Nenhum músico de uma orquestra tem medo de ser golpeado e ferido pela batuta. Mas a pequena e fina haste incorpora o poder, talvez pelo fato de estar sempre um passo à frente. É o mesmo com meu chicote e meus animais.

Sou o menor, o mais fraco e o mais lento entre todos os seres vivos no palco. Minha única vantagem é que consigo perceber antecipadamente e de forma precisa as mudanças de humor em outros seres. Caso as relações de poder entre os nove ursos oscilassem e ao menos dois dos nove ursos se enfrentassem, eu não conseguiria mais impedir com minha força corporal. Por isso, deixo assoviar meu chicote e grito para afastar os animais quando sinto a menor faísca de hostilidade. Se não fosse assim, o problema aumentaria tão rápido que não haveria mais volta.

Nove ursos-polares estavam de pé na ponte em forma de arco, parecendo com as nove cabeças da cobra Naga, da mitologia. A primeira cabeça se movimentava como o pêndulo de um relógio de parede, a segunda emitia uma voz grave do fundo da garganta. Todas esperavam para finalmente entrar na fila e receber a doce recompensa.

Minha saia era curta, as botas eram longas, meus cabelos compridos e cacheados estavam presos num rabo de cavalo. Eu media um metro e cinquenta e oito, ninguém percebia que já tinha mais de quarenta anos. Por causa da minha aparência, o diretor do circo, Pankov, teve a ideia de adicionar essa apresentação ao programa. "Uma garota pequena com dez enormes ursos em suas mãos. Arrebatador! Já estou arrepiado! Precisamos de uma atuação sensual. Ursos-polares são muito maiores do que ursos-pardos, e por serem brancos parecem ainda mais. Quando ficam enfileirados, lembram uma gigante muralha de gelo. Magnífico!" A voz rouca de Pankov ressoa ainda hoje no meu ouvido. Seu consumo de cigarro não tinha nenhum planejamento. "E então, o que você me diz? Encara o desafio? Tente! Não tenha medo da derrota! Mesmo se tudo der errado, não vou demitir você. Pode continuar trabalhando conosco na limpeza." Ele riu, regozijando-se. Limpei durante anos os estábulos do circo até conseguir ter em mãos a chave para minha carreira atual. Pankov sabia muito bem disso. Ele me provocava. Talvez quisesse que, de pura raiva, saltasse fora da minha pele.

Eu não tinha nenhuma experiência com ursos-polares, exceto uma tentativa fracassada que marcou uma fase curta, mas inesquecível, da minha vida. Na época, eu treinava um grupo de animais selvagens, e um dia fui forçada a incluir um urso-polar na trupe. Amo todos os mamíferos, mas odiava o popular número de circo com diversos animais diferentes misturados. Mais especificamente, detestava a burrice e a vaidade da raça humana, que se orgulhava de conseguir forçar tigres, leões e leopardos a se sentar juntos. Isso me lembra das coreografias do Estado, que exibem minorias com roupas coloridas em um desfile. A elas se atribui uma autonomia política, e para isso são obrigadas a demonstrar visualmente a variedade cultural de seu país. Diferentemente dos seres humanos, animais selvagens se agrupam para aumentar suas chances de sobrevivência. E esses grupos se mantêm distantes uns dos outros para que não precisem lutar ou se matar sem motivo. Mas os seres humanos encarceram os animais todos juntos, em locais apertados, para que se pareçam com a página de uma enciclopédia de animais. Eu frequentemente me envergonhava de ser uma representante da burra espécie Homo sapiens no palco.

Minha trupe de animais selvagens seria pouco interessante sem a presença dos ursos-polares, segundo meus superiores e os superiores dos meus superiores. Em retrospecto, fica claro para mim que eles mesmos viviam como animais selvagens em sua própria trupe política, e por isso tinham muito medo de ser devorados por outro funcionário. Depois da morte de Stálin, em 1953, era difícil prever quem seria o próximo a ser devorado. Tínhamos a sensação crescente de que nenhum circo poderia sobreviver nas mãos da iniciativa privada. Sentimos um novo tipo de incerteza. Ninguém sabia se poderíamos continuar trabalhando assim ou se repentinamente uma tempestade arrancaria a tenda de nosso circo.

Em 1961, as trupes circenses Busch, Aeros e Olympia lograram um novo começo se juntando para formar o circo estatal da República Democrática Alemã. Eu tinha esperanças de que ele renunciaria ao uso de números com animais misturados, pois sua brutalidade primitiva não correspondia à ideia de um Estado moderno. Mas meu desejo de um número com uma pacífica família de leões não teve aceitação no contexto circense. Cada vez mais espectadores queriam ver uma mistura perigosa de animais selvagens.

Na época, eu ainda não tinha certeza se ursos-polares eram de natureza pacífica como leões. Além disso, suspeitava que Pankov só havia feito sua proposta para me meter em apuros. No fim, decidi aceitar. Eu não queria fechar uma porta para a ascensão.

Conheci meu marido Markus quando já tinha atingido o ponto alto de sua carreira como domador de ursos. Eu havia sido por muitos anos uma admiradora de seu número com ursos. Sob sua condução, os corpos dos ursos fluíam como partículas de luz no palco, muito claros, leves e brilhantes. Na época em que me apaixonei, ele estava em crise. Apareci por acaso em um de seus ensaios. Markus estava cercado de estagiários que o veneravam. Seu cabelo parecia cuidadosamente penteado e, mesmo sendo somente um ensaio, e não uma apresentação, ele usava sua calça de cavaleiro inglês e botas elegantes. Markus se portava como um mestre experiente, mas eu via em seu rosto uma expressão de confusão e medo. O urso-pardo não seguia seus comandos, e eu inclusive acreditava ter visto um sinal de desprezo nos olhos do animal. O urso-pardo é capaz de ignorar a presença das pessoas quando é melhor para ele. Mesmo se estiver com um ser humano em um local muito reduzido, consegue se portar como se estivesse sozinho. É a sabedoria de um animal que precisa dividir um hábitat limitado com outros. Assim, consegue evitar desavenças desnecessárias. Eu ouvi falar que os trabalhadores japoneses que pegam o metrô lotado todas as manhãs possuem essa mesma sabedoria.

Mas o urso-pardo não consegue ignorar uma pessoa quando ela o provoca. Markus provocava os ursos involuntariamente, o que era um grande erro, que nenhum domador deveria cometer. Será que eu era a única entre os presentes que havia percebido aquilo? Markus se encontrava em uma crise existencial: não conseguia mais entender os ursos. Em compensação, abria seu coração para as pessoas, o que não fazia anteriormente. Depois do ensaio, eu me sentei com ele em um banco. Ficamos respirando no mesmo ritmo, e assim a distância entre nós diminuiu muito rapidamente. Não demorou muito para que nosso matrimônio fosse registrado no cartório.

Era meu segundo casamento. Markus não fez nenhum comentário quando eu disse que minha filha do primeiro casamento vivia com minha mãe. Não esboçou reação quando eu disse que meu primeiro marido também era domador de ursos.

Na temporada seguinte, Markus pretendia fazer uma apresentação com um urso-pardo-do-alasca. Ele era novo e ainda não estava aclimatado, olhava teimoso para nós, como se quisesse dizer que mesmo por um balde de açúcar não abanaria nem uma orelha. Quando Pankov ia ao ensaio, Markus fazia o chicote assobiar mais do que nunca, para mostrar serviço. Meu marido parecia mais descuidado a cada dia. Ele ia ao ensaio de pés descalços, com uma roupa de treino azul-escura, desbotada e velha. Seus cabelos finos e encharcados de suor não eram mais penteados.

Eu ainda tinha tempo suficiente até a estreia. Ele poderia se aproveitar daquilo, mas era preocupante que não percebesse a raiva do urso até o momento em que o animal lhe mostrava os dentes. Markus parecia alguém que tenta encontrar uma solução por meio da conversa apesar de não ter domínio da linguagem. Eu suava frio, preferindo fechar os olhos.

Não só eu, mas Markus também ficou aliviado quando Pankov sugeriu que o urso tivesse acompanhamento de um psicólogo de animais por um tempo, pois seu comportamento chamava a atenção. "Em troca, receberemos ursos-polares", disse Pankov com um sorriso que nenhum de nós conseguiu entender. A princípio Markus ficou assustado, mas se acalmou quando Pankov disse que eu ia apresentar o número com os ursos-polares.

Meu marido se encontrava em uma fase da vida muito diferente da minha: ele não queria ter um grande público e ao mesmo tempo não estava interessado em outra carreira. No fundo de seu coração, brotava o desejo de abandonar para sempre o papel de adestrador de animais selvagens. Infelizmente, não se pode pular de um trem em movimento a não ser que se queira acabar com a própria vida. Se tivessem dito a ele que deveria trocar o trem de passeio para o expresso dos ursos-polares, ele preferiria pular da janela. Ursos-polares eram conhecidos por ser especialmente agressivos e imprevisíveis.

Na época, ele gritava no meio da noite, acordando de um pesadelo, como um menininho que fora mordido por um cão enorme. Eu reconhecia aquele grito. Quando criança, testemunhei um amigo ser atacado por um cão.

Pankov aparentemente já havia pintado uma imagem bem precisa da peça em sua cabeça. Eu devia deixar a testa livre e visível, pondo uma fita no cabelo, usar uma saia curta e reger os ursos-polares sem esforço, como uma fada. Markus devia ficar ao lado do palco, de olho nos ursos, para me proteger de eventuais perigos. O público pensaria que ele era um assistente. Na realidade, seria a instância de poder que agiria na sombra. Pankov foi cuidadoso com a escolha de palavras para não ofendê-lo, mas meu marido estava aproveitando o grande alívio, sem nem pensar muito a respeito. Por fim, Markus disse com uma voz animada: "E quantos ursos-polares vamos receber?".

"Nove", respondeu Pankov.

Markus ficou quieto pelo resto do dia.

Mais tarde, descobri o que havia por trás daquilo tudo: Pankov precisava urgentemente de uma nova ideia, pois tinha recebido de presente da União Soviética nove ursos-polares. Nunca nosso circo tinha recebido um presente tão significativo. Todos se perguntavam cuidadosamente como a grande potência havia tido a ideia de dar tal presente ao pequeno vizinho alemão. Talvez estivessem com medo de que fôssemos deixá-los e voltar correndo para nossa ex-parceira, a Alemanha Ocidental. Talvez quisesse concorrer com seu vizinho asiático, que havia expandido rapidamente seu círculo de amizades ao presentear todos com pandas. De qualquer forma, os presentes — os ursos-polares — foram imediatamente impostos ao nosso circo.

Quando se ganha um bolo, deve-se comê-lo quanto antes. Quando se ganha uma pintura, deve-se pendurá-la na parede. Essas são as boas maneiras esperadas dos presenteados. Os nove ursos-polares não eram objetos para olhar: eram dançarinos treinados. A carta que acompanhava o presente dizia que haviam se formado na Academia de Artes de Leningrado com excelentes notas; podiam, portanto, começar imediatamente a se apresentar no palco. Pankov foi pressionado pelas autoridades responsáveis: antes da próxima visita do Kremlin — e elas eram imprevisíveis, como um terremoto ou uma tormenta —, deveria preparar um show de respeito, que tivesse os nove ursos-polares como ponto alto da noite. Pankov entrou em pânico. Devia colocar quanto antes os nove ursos-polares para trabalhar.

Quando ouvi a palavra "urso-polar", me lembrei não somente do urso-problema que tentei integrar à trupe de animais selvagens, mas sobretudo de uma ursa de um teatro infantil. Ela era uma atriz e, se não me engano, se chamava Toska. Ganhei um ingresso, provavelmente devido a contatos profissionais, e fui ao teatro para matar tempo. Nunca havia ouvido falar de Toska, mas quando sentei em meu lugar na plateia ouvi um casal perto de mim conversando a seu respeito.

Toska tinha se formado na escola de balé com desempenho brilhante, mas não tinha conseguido papel em nenhuma produção, nem mesmo em *O lago dos cisnes*, como seria de esperar. Na época, ela se apresentava mais para crianças. Sua mãe era uma personalidade importante, que emigrara do Canadá para a Alemanha socialista e publicara uma autobiografia. O livro infelizmente tinha se esgotado havia muito e ninguém o tinha lido, de modo que se tornara mais uma lenda.

Eu estava sentada na primeira fila e prendi a respiração quando o enorme corpo branco e macio apareceu no palco. Jamais havia visto algo comparável àquilo: um pedaço de vida macio e leve como pluma que tornava perceptível o peso e o calor da carne.

Na peça infantil, Toska não tinha falas, mas mexia de vez em quando a boca. Eu a encarava, quase sem respirar, pois para mim estava cada vez mais claro que ela queria dizer alguma coisa que eu não conseguia entender. O equipamento de iluminação certamente estava à frente de seu tempo: as cortinas imitavam a aurora boreal, jogando constantemente ondas de luz misteriosas em nossa direção. Com a luz, o pelo de Toska mudava de cor, indo do marfim para o mármore e para o gelo. Durante a apresentação, nossos olhos se encontraram quatro vezes.

Para nossa surpresa, já uma semana depois da chegada, os ursos-polares fundaram um sindicato. Eles tinham exigências, que apresentaram a Pankov, e que eram pouco comedidas. Quando foram ignorados, começaram uma tempestuosa greve.

Os ursos-polares podiam conduzir debates políticos em alemão fluente. De sua boca, saíam novos termos técnicos, que provavelmente vinham dos movimentos trabalhistas. De suas exigências, não havia nada que se poderia chamar de tipicamente "urso". Horas extras, férias de um mês para as mulheres, uma cantina onde diariamente se oferecesse carne fresca e algas do Mar do Norte, chuveiros com água gelada, ar-condicionado e uma biblioteca para os funcionários do circo. Mesmo que nós seres humanos também precisássemos de um chuveiro ou de uma cantina, nunca tivéramos a coragem de reivindicar qualquer coisa. Trabalhávamos todos os dias tão apressados que já havíamos esquecido havia tempos o conteúdo de nosso contrato de trabalho.

Pankov ficou vermelho de raiva quando o representante do sindicato leu em voz alta a lista de reivindicações. "Um chuveiro! Uma cantina! Vocês enlouqueceram! Podem se lavar com água fria lá fora em algum lugar. Por mim, podem comer essa alga esquisita. Mas isso não tem nada a ver comigo! É um atrevimento sequer pensar em fazer uma greve aqui! Esta é a terra dos trabalhadores. Por isso não temos greve. Entendido?"

Pankov era, no íntimo, um homem medieval; pensava que os ursos não tinham nenhum direito, exatamente como os escravos. Mas possuía um resquício de uma fraqueza intelectual, de modo que negou todas as reivindicações, mas prometeu construir uma pequena biblioteca. Os ursos de uma grande nação não estavam acostumados a fazer acordos com uma pequena nação. Eles só conheciam a negociação na forma de ocupação. Nem cogitavam terminar a greve e agradecer pela biblioteca.

Quando bati na porta de Pankov para entregar uma garrafa de vodca ilegal, ele já se encontrava havia dez dias em estado de guerra. Parecia uma planta agonizante. Quando viu a garrafa em minha mão, riu sem forças. Então pegou dois copos, que talvez seriam mais adequados para a escovação dos dentes, e serviu a vodca. Brindamos, e eu fiz menção de beber, enquanto Pankov mandou efetivamente a bebida para dentro. Ele recobrou um pouco as forças, e eu utilizei aqueles segundos para falar sobre Toska. A palavra "ursa-polar" deixou-o automaticamente sóbrio. Ele se serviu mais um copo e bebeu. Esperei alguns segundos e sugeri convidá-la e montar um show com ela. "Se eu e Toska enfeitiçássemos a plateia com uma bela apresentação, isso quebraria de imediato o ceticismo dos visitantes do Kremlin, mesmo que a greve se estenda por tanto tempo quanto o gelo siberiano. Não tenha medo! Os políticos russos nunca vão perceber que a ursa-polar é do Canadá, e não da União Soviética."

A ideia de uma identidade nacional sempre foi estranha para os ursos-polares. Era comum engravidarem na Groenlândia, dar à luz no Canadá e criar os filhotes na União Soviética. Eles não tinham cidadania, não tinham passaporte. Nunca eram exilados, cruzavam as fronteiras sem pedir aprovação de ninguém.

Pankov se agarrou às minhas palavras como um bêbado que, à deriva em um mar de vodca, se agarra a um canudo. Ele ordenou que sua secretária ligasse para o teatro infantil e dormiu no sofá, roncando, antes mesmo de saber o resultado. A secretária organizou por telefone o que era necessário para ter Toska como artista convidada. Na época, não havia nenhum papel para a ursa-polar no teatro, e ela estava entediada. O diretor do teatro autorizou de imediato que fosse trabalhar em nosso circo.

Depois descobri que tal informação fora modificada, se não inteiramente falsa. Não era verdade que não havia nenhum papel adequado para Toska no teatro. Havia, sim, um papel para a ursa-polar, mas ela não gostava dele. Havia protestado e entrara em conflito com o teatro. Um autor da Alemanha Oriental tinha adaptado *Atta Troll*, de Heinrich Heine, para o público infantil. Toska interpretaria a esposa de Atta Troll, a ursa-negra Mumma. Toska disse que não tinha nada contra interpretá-la. Entendia até como uma honra pintar o corpo de preto, deixar-se acorrentar pelo domador e dançar de maneira indecorosa na frente do mercado. Mas ela não concordava com o enredo. O marido, com quem ela dançava, sentia falta da liberdade e se livrava das correntes do domador. Toska não gostava da suposição de que Mumma não tinha muita atitude só porque não lutava por sua liberdade. Era submissão vender arte corporal na rua e ganhar dinheiro com aquilo? Um comerciante hanseático era mais honroso do que um artista de rua mesmo que também trabalhasse por dinheiro? E a prima-dona do balé soviético de Leningrado, que mostrava uma grande área de sua pele nua para a plateia?

Mas havia mais uma coisa que não saía da cabeça de Toska: Mumma era mãe solteira, como era a regra desde sempre entre os ursos. Mas nunca acontecia na natureza de uma mãe ursa morder e comer a orelha de seu caçula por puro amor. Na opinião de Toska, o escritor deveria alterar aquela parte. Ela também se incomodava com o tom de desdém quando se falava de Mumma e de seu grande sucesso na cidade capitalista de Paris, além do seu romance com um urso-branco. *O que vocês têm contra Paris? O que têm contra ursos-polares?*

O diretor e o dramaturgo acharam inapropriado, até imperdoavelmente atrevido, uma atriz criticar o enredo de uma peça clássica. O dramaturgo sentiu sua dignidade ferida, e o diretor foi aos prantos e reclamou para o administrador do teatro. Este ficou indignado com a presunção de Toska, mas pelas leis trabalhistas não podia demiti-la. Enquanto batia os pés no chão com muita raiva, chegou a ele a mensagem com o pedido do circo de que Toska trabalhasse por um tempo conosco.

Toska aceitou o convite na hora, muito alegre. Na chegada ao circo, porém, já teve que encarar a primeira decepção. Ela estava sendo transportada em uma jaula magnificamente decorada com grandes rodas quando passou em frente aos nove ursos-polares que gritavam palavras de ordem como "Traidora!" e "Fura-greve!".

Quando Toska me viu, brilhou em seu rosto uma faísca de reconhecimento. Ela tentou se levantar, mas o teto da jaula era muito baixo. Fui até ela, que me observou e cheirou minha respiração. Acreditei ter visto em seu olhar uma espécie de carinho.

À noite, demorei a dormir, exatamente como quando ganhei meu primeiro filhote, na infância. Às cinco da manhã, acordei pela última vez de um sono leve. Não conseguia mais ficar na cama. Empurrei o carro com a jaula para dentro da sala de ensaio e me sentei no chão em frente a Toska. Ela me olhou com curiosidade e pressionou suas patas contra a grade, como se quisesse vir até mim. O tempo parou. Eu não movia um músculo. Quando tive certeza de que Toska estava totalmente calma, abri a jaula. Ela caminhou a passos lentos para fora, cheirou meu corpo aqui e ali, lambeu a palma da mão que mostrei a ela e, por fim, se colocou sem muito esforço sobre duas pernas. Toska era pelo menos duas vezes maior que eu. Naquele momento, pensei em quão pequenos eram os ursos-pardos. Coloquei um cubo de açúcar na palma da mão. Toska pôs as patas dianteiras de volta no chão para apanhar o açúcar com um único movimento de sua língua.

"Para ela é fácil ficar de pé sobre duas pernas. Essa habilidade deve estar nos seus genes." Era a voz de meu marido. Aparentemente ele estava à porta nos observando o tempo todo.

"Você também já está de pé, Markus?"

"Toska herdou essa habilidade de sua mãe. Ela era uma estrela circense."

"Não acredito que se possa herdar algo assim", respondi, distraída.

Meu marido refutou minha opinião com um gesto das mãos e continuou: "Como não? Demorou dezenas de milhares de anos para que a humanidade pudesse caminhar sobre duas pernas. Agora precisamos somente de um ano para isso. O que quer dizer que o resultado do treinamento foi registrado nos genes e passado adiante".

Ao longo da tarde, recebemos uma ponte em forma de arco, construída com barras de ferro maciço. Deixamos que fosse montada na sala de ensaio. Toska colocou uma pata na ponte e subiu com cuidado, um passo por vez, parando quando chegou ao ponto mais alto. Então esticou o pescoço bem para a frente e mexeu vagarosamente o focinho. Poderia ser uma cena de teatro. "Isso por si só já é uma peça de arte!", disse meu marido, assentindo satisfeito. Logo Pankov estava ao seu lado, com uma expressão orgulhosa. "Em algum momento, os nove ursos-polares vão parar com essa greve ridícula e trabalharão conosco, comportadinhos. Aí ficarão todos em uma fila na ponte. Vai ser ótimo! Mandei construir essa ponte para que suportasse cinco mil quilos. Já tenho até um nome para ela: Ponte para o Futuro. Legal, não acham? E, por favor, depois não vão esquecer que fui eu quem inventei!"

À tarde, Markus pegou uma bola azul, com a qual antes havia treinado leões-marinhos. Toska cheirou a bola e a empurrou com o focinho. Enquanto rolava para a frente, Toska a seguia com passos leves. Ela recebeu de mim uns cubos de açúcar por esse feito e repetiu-o.

Era muito fácil, e por causa disso quase frustrante, ensaiar uma nova cena com Toska. Eu não precisava ensinar nada a ela. Só tinha que deixar que repetisse as coisas que fazia por curiosidade e combiná-las. Só precisava ter certeza de que, durante a apresentação, Toska repetiria coisas específicas. Assim já teríamos um show com o qual nosso público ficaria satisfeito.

Markus e Pankov pareciam aliviados e pegaram cervejas para comemorar, mas eu ainda não estava satisfeita. Movimentar a bola com o focinho não combinava com a aura divina da ursa-polar Toska. Qualquer atriz sem talento poderia subir na Ponte para o Futuro e ficar olhando para o horizonte saudosamente. Não, nada de clichês horríveis de atuação para Toska! Não havia uma ideia inovadora que pudesse levantar o público? Eu ria, irônica, porque minha ambição resolvera voltar de repente.

Na época, surgia em mim um pequeno sinal de depressão, parecido com o que viera logo após meu primeiro casamento. Entre nós não se falava em depressão. Eu a chamava em segredo de "tristesse". O primeiro sinal de tristesse veio quando eu passava a maior parte do meu tempo, assim como outros mamíferos, acalmando minha filha recém-nascida e trocando suas fraldas. Além daquilo, precisava ajudar meu marido com o trabalho administrativo, lavar suas roupas e passar sua fantasia de palco. Abri mão de minha carreira como domadora de animais para virar, por certo tempo, a dona de casa do circo. O vácuo que eu sentia em mim não era leve. Pelo contrário. Cada vez que deixava minha mão parada e ficava sem trabalhar por alguns segundos, ele inchava no meu peito e me angustiava. Durante a noite, eu virava na cama a cada cinco minutos, porque o vácuo que se instalava no meu peito dificultava a respiração. Eu queria voltar ao palco, me banhar na luz dos holofotes e deixar meus ouvidos se rasgarem com o aplauso do público. Acima de tudo, queria voltar a trabalhar com animais. Pensava que seria rapidamente esquecida pelo mundo se continuasse brincando de dona de casa. Com aquilo em mente, aceitei de imediato a arriscada oferta de conduzir um grupo misto de animais selvagens e deixei minha filha aos cuidados de minha mãe.

Depois que casei com Markus, meu segundo marido, a velha tristesse voltou. Somente minha arte no palco conseguia abrir um buraco no triste céu e surpreender os espectadores com a cor azul ensolarada!

Markus me perguntava, preocupado, o que estava acontecendo comigo, porque eu já estava havia um tempo sem falar uma palavra. "O céu está tão triste", eu respondia.

"Anna passa o tempo inteiro com sua mãe, você nunca a vê. Tudo bem por você?"

Me surpreendia que meu marido pensasse em minha filha.

"Por que nunca a visita?"

"Não tenho tempo. Você sabe que só há ônibus em horários impossíveis. Não posso pensar em minha filha. Isso não ajuda em nada."

Após a queda do Muro, talvez tivessem me chamado de mãe desnaturada, mas na época havia muitas mães que não podiam fazer outra coisa além de entregar seus filhos a outros e só os ver nos fins de semana. Havia, inclusive, profissões em que as mães tinham de ficar meses a fio sem ver seus filhos. Ninguém as acusava de nada. Não conhecíamos o amor materno, ele não era sequer um mito. As igrejas estavam fechadas, lá onde a Virgem Maria segurava seu filho nos braços de forma exemplar. Quando a supressão da religião foi dissolvida, o mito do amor de mãe surgiu como uma miragem no horizonte das fronteiras internacionais. Deixava-me muito triste que, após a queda do Muro, Toska tenha sido muito duramente criticada por ter rejeitado seu filhote Knut. Alguns diziam que ela o deixara em mãos alheia, porque vinha da Alemanha Oriental. Outros escreviam no jornal que havia perdido seu instinto materno porque trabalhara em um circo hostil aos animais sob o típico estresse socialista. O termo "estresse" parecia não condizer com o lugar. Não havia estresse antes da queda, somente sofrimento. O termo "instinto materno" era tão longínquo quanto. Para os animais, não é o instinto, e sim a arte que permite criar seus filhotes. Com os seres humanos não pode ser muito diferente, ou não adotariam crianças diferentes, de outras espécies.

Talvez minha ambição houvesse sido reaquecida porque eu tinha medo do próximo surto de tristesse. "Para mim, não é o bastante apresentar um show comum, com Toska na ponte ou com a bola. Temos que oferecer algo completamente novo, que nunca foi apresentado no mundo do circo!" Exibi abertamente meu projeto, sem esconder minha ambição. Pankov ouvia, enquanto botava cerveja para dentro e dizia que talvez se pudesse tirar ideias de livros de etnologia ou mitologia. As pessoas no circo em geral evitavam parecer muito intelectuais, senão chamariam para si a atenção da polícia secreta. Além disso, tinham medo de, com sua intelectualidade, estragar o apetite dos espectadores. Pankov procurava, através de sua maldade ordinária, fazer esquecerem o fato de que tinha doutorado em antropologia.

Meu marido e eu ganhamos um dia livre para pesquisa. Pankov escreveu para nós uma carta de recomendação e visitamos uma biblioteca pública, já que a do circo ainda não existia. Lá encontramos imediatamente vários livros sobre o polo Norte. Afundamo-nos na leitura, esquecendo-nos do nosso objetivo e de nós mesmos.

Os ursos-polares havia muito tempo não tinham contato com seres humanos, não suspeitavam quão perigosos os pequenos bípedes podiam ser. Foi relatado que um, por pura curiosidade, havia se aproximado de um pequeno avião que pousara em sua área. O caçador amador saíra da máquina, mirara com toda a calma no urso e atirara. Seria um milagre se a bala não tivesse acertado seu alvo. A caça de ursos-polares se tornou então um esporte popular, porque não precisava nem de uma técnica especial nem de disposição para o risco. Quem quisesse fazer dos ursos um negócio devia capturá-los vivos, e para tanto precisava-se de técnica. Apesar de todos os cuidados, alguns ursos morriam em razão do efeito da anestesia, outros durante o transporte. Em 1956, a União Soviética proibiu a caça de ursos-polares, mas Estados Unidos, Canadá e Noruega continuaram com a prática. Somente no ano de 1960, mais de trezentos ursos-polares foram mortos por caçadores amadores.

Eu ofegava de raiva, feito um animal. Meu marido provavelmente queria me acalmar quando disse: "Que tal se você se vestisse de cowboy e fingisse atirar em Toska? Um efeito sonoro e Toska cai no chão, morta".

"Temo que fique ridículo. Mas como continua?"

"Toska se levanta de repente e devora você. Quer dizer, a vítima da violência humana se levanta novamente e derrota, por fim, o réu malvado."

"Isso não vai funcionar. O público não procura realismo moral socialista no circo. Precisamos de um número mais mitológico."

"Então vamos ler livros sobre esquimós!"

Lemos que os esquimós, como eram chamados os inuítes na época, possuíam amplo conhecimento sobre os ursos-polares, mas que os cientistas muitas vezes não o reconheciam. O motivo mais comum era a falta de provas.

"Não somos cientistas. Podemos acreditar no que os esquimós dizem."

"Sim. Quando eu era criança, queria ser zoóloga. Agora finalmente encontrei um bom motivo para não ter me tornado uma."

O mesmo livro dizia que os esquimós acreditavam que os ursos-polares obstruíam seu ânus com uma rolha durante a hibernação.

"Que tal se Toska entrasse no palco e enfiasse uma rolha de vinho no ânus, então a atirasse no ar com um peido?"

"Que mau gosto! Isso você mesmo pode fazer."

Alguns esquimós relatavam que os ursos-polares empurram blocos de gelo com o focinho quando estão viajando pelo mar. Devia ser uma estratégia de caça, para poder se aproximar despercebidos da presa. Pensei em Toska, em como imediatamente empurrou a bola com o focinho quando a coloquei à sua frente.

"Que tal se você ficasse dentro de um carrinho de bebê e Toska o empurrasse com o focinho?" Não achei a ideia tão absurda.

"Mas é essa distribuição de papéis que o público espera de nós? Eu como bebê e Toska como mãe? Devo deixar que seja minha mãe?"

"Os fundadores do Império Romano foram amamentados por uma loba. Toda grande personalidade, capaz de um ato que muda o mundo, deve ter sido adotada por um animal e alimentada por ele."

"E que tal um musical? No início, mostramos minha infância, quando eu bebia leite de ursa, e ao final sou a imperatriz."

"Uma boa ideia. Mas já esqueceu? Procuramos aqui na biblioteca por uma ideia rapidamente realizável. Não acredito que possamos escrever, compor e encenar um musical rapidamente."

Continuamos lendo. Vários esquimós relatavam que os ursos-polares colocavam gelo nas feridas para estancar o sangramento. Era uma imagem bonita, mas pouco adequada ao palco.

Muitos esquimós acreditavam que ursos-polares eram canhotos. Seria interessante se Toska escrevesse palavras em um quadro-negro com a pata esquerda em uma sala de aula cenográfica. Para Pankov, os espectadores mais importantes seriam russos, então, Toska deveria escrever em cirílico. Eu suspeitava que a escrita cirílica fosse muito complicada para a mão esquerda de uma ursa-polar. Meu marido respondeu: "Os ideogramas chineses são muito mais complicados do que a escrita cirílica. Mesmo assim, os pandas dominam os ideogramas na China, ainda que seja a forma simplificada dos comunistas".

Quando contei a Pankov sobre a escrita dos pandas, ele rangeu os dentes de inveja e disse que aquilo era pura propaganda política, propaganda pró-panda do governo chinês, que queria justificar sua reforma ortográfica. Perguntei a ele por que seria propaganda. A mensagem seria de que até os ursos poderiam escrever se as letras tivessem menos traços?

"E o que ele respondeu?"

"Ele insistiu que os pandas não conseguem escrever. Não importa quão facilitados sejam os caracteres, letras são letras e pandas são pandas. Mas eu me pergunto o que poderíamos fazer a respeito, se os ursos-polares de fato fossem, por natureza, muito mais espertos do que nós. Talvez a única coisa fosse esconder tal fato dos convidados do Kremlin."

"Não se pode comparar a inteligência de animais diferentes. Além disso, o palco do circo não é um local onde se demonstra inteligência. De qualquer modo, não ajuda em nada invejar a inteligência dos ursos panda."

"Cada tipo de urso tem suas vantagens. O circo não está aí para demonstrar o Q.I. da nação. Além disso, não se lembra da história dos três ursos?"

Eu sempre me surpreendia com sua mudança de tema repentina. Poderia ser bonito e interessante de ver se a ursa fizesse coisas banais que os seres humanos fazem diariamente: sentar à mesa, colocar um guardanapo de pano sobre as pernas, abrir um pote de geleia de morango e passá-la no pão, beber leite com chocolate numa caneca, e assim por diante."

O bom humor de meu marido durou bastante tempo. Nem o tom insolente da bibliotecária que nos expulsou de lá antes do final do expediente o irritou.

"Quem teria imaginado? Eu sentado com gosto por horas em uma biblioteca! Pesquisar e reunir ideias para uma coreografia combina muito mais comigo do que domar animais selvagens no palco."

Suas maçãs do rosto estavam magras e as olheiras, profundas. Seus cabelos já tinham adquirido a cor esbranquiçada da geada, e as sobrancelhas haviam crescido demais. Ele não precisava mais tratar com ursos vivos. O pensamento o deixou leve, reduziu a barragem dentro dele. Os anos, que até ali haviam sido estagnados e reprimidos, fluíram de volta à vida e o deixaram, no período de alguns dias, drasticamente mais velho.

Cedo na manhã seguinte, começamos a praticar situações retiradas do dia a dia com Toska. Ela conseguia, sem esforço, abrir um pote de geleia, mas não passá-la no pão. Destreza não era o problema: ela preferia pegar toda a geleia com a língua diretamente do pote. Não conseguia me lembrar de nenhum truque que a fizesse fazer o que eu queria que fizesse. Tampouco podia persuadi-la, porque para isso nos faltava uma língua em comum.

"Não sei mais o que fazer. Vou sair rapidinho para fumar", disse meu marido, e me deixou sozinha com Toska na sala. Ele vinha fumando cada vez mais e bebericando sua vodca com cada vez mais frequência. Olhei melancolicamente para Toska. Ela estava deitada de barriga para cima, como um bebê, como minha filha Anna quando ainda era pequena. Pensei em Anna e me perguntei como ela estaria, se já teria feito amigos na escola.

No dia seguinte, Markus foi novamente à biblioteca, daquela vez sozinho. Ainda não sabíamos como nosso show deveria ficar visualmente, mas eu já podia treinar a entrada e o encerramento, cuja importância é subestimada pelos leigos. Dei um passo para o canto da sala, cuidando para não mostrar minhas costas. No chão, havia bolas, um balde e bichos de pelúcia. Toska correu determinada até mim e cheirou diferentes partes do meu corpo. Estava especialmente interessada nas minhas nádegas, mas também na boca e nas mãos. Pensei que devia suprimir minha vontade de rir, mas eu precisava esconder muito mais do que isso.

Já era hora do almoço e meu marido não havia voltado ainda. Meu estômago roncava. Pedi para Toska entrar na jaula novamente e esperar lá por mim. Naquele momento, a secretária de Pankov entrou na sala e me levou um equipamento, que parecia um estranho triciclo.

"Pensei que talvez você pudesse se interessar por esse veículo para ursos pequenos. Recebemos de um circo russo de presente. Está bem usado e um pouco estragado, mas ainda funciona", disse ela. O triciclo era estável. Sentei nele, mas não conseguia me movimentar. Toska me observava invejosa de sua jaula. O triciclo era obviamente muito pequeno para ela. Eu precisaria pedir a Pankov um modelo especial para Toska, mas ele provavelmente faria um longo discurso sobre estarmos no vermelho.

Com os joelhos bem dobrados, sentei no triciclo e pensei no tempo em que entregava telegramas de bicicleta. Meu salário era certamente baixo, e a lembrança daquele tempo estava rotulada com a palavra "pobreza". Mais tarde, na Alemanha Oriental, todos os relatórios começaram do nada a adquirir uma cor preta e brilhante. Alguém me disse que os números vermelhos eram um componente do capitalismo e que não precisávamos deles.

No caminho entre o escritório do telégrafo e a porta dos clientes, eu treinava diariamente a arte da bicicleta. Quando aumentava a velocidade e fazia uma curva acentuada sem apertar o freio, meus tornozelos encostavam na grama. A força centrífuga tinha para mim uma atração erótica. Às vezes, eu queria ir para cima, puxava o guidão na direção do meu peito e a roda dianteira deixava o chão. Eu andava sobre a roda de trás, e a euforia tomava conta de mim, assim como o orgulho. Transferia o peso corporal lentamente para os pulsos e levantava os quadris. Assim, eu tinha a sensação de que poderia levantar os dois pés ao mesmo tempo e plantar bananeira em cima da bicicleta. Eu era espontânea, corajosa, sem medo. A acrobacia era meu sonho, eu queria pular por cima de um arco-íris e montar em uma nuvem.

Vi a chama negra tremular nas pupilas de Toska. Ao meu redor, tudo ficou muito claro, tanto que me cegou, e as linhas divisórias entre a parede e o teto desapareceram. Não tinha medo de Toska, mas a atmosfera ao redor dela parecia assustadora. Eu me encontrava em uma área em que ninguém deveria entrar. Lá, na escuridão, as gramáticas de diferentes línguas perdiam suas cores, derretiam, congelavam novamente, flutuavam no mar, nas calotas polares que flutuavam no mar. Eu estava sentada na mesma calota de Toska, e entendia cada palavra que ela me falava. Ao nosso lado, flutuava mais uma calota, onde um inuíte e uma lebre-da-eurásia conversavam sentados.

"Eu quero saber tudo sobre você." Era Toska quem me dizia aquilo, e eu podia entender todas as palavras. "Do que tinha medo quando era criança?" Aquilo me surpreendeu, pois ninguém mais me perguntava sobre meus medos. Eu era uma conhecida adestradora de animais, que não se assustava com nada. Havia, porém, algo que me causava medo.

Quando criança, eu às vezes sentia a presença de insetos atrás de mim. Em um anoitecer no final do verão, eu estava brincando sozinha na frente da porta de casa e senti que alguém estava parado atrás de mim. Virei e vi ali um besouro velho com seus sensores quase em riste. Suas pernas, que quase desapareciam de tão finas, ainda conseguiam carregar a carapaça volumosa. Eu não tinha certeza se as pernas eram o inseto e suas costas eram somente uma mochila ou se o duro escudo recebia sangue também, considerando que um besouro tivesse sangue. Eu não tinha certeza. Nas minhas costas, carregava a mochila da escola como um escudo que me protegia do ataque. Fazia tempo que não a tirava, de modo que ela crescia em minha carne. Assim como as plantas expandem suas raízes sob a terra, minhas veias cresceram para fora das costas e para dentro da mochila sem eu ter percebido. Se a tirasse, minha pele sairia junto e eu sangraria.

"Você está aí?", perguntou minha mãe. "Tenho mais uma coisa pra resolver hoje. Pode jantar sozinha."

"Aonde você vai?"

"Tenho uma consulta."

"Dentista?"

"Não, ginecologista."

Corri para fora quando ouvi a palavra “ginecologista”. Ainda não tivera oportunidade de tirar a mochila das costas. Eu ia na direção de um terreno verde, com a paisagem familiar de nossa casa já fora da vista, sentindo um cheiro verde-escuro. A cor verde tinha cheiro verde. Tudo que era vermelho cheirava a vermelho, cheirava a sangue e rosas vermelhas. A cor branca cheirava a neve, mas o inverno ainda espreitava à distância, e a neve permaneceria fora do meu alcance por um longo tempo ainda. Parei, incapaz de continuar correndo, muito cansada, levando ambas as mãos aos joelhos. No topo da minha cabeça, pousou um pequeno inseto, com asas finas como a seda. Eu o afastei e ele saiu voando, mas imediatamente retornou, voltando a pousar exatamente no mesmo lugar. Estiquei a mão, tentando capturar minha presa às cegas. Diante de meus olhos, abri o pulso lentamente, e os restos secos em pó de asas brilhavam na luz fria. A barriga do inseto não estava mais lá. Ele voava sem torso quando o peguei? Ou a barriga havia desaparecido no ar rarefeito quando apertei muito forte? Talvez meus próprios cabelos não passassem de insetos. Cada fio era um animal terrivelmente fino e comprido que havia cravado os dentes em meu couro cabeludo para sugar sangue da minha cabeça. Comecei a odiar meu cabelo e a puxar e arrancar mecha após mecha dele.

Atrás do meu calcanhar esquerdo, descobri uma marca de nascença que nunca havia visto. Toquei-a cautelosamente, e ela se transformou em uma formiga. Eu estava muito atenta, tentando ler a expressão da formiga. Sob meu olhar focado, a máscara preta como alcaçuz se expandiu: ela não tinha olhos nem boca. De repente, minha bexiga estava cheia. Levantei e abri as pernas. O caminho de saída para a urina ficou quente, mas nada veio. Encarei o chão, com sua pontuação de corpo de formiga. Formigas por toda parte! Nada além de formigas! Quando finalmente entendi aquilo, algo quente passou por minha uretra, borbulhando e correndo pela parte interna da coxa. As formigas estavam levando um banho, mas aquilo só parecia renovar sua força vital, e elas começaram a subir pelas minhas pernas, seguindo o caminho da urina. Socorro! Socorro!

Deitei a cabeça no colo de Toska e chorei. Finalmente, na minha idade, eu havia encontrado uma amiga no colo de quem poderia chorar ao me lembrar de uma assustadora memória. As lágrimas tinham gosto de cana-de-açúcar, seria uma pena parar de chorar tão rápido, então levantei minha voz e recomecei a gritar a plenos pulmões. "O que há de errado com você?", perguntou uma voz em uma onda sonora completamente diferente daquela de Toska. A luz da cabeceira se acendeu e vi o pijama xadrez do meu marido. Estivera apenas sonhando.

"Você teve um pesadelo?"

A situação para mim era mais vergonhosa do que qualquer coisa. Rapidamente enxuguei as lágrimas com os dedos. "Quando pequena, eu tinha medo de insetos. Acabei de sonhar com isso."

"Insetos? Tipo formigas?"

"Isso."

Meu marido riu, movimentando toda a parte superior de seu corpo. Até seu pijama enrugou com a risada.

"Você não tem medo de leões e ursos, mas tem medo de formigas?"

"É."

"Minhocas também assustam você?"

"Assustam. Mas o pior são as aranhas." Eu estava alerta agora e sabia que não conseguiria voltar a dormir rapidamente, então contei a ele sobre as horrorosas aranhas.

Na época, eu conhecia um garoto na vizinhança que se chamava Horst. Diferentemente dos outros, ele tinha um cheiro refinado, mas eu não sabia dizer ao certo do que era. "Tem um pomar atrás da estação de trem, vamos roubar umas frutas."

Eu não me importava se ele estivesse mentindo, achei a ideia empolgante e o segui. De fato havia um pomar escondido, no qual numerosas maçãs amadureciam em um vermelho-sangue. Seus galhos formavam um teto que era baixo o bastante para nossas mãos furtivas alcançarem. Quando parei na ponta dos pés e tentei arrancar uma maçã grande e brilhante, uma aranha de repente desceu no elevador de sua teia à minha frente. Vi sua careta — ou talvez não, talvez só o padrão de suas costas, mas parecia um rosto, e eu pensei que estava gritando tão alto que machucou meus tímpanos, mas não, era minha própria voz! O dono do pomar ouviu meus gritos, correu e encontrou uma menina inconsciente no chão. Ele cuidou de mim. Quando recuperei os sentidos, levou-me pra casa sem dar sermão. Alguns dias depois, Horst sugeriu outra travessura. Daquela vez, queria que roubássemos doces de um estoque. O principal impedimento era o cão de guarda que ficava preso à porta do galpão. O cachorro puxou o lábio superior e deu um rosnado de advertência. Sua linguagem era inequívoca. Eu disse para Horst: "Ele vai nos morder se tentarmos passar. Vamos embora!".

"Você está com medo desse cachorrinho?" Horst cuspiu com desgosto e começou a avançar.

"Ele vai morder!" Quando consegui dizer essas palavras, o cachorro já havia mergulhado os dentes no tornozelo do menino e estava sacudindo a cabeça sem soltá-lo. Os gritos de Horst ficaram gravados nos meus tímpanos para sempre.

Um tempo depois, nós dois acabamos passando pelo depósito. Naquele dia, o cão estava de bom humor e balançou o rabo para nós. Seus olhos me convidavam a acariciar sua cabeça. Sem hesitar, fui até ele e fiz carinho entre suas orelhas. Horst me observou perplexo.

Os pensamentos dos animais estão estampados tão claramente em seu rosto como se fossem escritos em um alfabeto. Para mim, era difícil compreender que aquela linguagem não era somente ilegível para outras pessoas, mas também invisível. Alguns inclusive afirmam que os animais não têm rosto, e sim focinho. Eu não dava muita importância para o que consideram ser coragem. Saía correndo quando um animal me odiava. Ao mesmo tempo, era fácil perceber quando outro me amava. Os mamíferos eram simples. Não se maquiavam nem faziam teatro. De insetos eu tinha medo, pois não conseguia sentir seu coração.

Meu marido me ouviu o tempo todo com atenção. Quando terminei de falar e fiquei em silêncio, ele disse melancolicamente: "Não entendo mais os sentimentos dos animais. Antes conseguia senti-los precisamente, como um objeto em minha mão. Acha que um dia terei essa habilidade de novo?".

"É claro! No momento, você está em repouso. Mais cedo ou mais tarde vai voltar com tudo como era antes." Desliguei a luz de cabeceira, como que para desligar minha consciência pesada.

No dia seguinte, Toska e eu ensaiamos novamente a entrada, a saída e a mesura de agradecimento. De vez em quando, ela olhava fundo em meus olhos e parecia estar fazendo insinuações. Não era somente fruto de minha imaginação, nós havíamos conversado. Entramos em uma esfera que estava situada entre o mundo dos animais e o dos humanos.

Por volta de dez da manhã, Pankov apareceu. Sua barba ainda estava com manchas da gema dos ovos mexidos que havia comido no café. Ele perguntou como estavam os ensaios.

"Não funcionou com a geleia, então vamos tentar com mel."

"E como será o número com o mel?"

"Fixamos asas às costas de Toska, como se ela fosse uma abelha. Ela transporta o néctar das flores até a colmeia e produz mel. Na próxima cena, se transforma em uma ursa e come todo o mel."

Uma nuvem sombria se formou no rosto de Pankov. "Você não consegue preparar um simples número acrobático? Ela dançando em uma bola! Pulando corda, jogando badminton! Não entendeu ainda qual é o problema com as produções de difícil compreensão? Podem nos acusar de estar fazendo crítica social."

Para acalmar Pankov, sugeri que ele encomendasse uma bola para Toska. Um triciclo seria muito caro, mas talvez uma bola não fosse pedir muito. Para badminton precisaríamos de duas raquetes e uma peteca. Seria difícil conseguir uma raquete feita sob medida para uma ursa. E a corda? Encontrei uma, mas por sorte Toska não sabia pular corda. Desde o início fui contra a ideia, pois as pernas traseiras de Toska eram muito delicadas em relação ao seu peso. Ela podia machucar os joelhos ao pular corda. Eu sabia que no circo russo trabalhavam muitos poodles pulando corda. "Se começarmos a imitar os russos, não teremos mais futuro!" Minha voz elevou-se voluntariamente. Meu marido pressionou o dedo indicador contra os lábios e sussurrou: "As paredes têm ouvidos, os ouvidos da polícia secreta". Tínhamos certeza de que haviam instalado escutas em algum lugar do circo.

Meu marido e eu dormíamos e comíamos na caravana, e nosso escritório ficava em um dos vagões. Para os ensaios, utilizávamos um espaço maior que havia em outro prédio. Alguns colegas alugavam um quarto pequeno na cidade, em vez de dormir no circo. Eu e meu marido éramos verdadeiros seres de circo: vivíamos inteiramente em sua área, como se não quiséssemos deixá-lo nem por um segundo. Na verdade, eu tinha um medo, o qual escondia, de que meu marido, que eu conhecia tão bem, fosse começar a parecer um estranho para mim se o visse fora do circo. Os ursos nos uniram de forma muito intensa, muito mais do que nossa vida íntima.

Mais um dia passou sem que fizéssemos progresso. Eu esperava em segredo todo o dia pelo pôr do sol. Comi rapidamente um pedaço de pão preto duro como pedra com queijo, bebi rapidamente uma caneca de chá preto e escovei os dentes em velocidade estonteante. "Você já vai para a cama?" Meu marido me encarava admirado. Em sua mão direita, segurava a caixa do jogo Go e entre os dedos da mão esquerda segurava, com habilidade, uma garrafa de vodca e um maço de cigarros.

"Hoje meu cérebro está emaranhado, provavelmente é uma corda que não podemos pular." Não queria passar a noite com ele, já que não tomava vodca nem jogava Go. Para aquilo, ele tinha a secretária de Pankov.

Um campo de neve se estendeu entre mim e o horizonte recortado. Estendi um pedaço de couro no chão duro de neve e sentei. Toska veio logo depois, apoiando o queixo em meu colo e fechando os olhos. Ela não tinha voz. A deusa do gelo havia perdido sua voz porque passara um milênio sem falar. Conseguia ler seus pensamentos; eram claros, como se tivessem sido escritos com um lápis macio em papel de desenho.

"Estava escuro como breu. Eu era um filhote, estava congelando e apertei meu corpo contra o de minha mãe. Ela estava cansada, não comia nada. Até o dia em que saímos do buraco, eu não vi nada, não ouvi nada. Mais tarde perguntei para minha mãe se eu havia nascido prematura. Ela respondeu que era perfeitamente normal que um bebê urso nasça antes do tempo. Que tipo de mulher era sua mãe?"

A pergunta me surpreendeu, trazendo-me de volta ao presente. Eu estava me sentindo como um filhote de urso. Agora era a vez do ser humano, a minha vez.

Até onde consigo lembrar, vivia sozinha com minha mãe. Ela me disse que meu pai vivia sozinho em Berlim. Eu não conhecia a cidade, mas não conseguia expulsá-la da mente. Lembrava muito bem o padrão do papel de parede de nosso apartamento, mas não o rosto do meu pai.

Uma vez vi uma foto do casamento dos meus pais. Pelo menos eu tinha a sensação de conseguir me lembrar das luvas brancas e da barra que melancolicamente pendia da saia do vestido de minha mãe. No bolso do casaco do meu pai havia uma rosa. É possível que ele tenha vivido conosco no início. Mas é somente um vago pressentimento, não uma memória sólida. Não sei quando ou por que meu pai brigou com minha mãe e nos abandonou.

Ela trabalhava em uma fábrica têxtil em Dresden. Um dia, foi transferida para outra fábrica em Neustadt. Queria se mudar comigo para um novo apartamento nos arredores da cidade, que era tão distante do seu novo trabalho quanto nosso antigo apartamento. Da nova casa, ela teria uma conexão de ônibus direta, explicou, mas imediatamente senti que tinha outro motivo. Talvez a mudança tivesse algo a ver com o vizinho com quem minha mãe conversava sussurrando. De qualquer forma, eu era contra a mudança e protestei. Não queria me separar de um rato que vivia no porão. Minha mãe disse: "Uma mudança com frequência traz boa sorte. Novos lugares, novos animais!". Ela só disse aquilo para me tranquilizar, mas na verdade estava certa. Há menos de um quilômetro de nosso novo apartamento, o famoso Circo Sarrasani havia se estabelecido.

Acordei do sonho e vi à minha frente as costas do meu marido. Logo o sol nasceria. Ele se virou e perguntou o que eu achava de dançar com Toska no palco.

"Você pensou no número a noite inteira?"

"Não, pensei nisso quando acordei."

"Dançar não é meu forte, mas não custa tentar."

Durante o dia, não conseguia falar com Toska sobre nossos sonhos, pois não tínhamos uma língua em comum. Mas de vez em quando algo em seus olhos ou em seus gestos indicava que ela se lembrava da conversa da noite anterior.

Quando parei em frente a ela e peguei suas patas, pensei em como devia parecer estranha nossa dupla de dança, pois Toska tinha o dobro da minha altura. O som que Pankov havia fornecido para o ensaio era de uma qualidade ainda pior do que eu temia. Tropecei enquanto tentava pescar a melodia de "La cumparsita" do som de fundo crepitante e pisei em cheio no pé de Toska. Felizmente, eu era leve como uma pena para ela, e não a machuquei. Toska se curvou e lambeu minha bochecha, que provavelmente tinha gosto de geleia do café da manhã. A música parou abruptamente. Ouvi meu marido mexendo no toca-discos, murmurando: "Que estranho. Poderia estar mais estragado do que isto?". Acariciei cuidadosamente a barriga de Toska. Havia uma camada firme de pelos grossos, e abaixo dela uma camada suave de pelos curtos e finos. Tocá-la me lembrou da minha primeira aula de tango. Uma voz feminina cantarolava uma melodia de tango e dava instruções: "Para trás, para trás, cruze, para o lado!". Como era o nome da dona da voz? "Gire uma vez e um passo para trás!" Eu seguia a voz e dançava. Toska me observava um pouco confusa, mas quando puxei seus braços ela deu um passo à frente sem hesitar. Quando eu ia para a frente, ela dava um passo para trás. "Agora cruze, um passo para o lado, um passo para a frente!" Uma acrobata aérea havia me ensinado o tango. Sua mãe vinha de Cuba. Enquanto dançávamos, caí, e nossos lábios se encontraram.

Pankov estava sentado em um canto da sala de ensaio e nos observava. Eu não tinha notado sua chegada. "Vocês duas não conseguem dançar, mas a forma como estão agora, cara a cara, é muito artística, como uma pintura. Hahaha. Se o tango é muito difícil para vocês, podem tentar jogar cartas."

Meu marido assobiou. "E que tal se jogassem Go?"

"É aquele jogo de damas japonês que você sempre joga para passar o tempo?"

"Exatamente. Usamos pedrinhas pretas e brancas, e usaremos as mesmas cores para nosso elenco de personagens. Dez ursos-polares podem jogar como as pedras brancas contra as dez pedras pretas, para as quais podemos usar os leões-marinhos."

"Mas assim as pedras brancas vão devorar as pretas e vão nos deixar no vermelho. Além disso, por que Go e não xadrez? Os russos vão pensar que temos algo contra o xadrez, porque muitos jogadores mundialmente famosos são russos. Evite toda e qualquer referência ambígua! Por sinal, hoje receberemos a visita de um jovem diretor de cinema que tem algo importante para nos contar. Pode participar da reunião? Aparentemente ele trabalhava com Toska. Talvez tenha boas ideias para nos dar."

O diretor se chamava Honigberg, estava na comissão de casting da produção de *O lago dos cisnes*. Apesar de seu apoio a Toska, a comissão votara contra dar a ela um papel. Ele ainda se sentia culpado por não ter conseguido que fosse aceita. Na época, era coreógrafo de uma companhia de balé da província. Honigberg se irritava com os membros conservadores do júri e tentava fazê-los entender e apreciar o talento de Toska. Ele chegou a ponto de dizer que não suportava ver um gênio forçado a ficar na sombra, onde seria esquecido, enquanto os antigos colegas de classe sem talento de Toska, a srta. Pega-Rabuda e o sr. Raposa, haviam logrado uma carreira de sucesso nos palcos.

O membro mais velho do júri informara, em tom de advertência, que corpos de mulheres fortes não estavam de acordo com o gosto da época. "A regra para os dançarinos é que o corpo seja compacto, mas, para as dançarinas, o público, como sempre, espera uma fada delicada a flutuar pelos ares." Honigberg estava espantado com o espírito degenerado de seu colega. Ele visitou Toska em sua casa e a surpreendeu com uma proposta bastante apressada: "Não faz sentido para você permanecer neste país. Vamos fugir juntos para a Alemanha Ocidental! Vamos a Hamburgo, falar com John Neumeier! É certamente um lugar magnífico para trabalhar". Toska ficou interessada na sua sugestão, mas sua velha mãe, que tivera um passado incomum, era contra. Ela dizia que a Alemanha Ocidental era comparável ao paraíso. Sonhamos com ele, mas é melhor não chegar lá muito cedo. A mãe de Toska nascera na União Soviética, emigrara para a Alemanha Ocidental e fora de lá para o Canadá, onde casara e dera à luz Toska. Então, por vontade de seu marido dinamarquês, tinham ido para a República Democrática Alemã. Ela já estava cansada de ser exilada. "Se mesmo assim quiser ir para Hamburgo, não vou lhe impedir. Mas provavelmente nunca mais nos veremos. Leve meu testamento com você!" Toska desistiu do exílio, encontrou um emprego no teatro infantil e ficou esperando pelo incerto. Daí recebeu o convite de nosso circo. Quando Honigberg ouviu que Toska havia ido para lá, decidiu dar adeus à ultrapassada arte do teatro literário e procurou pelo futuro das artes cênicas no circo. Ele queria ser diretor pessoal de Toska. "Sou como um adolescente que fugiu de casa. Não tenho mais nada, não tenho casa, não tenho comida. Posso dormir aqui no circo e compartilhar das suas refeições? Assim ajudo vocês a montar a produção. Não peço por pagamento nenhum." Honigberg agia com confiança, como se fosse um direito seu ser aceito por nós.

Pankov e Markus olhavam com ceticismo para o jean apertado de Honigberg. Eu, por outro lado, não via necessidade de interpretar suas pernas. A mera possibilidade de descobrir mais sobre Toska já era interessante para mim. "De quais peças ela já participou?", perguntei a ele, tentando passar um tom amigável. Honigberg respondeu com um sorriso significativo, mas não disse nada.

No dia seguinte nos reunimos em frente à jaula de Toska para uma pequena conferência, com as três cadeiras em semicírculo.

Meu marido no início estava cético em relação ao jovem e sem-teto Honigberg, mas ao longo da conversa os músculos dos dois homens foram relaxando. Markus afirmou que o desenvolvimento do teatro infantil era responsável pela queda do teatro moderno, já que muito do que fazia o teatro interessante era desviado para o teatro infantil, não deixando nada para os adultos. Honigberg concordou com ele e disse que o circo era o local da verdadeira arte, por não excluir as crianças. O resultado da troca de opiniões entre os dois homens foi uma cerveja, que ambos começaram a beber mesmo que o sol ainda estivesse alto no céu. Pedi a eles que não fumassem na frente de Toska. "Então continuaremos nossa conferência lá fora. Uma cerveja sem um cigarro seria como um prato de carne sem sal."

Mudança de cena. Estamos sentados perto da área de lavanderia. As roupas dos empregados do circo tremulavam na brisa, como se quisessem se meter em nossa conversa. Honigberg respondeu desmotivado, mas ainda assim em detalhes, às minhas perguntas e explicou como Toska era descriminada por causa de seu físico e de seu idioma.

Imaginei o sofrimento dela, sofri também, e pensei: como é miserável a vida de uma artista dramática! Não importa quanto tenha sofrido ao longo da carreira, sempre será julgada pelo público com base em sua performance. Todo o resto não é visto, a não ser que fique muito conhecida ou alguém escreva uma biografia sua. Se Toska fosse humana, ela mesma poderia escrever uma autobiografia e mandar imprimir à sua custa. Mas, por ser um animal, a jornada feminina e dolorida na qual embarcou como ursa será esquecida com sua morte. Criatura infeliz, seu nome é ursa! Eu estava sozinha com meus pensamentos. Os dois homens construíram uma unidade, distanciando-se. Quanto mais bebiam, maior era o vínculo masculino.

"Toska em uma escavadeira. Que tal?"

"Ela pode usar um capacete e carregar uma picareta na mão."

"Um brinde às moças trabalhadoras!"

Nem mesmo a escuridão, que havia colocado uma suave touca sobre nossa cabeça, conseguiu impedir os dois homens de continuar ali sentados bebendo. Fui para dentro e tomei banho para lavar suas palavras de meu corpo. Às nove, já estava na cama.

"Minha mãe escreveu sua autobiografia."

"Magnífico."

"Houve muitas pedras em seu caminho. Ela tropeçou muitas vezes, caiu sete, e levantou oito. Nunca desistiu da escrita." A voz de Toska era clara como uma fina e transparente calota de gelo. "Já eu não consigo escrever."

"Por quê?"

"Porque minha mãe já me descreveu como uma personagem em seu livro."

"Então eu escrevo para você. Escrevo a história de sua vida, assim você pode escapar da autobiografia de sua mãe!"

Quando fiz a promessa, não percebi que para mim seria muito difícil mantê-la. Acordei às quatro da manhã e imediatamente me perguntei: como posso escrever a autobiografia de Toska quando nunca escrevi nada além de cartas simples? Ao meu lado, meu marido roncava, e pensei numa locomotiva. Saí de fininho da cama, fui até o refeitório vazio e sentei à mesa. Com o queixo apoiado, deixei meus pensamentos e meus olhos divagarem. Eles foram parar em um pedaço de lápis que estava no chão. Só pode ser coisa do destino! Nasci como humana, para poder escrever a biografia de Toska! Só me faltava um papel decente. Em nosso país, tínhamos uma permanente escassez de papel, até mesmo no circo. Às vezes, era necessária uma odisseia por toda a cidade para achar um mísero rolo de papel higiênico. No refeitório, olhei atrás da estante e finalmente achei uma lista velha deixada pela equipe de limpeza. A parte de trás estava em branco.

Deveria ficar agradecida por ter encontrado um pedaço de papel para começar minha atividade de escritora, mas fiquei envergonhada. Em outros lugares, até mesmo um gato consegue achar papel suficiente para escrever sua biografia. A parte de trás do seu papel já estava tão escrita quanto a minha, mas o que se lia lá era muito mais interessante do que a lista do pessoal da limpeza. O ser humano precisa de papel. Não precisa ser grande, de preferência não deve ser tão grande quanto um campo de neve, onde os ursos-polares escrevem sua vida. Para mim, uma folha de papel por dia já basta. Eu conseguia preenchê-la sem me matar de escrever. Engomei com a mão a lista da limpeza, peguei o lápis minúsculo e comecei a escrever a biografia de Toska em primeira pessoa.

Quando nasci, estava escuro ao meu redor, e eu não ouvia nada. Pressionei meu corpo contra um corpo quente que estava ao meu lado, suguei um doce líquido de uma teta e adormeci novamente. Chamarei esse corpo quente de Mama-lia.

Havia algo que me causava medo: o gigante. Ele surgiu de algum lugar e tentou entrar em nossa caverna. Mama-lia gritava com ele, sua voz era um braço forte expulsando o gigante, mas aos poucos foi ficando fraca, e já via à minha frente uma perna do gigante. Mama-lia gritou, um som penetrante, e o gigante, irritado, começou a ladrar: "O que foi? O que você está fazendo acordada?", ouvi a voz de meu marido perguntar. Ele estava parado atrás de mim. Cobri rapidamente a frase recém-escrita com a mão esquerda. "O que está escrevendo?" Ele parecia surpreso.

"Nada."

"Estou com sede. Vamos tomar um chá."

Um estagiário apareceu com uma garrafa térmica grande cheia de chá preto. Tentei desenroscar a tampa antiquada, mas ela não se movia. O ar dentro dela havia esfriado, criando uma sucção. Segurei firmemente a garrafa térmica com a mão esquerda, enquanto curvava a parte superior do corpo sobre ela para tentar girar a tampa, como se quisesse perfurar meu peito com um parafuso gigante. Minha mão direita havia se transformado na garra de uma águia.

"Tudo certo com você? Quer que eu abra essa maldita garrafa? Que tal se Toska abrisse uma dessas no palco?"

"Não é uma má ideia. Vou perguntar no escritório se eles têm alguma garrafa térmica nova para usar no show"

"Vou junto. Honigberg ainda está dormindo?"

Visitamos a caravana que era usada para a administração do circo e perguntamos se tinham uma garrafa térmica nova que pudéssemos usar para o ensaio. O homem cujo rosto era a personificação da administração do circo respondeu imediatamente: "Não. Está fora de questão. No momento, temos em nosso país uma escassez de garrafas térmicas. Nos últimos anos, a produção não conseguiu acompanhar a demanda. Não podemos nem substituir as que quebraram por novas. Para o palco, por motivos óbvios, vocês não terão nenhuma".

Pankov entrou no recinto com um monte de papéis nos braços. "Vocês ainda não tiveram nenhuma ideia para o show da ursa? São uma dupla de maratonistas inúteis." Ele sumiu de novo. Parecia que de fato tinha muito que fazer.

Excepcionalmente, senti um calor humano no comentário de Pankov, enquanto meu marido recebeu as mesmas palavras como uma crítica gélida. Ele saltou para fora da caravana, sentou-se em uma caixa de madeira do lado de fora, cruzou os braços e escondeu a cabeça caída neles. Aparentemente, não conseguia mais interpretar as emoções de seus colegas de espécie, os seres humanos. Não era só a capacidade de ler os pensamentos dos ursos que ele havia perdido. Ou minha pele havia se tornado grossa a ponto de não sentir a frieza de Pankov?

Markus parecia que nunca mais ia querer levantar. Para distraí-lo, recorri a uma história antiga: "Já te contei que minha estreia foi em um número com jumentos? E se eu tentasse o mesmo com Toska?".

Naquele momento, Honigberg apareceu de pijama, como se estivesse esperando que eu dissesse aquelas palavras. "Um número com jumentos? Magnífico! Por favor, quero ouvir essa história", ele disse. Sentou-se ao lado de Markus, que pareceu ter se alegrado, e fez uma observação estranha: "Você estava dormindo até agora? Estava preocupado. Pensei que o garotão tivesse fugido". Ele colocou a mão no ombro de Honigberg.

Devia meu sucesso como artista à censura. Tinha vinte e seis anos e não era muito esforçada. Era preguiçosa como um burro. Para ser exata, minha sorte se devia ao fato de que o pôster de nosso circo fora sujeito a um rigoroso escrutínio da polícia cultural (como nós a chamávamos) e fora rejeitado. Havia um jovem palhaço chamado Jan. Diziam que o diretor do circo confiava nele para todas as decisões que envolvessem um entendimento exato de letras e números. Na época, eu atuava na limpeza do local e dos equipamentos, e era responsável por cuidar dos animais e das crianças. Em uma noite de lua cheia, estava procurando por uma criança sonâmbula, que havia sumido da cama, quando vi a luz de uma lanterna que vinha de dentro da caravana da administração. Pensei que a criança que eu procurava fosse se esconder ali e me escondi embaixo da janela. Ouvi a voz de Jan. Soava diferente, muito autoconfiante. Ouvi também a voz do diretor, que concordava ou perguntava algo a ele. De qualquer forma, falava com Jan de igual para igual. Eu não conseguia ir embora, mesmo que não quisesse interceptar a conversa. Jan explicava ao diretor, com tom professoral: "Quando perguntarem a intenção por trás do pôster, não se esqueça de enfatizar que inserimos esta frase importante bem no meio intencionalmente: 'O circo é a arte que nasceu da vida do povo'. Uma citação de Lunacharski". A voz de Jan soava quase arrogante, enquanto o diretor de circo parecia quase tímido ao perguntar: "Será que conseguiremos atrair o público com uma propaganda tão rígida?".

"Sim, a frase estará bem grande, no meio, mas não dá para notar tão bem, porque a cor se mistura com a do fundo. O olhar de um espectador típico vai direto para o nome em letras pequenas: Circo Busch. É mais um logotipo do que uma palavra. Por ser uma imagem, ligamos o logotipo automaticamente às emoções. Como o da Coca-Cola. Então o olhar do espectador vai passar pelo leão dourado e pela mulher erotizada em trajes de banho. É tudo uma questão de design. Podemos manipular a visão. Em nosso país, a psicologia de consumo quase não foi investigada. Estou certo de que os inspetores oficiais não conseguirão ver através de nossa estratégia. Quem vê o pôster sucumbe aos seus sentidos e vem assistir ao espetáculo, mas ninguém ia nos acusar de usar métodos decadentes para conseguir dinheiro."

"Para ser sincero, essa moça parece uma dançarina de striptease."

"Se os inspetores disserem que ela parece decadente, diga que é um figurino oficial das Olimpíadas. O número circense com animais é um esporte e os braços e as pernas do domador devem ter completa liberdade de movimento, senão o corpo da classe trabalhadora estará em perigo."

"Quem pertence à classe dos trabalhadores?"

"Todos os que trabalham no circo. É lógico, não?"

O diretor, que em outras situações aproveitava qualquer oportunidade para demonstrar seu poder, parecia se comportar com certa deferência em relação a Jan. Só mais tarde descobri a explicação daquilo.

Alguns dias depois, homens com expressão severa fizeram uma visita. Eles secavam sem parar o suor da testa. Continuei cuidando dos cavalos, pois pensei que a visita não tinha nada a ver comigo. Mas o diretor conduziu os homens até onde eu estava e se dirigiu a mim com um tom de voz orgulhoso e grave, como se tivesse levantando um coelho pelo cangote para mostrá-lo a um possível comprador. Os homens me circundaram, observando meu corpo do peito às coxas. O diretor explicou, autossuficiente: "Essa é a mulher de quem falei. No momento está vestida em trajes simples, pois está cuidando dos animais, mas, como podem ver, não se pode negar que ela é, na verdade, bela e atlética. Agora vamos vestir a fantasia de palco e apresentar a vocês. Posso contar com um pouco de sua paciência? Podem pegar uma bebida enquanto esperam, fiquem à vontade". Jan repetiu a expressão "uma bebida" e com suas talentosas mãos de palhaço imitou a ação de entornar uma dose de vodca. Pela primeira vez os homens riram, mas os olhos de Jan permaneceram frios.

Mais tarde, finalmente fui informada do motivo de toda esta farsa: no fim, os censores consideraram nosso pôster suspeito e estavam torturando o diretor com perguntas inesperadas. Uma das perguntas era: "Por que colocaram uma mulher fictícia decadente no pôster? O domador de animais selvagens é um homem magro e grisalho, não é?". O diretor ficou sem resposta, enquanto Jan rapidamente utilizou sua língua salvadora ao dizer: "Agora vamos ter que revelar a vocês algo especial, e fazemos questão disso, mas, por favor, o que vou lhes contar agora é uma informação confidencial: temos uma jovem talentosa, que deverá coroar a próxima temporada com seu número como domadora de animais, mas sua estreia é uma surpresa. No momento, ela trabalha oficialmente como cuidadora dos animais, para que aprenda as características específicas de cada um, mas, se tudo der certo, na próxima temporada ela estará no palco. Em todo caso, já a inserimos no canto do pôster. Claro, é impossível saber de antemão se vai tudo correr bem com os ensaios. Nunca se tem animais como estes cem por cento sob controle". Jan salvou o dia com sua mentira, que era de qualidade tão alta que a realidade não teve escolha senão imitá-la. Ainda não consigo acreditar que ele conseguiu pensar numa saída daquelas de forma tão espontânea. Os homens da censura visitaram o circo com o objetivo de ver com os próprios olhos a existência da jovem e talentosa moça.

Jan me conduziu para dentro do vestiário, tirou minha roupa, vestiu em mim uma fantasia rosa, que pertencia à antiga amante do diretor, e prendeu meu cabelo de forma que parecia que eu tinha uma cebola no topo da cabeça. Então colocou em mim cílios postiços que batiam asas como uma borboleta, pintou meus lábios de rosa-salmão gorduroso e me conduziu até o recinto onde os oficiais esperavam, com o humor muito melhor graças à vodca. Eles me aceitaram de imediato como um ovo promissor, prestes a quebrar e revelar uma estrela, e me encheram de generosos aplausos.

Os censores, em algum momento, saíram do circo. Eu queria voltar ao meu trailer e tirar a fantasia, mas meus colegas me impediram. "Qual é a pressa? É empolgante ver você assim, é como se tivéssemos contratado uma nova mulher!"

"Na verdade, eu já havia pensado como você ficaria de fantasia."

Fiquei surpresa! Um elogio de mulher para mulher!

"Você é o patinho feio que, na verdade, é um belo cisne."

"Que cruel! Não é verdade que ela era feia antes."

"Mas de qualquer modo ela nunca havia se destacado assim."

Alguns me cumprimentavam com um movimento da cabeça, outros suspiravam e cuspiam palavras com muita energia que eu não entendia se tinham o objetivo de me elogiar ou insultar por pura inveja. Jan sugeriu ao diretor que me dessem um número de cinco minutos, já que uma mentira é a melhor mãe da verdade. Na presença de seus colegas, ele se dirigia ao diretor com uma distância polida. Agora o diretor tinha que perguntar ao mestre domador se aceitaria me treinar. O diretor não estava à altura do mestre domador e tinha um respeito profundo por ele. A face séria do mestre não mostrou expressão nenhuma quando respondeu: "Ela é iniciante, então, recomendo que comecemos com um jumento". Soava como um avô decidindo a escolha profissional de seus netos: autoritário, mas também amoroso. Os colegas olhavam, maravilhados, primeiro para ele, depois para mim. O mestre nunca havia permitido que ninguém aparecesse no palco com seus animais.

Graças a Jan, o pôster foi aprovado e levado rapidamente para a gráfica. Uma semana depois, policiais à paisana chegaram para assistir aos nossos ensaios. Assumi minha posição ao lado do mestre e fingi estar ensaiando com muita dedicação. Os policiais nem olharam para mim. Em vez disso, pediram para falar com Jan. Quando ele apareceu, pegaram seu braço e o levaram embora.

Tive um sono agitado, não só naquela noite, mas nas que se seguiram. Uma vez, com dificuldade de me manter no ar quente e úmido da caravana, saí para a escuridão e ouvi o som de uma mulher soluçando. Segui-o e encontrei uma ruiva agachada aos prantos atrás de uma janela iluminada. Havia tempos acreditavam que era uma amante secreta de Jan.

"Você está preocupada porque Jan ainda não voltou?" Minha frase foi cuidadosa, mas ela franziu o nariz e respondeu:

"Por que não diz com todas as letras que ele foi preso? Eu sei de tudo. Também sei quem o entregou."

"O diretor do circo?"

"Nunca. Quem ia querer mandar seu próprio filho para a prisão?"

"Como assim? Jan é filho do diretor?"

"Sim. Você não sabia?"

Meu marido me interrompeu e perguntou: "Que tipo de número era esse com o jumento? Sua história é interessante, mas é muito longa".

"Deixe-me contar no meu ritmo. É uma boa prática para quando eu for escrever um livro um dia. Devemos contar os detalhes concretos."

"Você quer escrever um livro? Como uma autobiografia?"

"Não, quero contar a história de outra pessoa. Estou praticando com minha própria história. Preste atenção, agora vem o capítulo em que eu ensaio com o jumento. Você deve me ouvir com atenção."

"Agora precisamos começar a ensaiar. Não temos mais muito tempo até a estreia. Você deve preencher com o jumento as lacunas que surgiram com o desaparecimento de Jan!" A voz encorpada de meu mestre voltou em minha memória. Meu período de ensaio com o jumento havia começado, mas o professor não era o mestre, e sim o professor Beserl, que iria ao circo com seu jumento. Seu título de professor não era, de forma alguma, um apelido. Ele havia lecionado em uma universidade em Leipzig e era conhecido na área de ciências comportamentais. Após se aposentar, estreara com um número circense com um jumento e ficara famoso do dia para a noite. Depois de alguns anos, começara a ter problemas nos joelhos.

Precisava se sentar e descansar muitas vezes durante a apresentação, conversando em tons delicados com seu joelho e o acariciando. O médico, que provavelmente havia sido subornado pelo gerente do circo, deu falsas esperanças ao velho professor, elogiando sua perseverança, e o número com o jumento seguiu sendo apresentado. Mas um dia, após um alto rangido, seus joelhos finalmente deram seu último suspiro. Todo o público ouviu o som. Desde então, ele vivia como recluso em uma casinha pequena e degradada. Era uma vida modesta, mas feliz, junto a seu jumento. Quando recebeu o pedido do diretor do circo, alegrou-se e aceitou de bom grado fazer a longa viagem para ensinar a arte do jumento à próxima geração.

No primeiro dia de ensaio, ele me disse: "Você só pode amar os animais vegetarianos. Se tem um caso com um carnívoro, seu destino será uma loucura. Olhe bem para ele! Não é gracioso? Um jumento não é assustador nem covarde. Em outras palavras, é perfeito para acrobacias". O jumento do professor se chamava Platero.

Os seres humanos confiam em seus olhos. Em um primeiro encontro, conferem a silhueta, a roupa ou o rosto do outro. O jumento, por outro lado, dá muita importância aos sabores que um ser humano tem a oferecer. O professor disse que eu devia começar impressionando o jumento com uma cenoura. Quando me visse de novo, pensaria imediatamente nela. Segurei a cenoura em frente ao focinho de Platero. Ele mordiscou, fazendo um som apetitoso que soava quase como "*Karotte, Karotte*".* Então, ele puxou para trás seu lábio superior, mostrando seus dentes orgulhosos. Parecia estar dando uma risada sem som. Era impossível definir pela risada se estava simplesmente feliz ou se zombava de alguém. "Que bela risada ele tem, não? Ri para remover os restos de comida de seus dentes.

* "Cenoura", em alemão. [N. E.]

Você pode lhe dar algo grudento e falar com ele logo antes de terminar de mastigar. Assim, por exemplo." O professor deu a Platero uma cenoura lambuzada com uma substância grudenta e perguntou a ele: "Você não está rindo da minha cara, está?". Platero moveu sua boca como se estivesse sorrindo, no momento certo. "Combinamos cenas curtas como essa para montar o espetáculo."

"Não sabia que você usava truques como esse!"

"Os políticos usam seu próprio pão e circo para manipular o povo. Nós usamos nosso cérebro para mover os animais." O professor arregaçou seu lábio superior exatamente como o jumento e riu.

"A arte não pode ser feita somente com trabalho árduo. Você deve fazer algo sem esforço e de forma natural. Quando sua arte enfeitiça o público como mágica, e não com trabalho duro, está dando certo." Naquele momento, pensei ter visto Platero assentir com a cabeça, mas era só a luz do sol pregando peças em mim.

Por baixo dos cílios longos, os olhos de Platero tinham um brilho gentil, pareciam quase lúgubres. Será que os vegetarianos nunca ficam bravos? Será que nunca esfarrapam uns aos outros por pura fúria? Será que o caráter do ser humano muda quando vira vegetariano?

A estreia já estava próxima, então tiramos vantagem de qualquer possível atalho. Nunca parávamos. Sempre olhando para a frente, continuávamos trabalhando, sem tempo nem para respirar. Platero já havia dominado a técnica de que precisava, era eu quem tinha muitas coisas novas a aprender. Tentei passar para o papel do professor. Ainda tinha um grande caminho pela frente.

Os números, que estavam escritos em grandes cartões, foram colocados em ordem. Perguntei para Platero quanto era dois vezes dois. Ele foi até o cartão que continha o número quatro. Aquele cartão estava lambuzado com suco de cenoura e os outros não. O truque era muito simples, mas mesmo assim não era tão fácil convencer o jumento a ir de novo e de novo na direção do mesmo cartão. "O jumento pode acabar escolhendo um cartão diferente, mesmo sabendo à perfeição qual deles tem cheiro de cenoura. Os seres humanos às vezes se comportam assim, fazendo algo de propósito mesmo que signifique abrir mão de uma recompensa. Dessa forma, é possível, mesmo quando ensaiamos muito, que algo dê errado. Digamos que o truque falhe uma em cada dez vezes. A questão seria então como podemos impedir a possibilidade de que os dez por cento de azar ocorram enquanto você e o jumento estão no palco. Sabe como?" Balancei a cabeça de tal forma que meus cabelos bateram em minhas bochechas. "Você deve atingir certo estado mental no qual a falha não é mais possível. Está relaxada, como se estivesse cochilando à beira de um lago na primavera, mas sua cabeça se mantém clara e transparente como um vidro. Você se liberta de todas as preocupações, mas continua atenta. Todo o corpo trabalha como um sensor, reconhece tudo o que acontece ao seu redor, mas isso não a atormenta. Reage de modo automático a tudo por ser você também uma parte de todos os acontecimentos. Age sem intenções, mas sempre corretamente. No palco, deve colocar a si mesma nesse estado. Assim, nunca falhará."

O jumento ia até o cartão quatro sempre que eu dava a ordem de multiplicar dois por dois. Quando vi o diretor, pensei que seria uma boa oportunidade de mostrar a nova proeza. Acariciei a orelha de Platero e perguntei-lhe quanto era dois vezes dois. O jumento não se moveu. O professor estava sentado em uma caixa de madeira no canto da sala de ensaio, com o rosto sem expressão. Não ia me ajudar. Repeti a pergunta e acariciei a orelha de Platero mais uma vez, mas ele permaneceu imóvel. O diretor suspirou decepcionado e saiu. Eu queria explodir em lágrimas. Um tempo depois, o professor comentou, em tom casual: "Você acariciou a orelha de Platero dessa vez. Nunca o tinha feito antes. Ele queria que você continuasse acariciando, por isso não se moveu. Ele escolheu você, e não a cenoura".

"Por que não me avisou na hora?"

"Devo fazer isso? Estou aqui para me entreter. Gosto de ver jovens sofrendo."

"Que crueldade!"

"No palco, você não deve acariciar os animais quando bem entender. No circo, cada gesto minúsculo conta como sinal. No palco, não pode simplesmente espirrar ou assoar o nariz."

Eu não tinha tempo para me sentir desesperada ou para celebrar cada pequena descoberta. Antes de qualquer coisa, precisava ensinar o jumento a responder aos problemas matemáticos do público indo para o cartão correto e parando em frente a ele. Platero tinha o hábito de parar sempre que via alguém diretamente à sua frente. Se eu parasse atrás dele, à sua esquerda, dava um passo na diagonal para a esquerda. Se eu parasse atrás dele, à direita, dava um passo na diagonal para a direita. Eu devia utilizar aquilo para levá-lo até o ponto-final.

O jumento balançava a cabeça quando eu tocava sua orelha. Ele assentia quando eu acariciava seu peito. Treinamos para que ele respondesse a uma pergunta com "sim" ou "não". Ensaiávamos de manhã à noite, e quando eu não conseguia mais e saía em busca de ar fresco todo mundo que eu via tinha cara de jumento. Vi um homem coçar atrás da orelha, e já estava pronta para ajudá-lo quando lembrei que não se pode simplesmente sair tocando o corpo de outras pessoas.

O professor normalmente voltava para casa logo depois do ensaio, mas naquela noite ele ficou para falar comigo. "Platero já está velho, e eu também. Devemos levar em consideração o fato de que logo não existiremos mais." Sua voz soava alegre, mesmo considerando que ele aparentemente pretendia falar comigo sobre o que aconteceria depois que morresse. "Mas o que você faria se, após nossa morte, tivesse que começar tudo de novo com outro jumento? Vou revelar um último segredo. Não contei para ninguém até agora. É como se eu revelasse que você é a herdeira de uma grande fortuna. Você já estava em desvantagem quando veio para o circo, pois seus pais não trabalhavam aqui. Isso você já percebeu, não é?" Teimosa, eu me recusei a concordar. "Certo. Não quer admitir que está em desvantagem. Você tem um gênio forte. Vai conseguir."

Minha estreia com o jumento aconteceu pouco tempo após meu aniversário de vinte e seis anos. Foi um sucesso incandescente, mesmo considerando ser somente um número breve e modesto com um animal discreto.

"Um exercício de aritmética! Vamos tentar isso com Toska? Talvez ela tenha talento para a matemática!" Markus, inspirado pela minha história com o jumento, começou a pintar números grandes em cartões. Como não tínhamos papelão, ele usava painéis de madeira folhada que havia pegado sem permissão do porão de um prédio abandonado. Havia cartões com números de um a sete, e somente um deles estava lambuzado com mel. Toska foi diretamente até esse cartão e o lambeu. "Toska fica cheirando o cartão e lambendo. Eu acharia estranho se ninguém da plateia percebesse nosso truque. Além disso, a ideia de que um urso sabe somar e subtrair não é muito convincente. Por que acreditam tão facilmente que um jumento conseguiria?"

"Provavelmente porque os jumentos, nos livros infantis, sabem ler e fazer cálculos. Você se lembra do jumento de *As alegres travessuras de Till Eulenspiegel*? Tinha um truque em que ele lia em voz alta."

"É verdade. Por outro lado, todo mundo pensa que os jumentos não são exatamente espertos. O contraste é engraçado. Temos que trazer ao palco o contrário de um clichê."

"E qual é o clichê com ursos-polares?"

"Que eles estão sempre sentados no gelo."

"Mas qual é o contrário de gelo?"

"Fogo."

Fazer animais selvagens pularem por dentro de um arco em chamas é um número obrigatório de qualquer circo. Eu e meu marido sabíamos que nem mesmo nós poderíamos evitar aquilo para sempre. Seria muito banal se Toska atravessasse um anel de fogo. Precisávamos, pelo menos, de um contexto. Poderíamos, por exemplo, adaptar a história de Branca de Neve para um musical, então Toska pularia sobre as chamas vestida como a personagem. Em minha opinião, não precisávamos de nenhum inferno adicional ao circo: os números vermelhos já brilhavam e queimavam o suficiente. Pankov ordenou à secretária que buscasse o grande aro de fogo sem perguntar nossa opinião. No dia seguinte, todo o equipamento já estava brilhando, pronto, no local de ensaio. Fingi que não os vi, e ensaiei com Toska como caminhar ao meu lado ou ficar parada à minha frente.

O sol se pôs e, com a chegada do sono, pude visitar o mundo do gelo. Lá podia reconhecer toda vez uma evolução, um progresso diário. Não havia números vermelhos nem números pretos, só progresso. Nenhuma indústria, nenhum hospital, nenhuma escola. Eram só palavras trocadas entre seres vivos. "Comecei a escrever sua biografia", disse a Toska, que espirrou surpresa.

"Você está com frio?"

"Muito engraçadinha. Tenho alergia a pólen. Aqui no polo Norte nenhuma flor floresce, mas mesmo assim o pó dança no ar e vivo espirrando. É estranho que tenha pólen sem que haja flores."

"Já escrevi quase até o período logo após seu nascimento. Seus olhos ainda não se abriram. Você e sua mãe não estão sozinhas, há uma terceira sombra."

"Meu pai queria morar conosco, mas minha mãe não o suportava. Ela rosnava sempre que ele aparecia em seu campo de visão."

"Não é normal para uma ursa?"

"Talvez fosse normal antigamente, mas a natureza também muda com o curso da história."

A voz de Mama-lia era assustadora. Tinha ficado com medo dela, mesmo sabendo que não corria perigo.

As pessoas também podem rugir para intimidar os outros. No início, usam palavras que têm um significado, depois de um tempo, entretanto, tudo o que se ouve é um rugido, que cresce para fora da língua, e a pessoa que o recebe não tem outra escolha senão rugir de volta. Com tal pensamento, lembrei como meu pai havia nos deixado e ido para Berlim. Com o sexto sentido de uma criança pequena, eu sentira um pequeno espinho na voz da minha mãe logo antes de ela começar a gritar. Chorei alto para distraí-la. Ela tentou me acalmar e se esqueceu de meu pai. Mas, então, ele falou alguma coisa novamente que a provocou. Minha mãe lançou-lhe um olhar afiado e, com a voz trêmula, disse algo. Meu pai respondeu, explodindo, como se quisesse virar a mesa de jantar.

Aquela lembrança, que me surgiu de repente, podia muito bem ser uma adaptação livre de minha parte. Eu e minha mãe nunca falamos sobre meu pai. Ela saía de casa todas as manhãs bem cedo. Quando eu voltava da escola, minha mãe já estava em casa. Ela era uma bela mulher, mas de manhã seus olhos já estavam enrugados e à tarde suas bochechas já estavam flácidas. Eu sentia com frequência a necessidade de observar seu rosto mais atentamente, mas ela sempre virava as costas depressa, para cuidar dos afazeres da casa. Em suas costas, havia um padrão colorido e tóxico estampado, que parecia uma tarântula e seguia os movimentos das mãos. Mas por que estava escrevendo sobre mim? Perguntei a Toska: "Do que seu pai tinha orgulho?".

"Ele me disse, mais de uma vez, que vinha do mesmo país que Kierkegaard. Tinha muito orgulho disso. Minha mãe ria e dizia que era bom ele ser de um país tão pequeno. Segundo ela, se fosse listar todos os gigantes culturais de seu próprio país, não terminaria nunca."

"Um pouco cruel."

"Minha mãe era muito inteligente e infinitamente curiosa. Por isso, partiu para o exílio e escreveu uma autobiografia. Eu, por outro lado, não consigo escrever. Sempre preciso de ajuda dos seres humanos."

"Aceitar ajuda dos outros também é uma habilidade. Me deixe escrever sobre sua vida!"

Dentro de minha cabeça, pairava uma neblina grossa. Para onde deveria ir?

"O que há com você?", alguém me perguntou. Não era nem Toska nem minha mãe. "Está apaixonada?"

Finalmente consegui abrir os olhos e vi o rosto de meu marido, que primeiramente sorriu e depois demonstrou sinais de preocupação, porque não havia dado a ele nenhuma resposta ainda. "Com quem está falando? Agora anda tão ocupada. Na verdade, nem teria tempo de ter um caso. É com alguém do circo?"

"Vamos ensaiar antes que você continue com essa bobagem."

"Conto o tempo todo minhas ideias para o número, mas você nem me ouve."

"Meus pensamentos estavam em outro lugar. Na minha infância."

"De novo? Quem sabe vamos dar uma volta?"

"Não é uma má ideia. Vamos espairecer."

Pankov vinha ao nosso encontro, da direção do portão principal. Provavelmente nossa aparência era de exaustão, única explicação para se dirigir a nós com um tom benevolente na voz. "Toska é uma verdadeira atriz, brilha no palco. Estou certo de que terão muito sucesso com ela."

Pankov havia acabado de nos deixar a sós quando meu marido sussurrou: "Era para ser irônico, não? Como podemos ter sucesso? Vou voltar para a biblioteca. Aqui no circo não tenho ideias. A sensação de estar preso é insuportável. Não consigo entender como consegui passar toda a minha vida em um circo".

Markus sumiu de meu campo de visão. Sentei de pernas cruzadas em frente à jaula de Toska. A sensação de estar presa no circo me era difícil de compreender, já que tudo estava ali, ou mais especificamente tudo retornava ao circo: a infância, os mortos, os amigos. Qual seria, para mim, a utilidade de procurar por aquelas coisas lá fora?

Continuei imóvel, sentada de pernas cruzadas em frente a Toska. Ela se entediou, deitou de costas e brincou com as garras traseiras. Senti uma respiração quente na nuca e, ao virar, encontrei Honigberg parado atrás de mim. "Está sozinha?", perguntou, com um sorriso.

"Não vê que estamos as duas aqui? Se fosse somar você também, daria três."

"Markus já se mandou de novo? Você está sempre sozinha. Não se incomoda?"

"Não se aproxime muito. Seus sapatos estão sujos. Onde conseguiu sujar tanto assim?"

"Estava no lugar aonde ninguém pode ir." Seu sorriso constante me deixava desconfortável.

Lembro ainda que havia um campo pantanoso ao redor do circo. Quando vinha para casa após alguma visita secreta, frequentemente encontrava um mapa feito da sujeira de meu sapato. Uma vez me assustei com uma mancha, porque se parecia com uma traça estraçalhada. No outro sapato, pude reconhecer sua sombra. Tentei, sem sucesso, com um punhado de grama, livrar meu sapato dos insetos. A lama era viscosa, fedia, talvez contivesse excremento de carnívoros. Esse pensamento fez com que a lama em meus sapatos fosse, de repente, vista por mim como sagrada e não quis mais removê-la. Os leões, que ainda não havia visto a não ser em enciclopédias, eram meus vizinhos no circo, e como prova disso estava levando comigo suas excreções!

Escondi os sapatos sujos atrás de um balde na varanda. Minha mãe, que não podia arriscar perder o ônibus para o trabalho, devia levantar às quatro horas da manhã e às nove da noite já estava fechando os olhos embaixo das cobertas. Ouvi atentamente, queria ter certeza de que ela estava respirando vagarosa e profundamente. Então, saí para a varanda para investigar o estado de meus sapatos. A terra lamacenta havia transformado o couro do sapato, deixando-o amarelado e endurecido. Calcei-os e tentei andar um pouco. A cada passo, o couro enrijecido raspava meu calcanhar como lixa. Não tinha outra escolha a não ser caminhar com as pernas arqueadas, para minimizar as dores. Assim, tornei-me uma iguana. Animais de sangue frio como répteis e insetos sempre provocavam ódio em mim. Tirei os sapatos e a roupa de baixo. Minhas coxas e a barriga eram cobertas por um pelo branco como a neve. A lua olhava por trás das nuvens sujas, iluminando meu ventre nu.

Acordei do sono e vi Toska em minha frente. Ela estava curvada e dormia. Seu travesseiro era seu braço esquerdo. Como se fosse uma imagem espelhada, eu estava na mesma posição.

Minha saia estava amassada de forma obscena, não escondia de todo minhas coxas. Ajeitei e penteei meu cabelo com o pente de dedos. Nesse momento, meu marido veio até mim com passos imponentes, aparentava ter voltado havia pouco da biblioteca.

"Você dormiu?"

"Aparentemente."

"Alguém estava aqui?"

"Quem?"

Ao lado da bainha de minha saia vi uma pegada. Alguém com os sapatos sujos deve ter parado aqui.

Nas semanas seguintes, fomos surpreendidos com algumas novidades. Primeiro Honigberg anunciou que estava se unindo ao sindicato. Existia uma lei trabalhista que proibia sindicatos de impedir a entrada a alguém com base em diferenças étnicas. Assim, os ursos-polares foram forçados a aceitar o Homo sapiens mais suspeito de todos, Honigberg, em seu sindicato.

Um dia após sua entrada no sindicato, ele propôs à liderança que o circo fosse incorporado a uma sociedade anônima. Mas aquilo deveria ser mantido em segredo para o público externo, necessitando de uma contabilidade à parte, pois o circo tinha a obrigação de mostrar suas contas para o governo. Com tal plano, poderíamos manter uma economia de livre mercado própria. Se as ações subissem, poderíamos comprar equipamentos caros. Um palco novo e atraente poderia aumentar as vendas de ingressos e os lucros. Ele insistiu que a temporada seguinte seria um grande sucesso, e seria uma pena se repassássemos o lucro para os oficiais do governo. Eles gastariam o dinheiro como água, enfiando caviar goela abaixo em restaurantes internacionais e se banhando em vodca. O dinheiro não deveria ser gasto como água, e sim congelado, para ser investido com segurança no futuro do palco. Claro, o lucro total não seria investido. Todo acionista poderia, com seus dividendos, comprar um transistor, mel ou outros produtos. Os nove ursos-polares, que inicialmente não compreenderam a proposta de Honigberg, ao fim estavam empolgados com seu plano e queriam comprar ações imediatamente. Pankov também aceitou a proposta, mas minha imaginação não era tão poderosa para conseguir adivinhar a verdadeira intenção do jovem.

"Qual é a dele?" Meu marido só falava de Honigberg quando estávamos a sós. Se eu mostrasse desinteresse, ele continuava a perfurar com insistência. "O que acha, hein? Desembucha."

Senti-me como um rato encurralado e contra-ataquei com uma pergunta: "Você não consegue tirar esse jovem imaturo da cabeça, hein? Não tem mais vitalidade própria?". Seus olhos vermelhos brilharam, como se sua insinuação tivesse sido confirmada.

"Foi o que pensei. Como sabe que esse homem tem tanta vitalidade? Eu já tinha percebido faz tempo. Você tem um caso com ele."

"E quando eu teria achado tempo para isso? Você está o tempo todo comigo."

"Consigo achar um buraco em um espaço de tempo, mesmo em um dia no qual estamos totalmente ocupados. Você utiliza esse buraco para se encontrar em segredo com alguém." Talvez meu marido já estivesse, naquela época, no meio do caminho para a loucura.

Eu mesma tinha a impressão de que estava apaixonada, só que não por Honigberg. Aquilo era inimaginável. Não queria esconder nada de ninguém, mas tampouco sabia por quem estava apaixonada. Quando eu era criança e visitava o circo todos os dias, nunca suspeitei que estivesse apaixonada por ele. Escondia de minha mãe as visitas ao circo, mas não por querer esconder minha paixão. Simplesmente não queria que me afastasse dos leões por causa de meus sapatos sujos. Escondi dela ainda mais coisas: por exemplo, que não tinha nenhuma amiga ou que o professor havia dito que eu tinha muito talento e aptidão, principalmente para as ciências naturais. "Por que não contou todas essas coisas para sua mãe?", Toska perguntou.

"Não sei. Instinto infantil. Somente quando adulta uma mulher encontra uma amiga a quem contará todas as suas histórias sem pensar duas vezes."

Um belo dia, o segredo de minha visita ao circo veio à tona. Eu temia que minha mãe fosse me xingar por causa de meus sapatos sujos, mas não foi o caso. Ela disse calmamente que eu devia comprar um ingresso e entrar no circo pela porta da frente. Quem entra pela porta dos fundos acaba no vestiário dos artistas.

Eu nunca tinha ouvido aquela expressão antes. Despertou minha curiosidade. Cada fogo que minha mãe tentava afastar de mim iniciava um interesse incandescente.

Mesmo depois que minha mãe ficou sabendo de minhas visitas ao circo, eu não queria parar com elas. No caminho, tirava meus sapatos e os escondia numa moita. Estranhamente, era ao mesmo tempo inquietante e hilário atravessar o campo lamacento com os pés descalços. Fazia cócegas, como se os espíritos do submundo estivessem lambendo a sola de meus pés. Uma vez, vi o rosto de um cavalo à minha frente. Ele me encarava sem piscar. Seus longos cílios passavam uma impressão de delicadeza. O cheiro que exalava do chão era sufocantemente doce. Meu peito se contraiu, e eu conseguia ouvir a batida do meu coração. Seria aquela uma excitação sexual? O cavalo sacudiu as orelhas e ouvi passos.

Alguém me deu um leve empurrão nas costas: um palhaço com o rosto pintado de branco. Aparentemente, fazia tempo que seu rosto estava maquiado: a camada branca estava craquelada, marcando as profundas linhas de expressão, que naquele momento não sorriam. As lágrimas em forma de estrela estavam borradas, não chorando mais. Não estava claro se o palhaço era homem ou mulher, então não tinha ideia do que eu devia falar primeiro. Fiz uma reverência como pedido de desculpa e saí correndo. Desde então vi muitos palhaços, mas aquele foi o primeiro, e ele ficou guardado para sempre em minha memória.

No dia seguinte, visitei o cavalo de novo para admirar o tamanho de suas narinas. Daquela vez, o palhaço se aproximou de mim lentamente e com cuidado, colocando o dedo indicador em frente aos lábios. Só estava pintado ao redor dos olhos. Os lábios eram finos e ao redor de sua boca vi a pele recém-barbeada, um pouco azulada. Parecia estar tentando não me assustar. Fiquei como que paralisada pela insegurança, mas esperei enquanto ele se aproximava. "Você gosta de cavalos?", perguntou. Estava tão próximo de mim que eu podia sentir o calor de seu corpo. Assenti, e ele foi em direção a um trailer e fez um gesto para que o seguisse.

O cheiro de feno fez cócegas nos pequenos pelos dentro do meu nariz, então preencheu o celeiro de meus pulmões. "Temos que cortar o feno para dar aos cavalos", disse o palhaço. Ele enchia os braços de feno, colocava no imenso saltério e cortava ritmado com sua faca enferrujada. Então jogava o feno cortado em um balde e ia até o cavalo com ele. "O que acha? Não tem vontade de virar cuidadora de cavalos? Se vier amanhã no mesmo horário, pode cortar o feno e alimentar os cavalos."

E assim, todos os dias após a escola, eu corria para o circo para executar minhas tarefas como cuidadora de cavalos. Logo já podia penteá-los e levar o excremento até o monte de compostagem. Estava motivada e não era remunerada.

Enquanto eu, com meus delicados braços de criança, cuidava de seus cavalos, o palhaço praticava o pino em cima de uma cadeira, ou sacudia os quadris enquanto se equilibrava em uma bola. De vez em quando, vinha a mim o pensamento de que estava me usando, mas, mesmo se fosse o caso, não me incomodava. Desenvolvi minha própria teoria econômica: todos os déficits se transformam imediatamente em lucro quando você toca em um cavalo.

Logo outros membros do circo começaram a me cumprimentar. Eu era uma trabalhadora ilegal, contrabandeada para dentro do circo pela porta dos fundos. Mas me sentia aceita no circo, o que certamente não era o caso na escola. Demorou muito até que o palhaço me perguntou: "Afinal, como você chama?". Até aquele ponto só me chamava de: "ei, você". Havia duas possíveis explicações: ou o primeiro nome não tinha nenhum significado para ele ou achava que se soubesse meu primeiro nome ele seria responsável por mim.

Eu disse que era Ursula.

"Legal. De 'ursa'."

Em casa, contei para minha mãe que no nome Ursula se escondia uma ursa. Ela me olhou com espanto. "Que maluquice. Acha que teria lhe dado um nome de animal? Quem lhe disse essa bobagem?" Fui forçada a confessar minhas visitas diárias ao circo. Minha mãe não pareceu surpresa, devia ter suspeitado antes. Ela disse que eu deveria chegar em casa antes do pôr do sol, mas me permitiu continuar brincando de funcionária do circo.

Meu humor melhorava a cada movimento do pente no cavalo. Os pelos eram esquisitos, estavam na maioria das vezes secos, mesmo que o cavalo suasse com frequência. A carne abaixo dele parecia confiável e firme, emanava um calor calmante. O desejo que surgiu enquanto eu segurava o pente em minha mão subiu pelo meu pulso para dentro do corpo e nadou em meu útero como uma carpa. "Quando você era pequena, o cavalo era maior que você. Você olhava para cima, para fitá-lo, e agora está de volta à mesma posição", disse Toska. Seus olhos e seu nariz eram três pontos pretos na paisagem de neve. Se ligasse os pontos, formaria um triângulo. A cor branca do corpo de Toska era a camuflagem perfeita na neve. Eu não conseguia vê-la: falava cegamente com um ponto invisível no centro do triângulo. "Às vezes, penso que não há utilidade nenhuma em lembrar minha infância."

"Minha mãe era da opinião de que devemos atingir o período de tempo anterior à infância", respondeu Toska.

"Eu gostaria muito de ler a autobiografia da sua mãe."

"Infelizmente, está esgotada. No polo Norte, todos os livros estão esgotados e todas as gráficas derreteram. Não se pode mais imprimir novas edições." Toska levantou, melancólica. Seu peito era magro, fazendo seu pescoço elegante parecer ainda mais longo e suas pernas dianteiras mais curtas do que eram. Ela fez menção de ir.

"Espere!", gritei.

"O que foi? Teve um pesadelo?" Era Markus. Ele agia como se não soubesse o que fazer, pois não tinha uma explicação para o que me ocorria. Contudo, eu já sabia que ele começara a espalhar um boato sobre mim: eu estava maluca, era atacada constantemente por pesadelos e alucinações. Talvez quisesse, assim, esconder dos olhos dos demais sua própria fraqueza de nervos e seu ciúme doentio. Pankov também estava parado ali e me perguntou: "Ouvi falar que você está se recusando a executar o número com fogo. Então isso significa que sua paixão pelos palcos se extinguiu?".

Respondi: "Extinguiu? Não fui eu, e sim meu marido que entrou em combustão, através do fogo do ciúme. Não consegue resgatar Markus? Não consigo aguentar o calor, por isso fujo para a neve. Em meio a ela, posso reconhecer Toska imediatamente, pelos três pontos pretos".

Pankov caiu na gargalhada. "Quando você vê três luzinhas que compõem um triângulo e se aproximam cada vez mais, é uma locomotiva. Está planejando se jogar na frente de um trem em movimento? Não precisa fazer isso. Descanse!"

O ciúme de meu marido se intensificava a cada dia, sem ter um motivo para tal. Enquanto eu e Toska praticávamos a reverência, Honigberg entrou na sala de ensaios com Markus logo atrás. Meu marido me deu um empurrão nos ombros, irritado com a acusação de que eu teria trocado olhares com Honigberg. Toska rosnou ameaçadora, Honigberg ficou pálido, e Markus me deu mais um empurrão. "Pare com isso!", disse Honigberg, pegando-o pelo braço, levando-o até o canto da sala e mantendo-o ali.

"Me solta! Vai me bater, é?"

"Não percebe que a ursa está ficando irritada? Isso é perigoso."

Pankov ordenou que meu marido, eu e Honigberg fôssemos ao seu escritório. Estava preparada para muita raiva, mas não foi o caso. "Ouvi boatos de que no próximo mês receberemos uma visita do Kremlin. Quero começar a nova temporada antes, para que, quando chegarem, esteja tudo certo. Não queremos conduzir um ritual de sacrifício, então não gostaria que Ursula fosse comida por ursos sob o olhar atento dos oficiais russos."

Pankov nos olhava com ar sério, enquanto Honigberg respondeu, com uma leveza autoconfiante: "Não se preocupe! Nossos ensaios estão praticamente terminados. Ursula e Toska estão unidas por uma verdadeira amizade. Elas entram juntas no palco, comem as bolachas que retiram do mesmo pacote, despejam leite nas canecas e bebem juntas. Então Ursula põe um chapéu bem estiloso na cabeça de Toska e veste um colete nela. As duas param lado a lado em frente a um espelho e todos veem que são amigas. Isso já basta. Uma verdadeira amizade mexe com o coração de qualquer espectador, mesmo quando não há nada de espetacular nisso."

"A amizade entre as mulheres pode ser maravilhosa, mas não é um tema apropriado para um espetáculo circense."

"Não se preocupe! Os nove ursos-polares estarão parados em cima da ponte como Pano de fundo, garantindo a dinâmica masculina do palco. Cada animal pesa quinhentos quilos, então, todos juntos chegam a quase cinco toneladas. A pequena Ursula sacode seu chicote e os gigantes brancos a seguem. O peso combinado dos animais equivale ao peso de vinte lutadores de sumô ou até mais. Impressionante, não é?" Honigberg parecia estar olhando para mim e Markus com ar superior, como se fosse representante de Pankov, quando, na verdade, era um sem-teto que tolerávamos por pena.

Meu marido tentou esticar o pescoço para parecer mais alto que Honigberg e disse apressado: "Espera só um pouquinho! E a greve?".

Honigberg respondeu calmamente: "A greve acabou. A partir de amanhã, todos os nove ursos-polares estarão trabalhando". Encaramos Pankov, que olhava para o chão. Honigberg continuou, em tom confiante: "Não há mais motivo para greve. Os ursos-polares receberam ações e retiraram suas demandas. Eu disse a eles que não devem mais fazer greve, porque agora são acionistas, e não trabalhadores".

Markus lançou um olhar cheio de ódio às pernas magras cobertas por jeans de Honigberg. "Com seus truques de macaco você traiu o coração de animais inocentes. Você é uma desgraça para a humanidade!" Meu marido parecia um lagarto-de-gola. Eu queria controlar sua sede de sangue. Coloquei a mão em seu ombro, mas ele rejeitou meu toque e disse, ríspido: "Agora você está do lado dele".

Precisamos esclarecer as coisas, antes que a situação escale para algo pior, pensei. "Você está com ciúme porque suspeita que temos algo. Isso é um absurdo. Está imaginando uma realidade que não existe." Minhas palavras o surpreenderam, como se a ideia de que eu e Honigberg poderíamos ter um caso tivesse ocorrido a ele só naquele momento. Meu marido gritou.

Honigberg, que parecia igualmente chocado, começou a gritar também.

Pankov suspirou e ao sair disse: "Ursula, você está doente. Você precisa procurar um médico".

Não era a primeira vez que eu ia ao psiquiatra. Quando já estava na idade de completar a escola, foi decidido que eu não iria para a universidade: trabalharia como doméstica. Comecei a sofrer de alucinações, via por toda a parte a bunda de um homem bem-sucedido. Não me importava de colher excremento de cavalo, mas a mera ideia de limpar um vaso sanitário, no qual meu rico empregador havia descansado suas nádegas gordas e suadas, me causava repulsa. Aquela bunda me seguia por todas as ruas. Eu ficava com falta de ar, embrenhava-me na multidão para ficar invisível, mas aquela imagem não me deixava em paz. Contei à minha mãe, que respondeu que eu pensava demais. "Só pense nas coisas que são importantes." E as coisas que não existiam, mas mesmo assim eram presentes para mim?

Não era a intenção original da minha mãe me transformar em uma empregada doméstica. Se eu tivesse me tornado uma acadêmica, poderia me permitir pensar sobre as coisas que não existiam. A professora me sugeriu estudar, mas rejeitei sua sugestão com uma teimosa determinação. Minha mãe ficou sabendo da rejeição, que deve ter sido um choque para ela. Eu a vi sentada à mesa, parecendo petrificada. De alguma forma, tinha conseguido fazer chá, mas não conseguia beber nem um gole. Suas mãos seguravam sua cabeça pesada e seus olhos estavam fundos. A pele estava cinzenta. Na época, não era tão natural que uma mãe quisesse mandar sua filha para a universidade. Não consigo mais lembrar o que eu tinha contra os cursos superiores. Eu até sonhava, às vezes, em pesquisar a vida dos mamíferos e receber um título acadêmico por aquilo. Mas meu sonho não queria sair de seu esconderijo, assim como eu escondia meus livros prediletos sobre cavalos atrás do armário e só os lia quando estava sozinha. As histórias de animais de Ernest Thompson Seton tinham me dado não somente a ideia de me tornar uma zoóloga, mas também escritora.

"Por que você agora se arrepende de não ter estudado? Sua universidade é o circo." As palavras de Toska me confortaram. Pensei que talvez eu tivesse mesmo tomado a decisão certa. Mas na época estava desesperada, continuava sendo perseguida pelo traseiro do homem rico. O médico que me atendeu não me levou a sério. Ele disse, fazendo pouco-caso, que eu estava sofrendo de uma crise nervosa, e me prescreveu alguns remédios.

Ou o médico havia errado na dose ou era minha culpa mesmo: quando engoli as pílulas, surgiu em mim imediatamente a vontade de trabalhar no circo. Briguei com minha mãe e fugi de casa, correndo tão rápido quanto conseguia até o circo, como uma moto que usa a raiva como combustível. Meus amigos do circo estavam sentados em uma roda, bebendo cerveja à luz do crepúsculo. Eles me deixaram entrar na roda imediatamente, mas quando implorei que me aceitassem como membro oficial pareceram constrangidos. Eu estava prestes a chorar, quando o homem mais velho levantou e colocou o dedo com o qual estava enrolando a barba em meu ombro e disse: "Existem muitos costumes e formas de conduta que são naturais para quem nasceu e cresceu no circo. Mas são incompreensíveis ou inaceitáveis para os filhos de trabalhadores. Claro, muito disso pode ser aprendido posteriormente. Mas há diversas coisas que não estão escritas em lugar algum. Esse é o motivo pelo qual um cidadão normal acha difícil sobreviver no circo. Um leão não pode se tornar um tigre. Seria melhor se você procurasse um emprego na cidade". Caí em prantos. A equilibrista Cornelia levantou-se e disse: "Vamos falar com o sr. Anders. Talvez ele consiga achar um trabalho para você". O sr. Anders era um fã de longa data do circo e trabalhava como chefe de departamento dos telégrafos. Cornelia saiu tão rápido que eu temia perder suas costas de vista.

Um homem com ombros largos abriu a porta. Imediatamente, notei um odor que era desconhecido para mim. Ele nos viu e seus olhos se estreitaram de alegria. Era a primeira vez que eu entrava na casa de um homem bem-sucedido e culto. Intimidada, sentei no sofá de couro com seus painéis laterais esculpidos à mão. Em um prato prateado estavam um rosbife, pão e frutas, como em uma pintura a óleo antiga. Cornelia manteve seu sorriso rijo no rosto, enquanto fazia, elástica, malabarismos com as primeiras palavras. De vez em quando, trocava olhares cúmplices comigo. O sr. Anders aparentemente estava hipnotizado por ela, e prometeu a mim, a moça de origem desconhecida, um emprego.

Não fui aceita para trabalhar no circo, mas minhas ilusões paranoicas pararam. Minha mãe estava mais do que feliz quando descobriu que eu havia conseguido um emprego no telégrafo. Ela disse que eu era uma funcionária pública, não importava para qual serviço trabalhasse, o que representava, ao contrário do circo, uma segurança. Mais tarde, o circo também virou estatal, assim tanto um palhaço quanto uma domadora de animais como eu eram funcionários públicos.

"Prometi a você que ia escrever a história de sua vida. Até agora só escrevi sobre a minha. Desculpe."

"Não tem problema. Primeiro você deve traduzir sua própria história em palavras. Então sua alma estará desobstruída e, assim, terá lugar para uma ursa."

"Você tem a intenção de entrar em mim?"

"Sim."

"Estou com medo."

Rimos em uníssono.

Virei funcionária pública, e passava o dia inteiro em cima da bicicleta. Depois de um mês, dava para ver os músculos das minhas coxas e da panturrilha. Podia andar mais rápido, de modo que não sentia mais a pressão do tempo, e de vez em quando praticava acrobacias com a bicicleta nas ruas e nos parques.

Um dia, tentei plantar bananeira nela. Um transeunte chamou minha atenção. "Você precisa de uma bicicleta especial, feita só para isso." Queria falar com ele, mas já havia desaparecido. Comecei a sentir na pele a presença de público. Quando tinha um mísero espectador, já não era mais uma ilusão, e sim um ensaio real. E se um ensaio era possível, não podia descartar a possibilidade de, algum dia, chegar a uma estreia.

Eu treinava com cada vez mais dedicação. Um dia, fui vista por um parente do meu chefe, enquanto descia alguns degraus de pedra com a bicicleta. Recebi uma dura reprimenda do meu chefe, que se preocupava com a bicicleta. "Você não trabalha em um circo. Compreende?" Já fazia muito tempo desde que ouvira a palavra "circo" pela última vez. Sim, meu chefe estava certo. O telégrafo não era um circo, e eu queria trabalhar em um circo.

A guerra eclodiu antes que eu pudesse começar minha nova vida.

"Invejo os habitantes do polo Norte. Lá não existem guerras."

"Não. Mas mesmo assim chegam lá pessoas com armas. E atiram em nós."

"Por quê?"

"Não sei. Ouvi dizer que os seres humanos têm um instinto caçador. De instinto não entendo nada."

"Acho que a caçada antigamente era importante para a sobrevivência dos seres humanos. Hoje não mais, só que eles não conseguem parar. O ser humano talvez seja feito de movimentos sem sentido. Por isso, não reconhece mais os movimentos necessários para viver. É manipulado pelos restos de suas lembranças."

Meu pai voltou para casa durante a guerra. Vi um homem caminhando de um lado para outro em frente à nossa casa. Não sei de onde veio o pensamento de que devia ser meu pai. Ele fez um sinal com os olhos de que eu deveria segui-lo. Caminhamos por um tempo, até chegar às margens de um pequeno rio, e sentamos em um banco. Observei seus dedos amarelados, dos quais pendia um cigarro. "Comecei a torturar animais quando criança, assim como muitos adultos torturam seus filhos. Matei animais, como um gato. Enfiei a faca em seu coração e observei calmamente enquanto ele morria. Era importante que eu não perdesse a cabeça. Sempre precisava de uma nova vítima e, por fim, matei um cavalo do Exército. Os militares achavam que era um ato de resistência à guerra."

Contei à minha mãe sobre o encontro com aquele homem. Ela ficou furiosa, porque achou que eu tivesse inventado a história. "Não é possível que seu pai ainda esteja vivo. Você não pode contar essa história mirabolante a ninguém."

Os telégrafos logo foram fechados, perdi meu emprego e comecei a trabalhar em uma fábrica de armamentos com minha mãe. Aos domingos, lavava nossas roupas em uma banheira e cozinhava para nós duas. Ia a pé até o centro da cidade comprar mantimentos, carregando uma bolsa grande. As pessoas que encontrava no caminho tinham o rosto marcado e rude. Quando duas pessoas que não se conheciam se encontravam em uma rua deserta, trocavam olhares desconfiados. O destino podia, a qualquer momento, transformar qualquer um em assassino ou vítima. A visão de um soldado parado em uma interseção já era suficiente para me fazer tremer, mesmo que o soldado fosse um de nós. Mas o que era exatamente nosso? Todo soldado estava pronto para matar. Desejava que ele não atirasse em mim, mas em outra pessoa. Era forçada não somente a sentir fome, mas a não confiar em ninguém. Com a chegada do inverno, a fome não cresceu, mas se intensificou. Meu olhar era constantemente enganado, e eu quase nunca o levantava do chão. No espelho, via uma pele rachada. Não era só eu, os outros também tinham a pele estragada. Seus olhos estavam inflamados e não conseguiam parar de tossir. Minha mãe tinha medo de que eu contasse acidentalmente a alguém do encontro com meu pai. "Se perguntarem, diga que foi separada dele quando ainda era bebê e que não se lembra de nada."

Os olhos dos vizinhos às vezes falavam uma língua que eu não entendia. Com frequência, eu me virava enquanto caminhava, como se alguém tivesse colado em minhas costas uma etiqueta invisível. Imaginava que estava sendo presa e colocada contra um muro para o fuzilamento. "Por que conta essas histórias fantasiosas? Não há motivo para prenderem você", dizia minha mãe. Meu nariz foi estranhamente reprogramado, e eu sentia o cheiro dos cadáveres. Era vago, mas insistente, e eu não sabia se o estava imaginando ou não. Era um milagre que ainda estivesse viva. Minha mãe uma vez perguntou se eu fazia parte de algum movimento de resistência. Mas eu era muito apolítica para aquilo, não sabia nada sobre o movimento de resistência.

Depois do grande ataque aéreo, as paredes e os tetos da cidade desmoronaram, formando um depósito de detritos. Quando consegui retomar os sentidos, me dei conta de que havia sido evacuada para uma fábrica e de que a mulher deitada ao meu lado era minha mãe. Quando a lua brilhou gentilmente na janela, o cheiro de suor de todas aquelas pessoas apertadas ali se intensificou, tornando-se quase letal, de tão nauseante.

Encontrei um pedaço de ferro queimado que pensei ser o cadáver de uma bicicleta. Comecei a coletar itens úteis e fragmentos de máquinas e objetos quebrados e vendê-los a uma oficina. Mas, mesmo quando conseguia um pouco de dinheiro em espécie, não era suficiente para comprar um pão decente. Por isso, ficava feliz em ter a oportunidade de visitar parentes que tinham uma fazenda fora da cidade para ajudar na plantação. Ainda me lembro dos nabos e das couves, e especialmente do nabo sueco.

Os telégrafos foram abertos novamente. Na direção, só havia novos rostos, e nenhum deles queria me oferecer um emprego. Eu ajudava alguns conhecidos da minha mãe e recebia comida em troca. Limpava tudo o que estava sujo e tentei conseguir tudo o que estava faltando. Também ajudei nas operações de limpeza dos destroços. "Por que me sinto tão sozinha?", perguntei a Toska.

"Você não está sozinha, estou aqui."

"Mas ninguém além de mim acredita que posso falar com você. Às vezes, me pergunto se é real. Muitos querem falar comigo, mas não sobre a guerra, só sobre o circo. Sempre começam a conversa com a mesma pergunta: como entrei no circo? Explico que quando criança fui ajudante no Sarrasani. Quando tinha vinte e um anos, fui contratada pelo Busch como faxineira. O que aconteceu entre um e outro ninguém quer saber. Dizem que da guerra todos sabem. Não quero falar da guerra, mas me incomoda o fato de que tenho um buraco na minha biografia circense. Um buraco como esse pode se transformar mais tarde em minha sepultura."

"Eu te ouço."

"Como posso ter certeza de que é você? Como posso ter certeza de que não estou sonhando?"

Em algum lugar ouvi um cão latindo. "Os ricos ressurgiram novamente após a guerra como ricos, mesmo considerando que suas notas foram reduzidas a cinzas. Não acha isso estranho?" Não era a voz de Toska, e sim de um jovem cheio de vida. Seu cachorro se chamava Friedrich. Ele pulou em mim no momento em que entrei pela porta do apartamento e tentou lamber meu rosto com sua língua grande e úmida. "A sociedade de classes não some em uma guerra. Pelo contrário. A diferença entre o rico e o pobre aumenta com ela e no período posterior. Por isso, precisamos de uma revolução quanto antes." O jovem, Karl, havia me abordado na rua. Fui rapidamente envolvida por sua conversa. Tinha a impressão de já conhecê-lo havia muito tempo. Segui-o até seu apartamento, que tinha uma mobília clássica. Aparentemente, sofá e a cama não haviam sofrido com os ataques aéreos, e em seu apartamento não havia nada que precisasse ser consertado ou trocado urgentemente. Ao contrário dos móveis, os livros na estante eram todos modernos. Peguei um com a lombada vermelha. Antes que pudesse ler uma passagem aleatória até o fim, senti que alguém me abraçava e me envolvia por trás. Eu era pele e osso, meus seios estavam só começando a mostrar sinais de uma futura curvatura. Suas mãos os apertaram com audácia. Com toda a força, virei a cabeça. Ele colocou suas mãos em meu baixo-ventre enquanto usava o queixo para manter meu ombro no lugar, como um clipe segura um pedaço de papel.

"Era como um raio em um céu claro. Não tive tempo de ansiar por amor, de me apaixonar ou mesmo de notar o gosto do meu primeiro beijo."

"E se você tivesse engravidado a natureza teria atingido seu objetivo rapidamente."

"A natureza é pequena, só se interessa por dividir células minúsculas em pedaços ainda menores. Já entendo que meu coração não é de interesse da natureza. A divisão de células, sempre essa divisão de células!"

"Você encontrava Karl todos os dias?"

"Começamos a brigar imediatamente."

"Por quê?"

"Eu conversava demais com Friedrich, seu cão. Karl não gostava disso, talvez fosse o motivo das brigas."

Um dia, tive uma febre alta. Atingiu minha cabeça, esvaziou todos os meus pensamentos. Fiquei de cama. Minha mãe enchia uma sacola com cubos de gelo, e eu ouvia os cliques de vidro que aquilo criava, então o frio surpreendia minha testa escaldante. Ouvia minha mãe conversando com o médico, as vozes se afastando. Minha consciência queria viajar para longe. Estava parada em uma paisagem plana, de neve, que me cegava. Olhando para ela, vi uma lebre-da-eurásia pular através do campo e um momento depois sumir da vista. A cada passo, a luz mudava seu ângulo, negando tudo o que havia acabado de me mostrar.

O vento me deu uma bofetada. Mas não senti frio. O chão estava congelado, turvo como um pedaço de vidro leitoso. Vi através dele a água e duas focas nadando, provavelmente uma mãe e seu filhote.

Depois de uma longa viagem, acordei e senti em mim algo selvagem, cru, imprevisível. Chutei o cobertor de lã, me vesti rapidamente e calcei os sapatos. Minha mãe tentou me impedir, queria saber pelo menos aonde eu ia. Mas eu mesma não sabia. Caminhar me deixava tonta. Eu cambaleava, mas não caía, pois o vento me apoiava de ambos os lados. À minha frente, vi uma coluna com um pôster que brotava como uma brilhante flor tropical. Circo Busch! Li as datas com atenção, infelizmente a última apresentação havia acontecido no dia anterior. Na frente da coluna, encontrei uma bicicleta que não estava presa. Sentei no cavalo de metal e pisei com toda a força no pedal. A cidade desapareceu, um campo de canola me recebeu em seus braços amarelos. À distância, vi uma caravana de circo cruzando o horizonte.

Esquerda, direita, esquerda, direita, pisava nos pedais como se estivesse possuída, tinha medo de que a velha bicicleta fosse entrar em colapso sob a pressão extrema. Ofegante, girava as rodas de meus sonhos, tentando capturar as imagens que piscavam em minha mente. Consegui, finalmente, alcançar a procissão do circo e, de cima da bicicleta em movimento, perguntei a um homem que estava na última caravana: "Para onde vão?".

"Para Berlim", ele respondeu.

"Vocês têm alguma apresentação em Berlim?"

"Sim. Berlim é a maior cidade do mundo. Você já esteve lá?" Naquele momento, ficou claro para mim, em um flash, que eu também queria ir para Berlim. Será que conseguiria, com aquela bicicleta? O céu escureceu de repente.

"Você deve voltar pra casa agora. Vai começar a chover em instantes."

Olhei para cima e uma gota gorda de chuva caiu em meu olho. "Por favor, pode me levar junto com vocês para Berlim?"

"Não dá. Talvez da próxima vez que viermos aqui possamos buscar você."

"Quando?"

"Tenha paciência e espere!"

Acordei e vi que estava deitada em minha cama. Minha mãe me contou que eu havia dormido por dois dias. A febre continuava alta.

"É melhor você ir ao médico. Sua doença está voltando. Nos últimos tempos, sinto que tem algo de muito errado com você." Não era minha mãe quem dizia isso, e sim meu marido.

"O quê? O que tem de errado comigo?"

"Você nunca responde quando pergunto alguma coisa. Seus olhos brilham de um jeito estranho."

Algo estava errado com meu marido. Era provavelmente o motivo pelo qual ele afirmava que havia algo de errado comigo.

Seria meu sonho febril o local onde alcançara a trupe do circo na bicicleta antiga? Uma semana depois, por coincidência, vira na cidade um pôster do circo em uma coluna.

A última data de apresentação acontecera um dia antes do dia em que eu sonhara aquilo. Não contei da minha descoberta à minha mãe. Não se pode repreender uma criança por não contar aos pais o que ocupa e incomoda seu coração. É uma tentativa infantil de se tornar adulto. Por outro lado, os pais preferem mentir para seus filhos a revelar suas fraquezas. Se minha mãe tivesse, subitamente, perdido seu nariz, ia cobri-lo com um lenço e dizer que estava com um resfriado. O que a grande natureza estaria pensando quando nos deu tais características?

"Você disse que não devo conversar com seu cão. Mas não estou falando com um inseto. Um cão pertence assim como nós ao grupo dos grandes mamíferos. Por que, então, não deveria trocar palavras com ele?" Com tal argumento, desafiei a proibição de Karl.

Quando ele começou a gritar, senti a temperatura de seu corpo subir: "O ser humano é fundamentalmente diferente de um cão. Mas o que é o cão, na verdade? É só uma metáfora!". Karl amava a palavra "metáfora", e a utilizava para me intimidar. Quando lhe contei sobre meu grande sonho de trabalhar no circo, ele disse: "O circo não é nada mais que uma metáfora. Você nunca lê livros de verdade, só acredita que tudo o que vê é real". Sem amor, ele me jogou um livro de Isaac Babel. Desde então nunca mais o vi. O livro ficou por muito tempo no canto da minha estante, olhando-me com rancor. Eu não esperava que Karl fosse voltar para mim, mas queria que o circo voltasse.

"Você pode esperar por muito tempo, mas ele não vai voltar." Retomei meus sentidos. Meu marido estava parado diante de mim. Ele sorriu e continuou: "Eu o tranquei no banheiro".

Como acreditava que meu marido seria capaz de trancar Honigberg, fui até a porta do banheiro. Mas não era Honigberg, e sim Pankov, que saiu dali com uma expressão satisfeita e perguntou: “O que foi? O que deu em você?”.

“Onde está Honigberg?”

“Lá!” O dedo de Pankov mostrou duas pessoas que estavam paradas atrás de mim conversando. O que estava de costas para mim era, sem sombra de dúvida, Honigberg.

Eu sabia que os nervos de meu marido estavam desgastados e perigosos. Se mais uma fibra de nervos arrebentasse, ele seria capaz de atacar Honigberg letalmente. Aquele pensamento não me deixou mais em paz. Quando criança, sonhava com frequência com um cão e um gato que tentavam matar um ao outro. Eu tentava, até onde podia, impedir a morte de ambos. Mas o desejo de matar dançava livremente no ar ao nosso redor, provocando os dois e os conduzindo a uma batalha mortal. Minha tarefa era parar a briga o mais rápido possível. Eu ainda era uma criança de colo e minha cabeça já estava cheia de preocupações. Só não sei como eram minhas preocupações sem a linguagem.

Não queria que minha filha visse meu marido machucando outra pessoa. Talvez ele não fosse atacar a Honigberg, e sim a mim. Talvez, no fim, a vítima fosse ele mesmo. Minha filha deveria continuar morando com minha mãe.

Se tivesse pensado muito sobre como meu marido morreria, teria sido claro para mim como seria seu derradeiro fim. Mas, como eu me encontrava em meio à vida, não conseguia pensar naquilo com nitidez, ou poderia ter previsto a queda do Muro de Berlim e seus efeitos em minha vida. A República Democrática Alemã pereceu, assim como meu marido.

Quando levantei a cabeça, Pankov largou um caderno em branco na mesa e disse: “É um presente para você. Não quero que use nossos documentos importantes como papel de manuscrito”. Desde que a União Soviética nos enviara os nove ursos-polares, Pankov evitava a palavra "presente". Então, era ainda mais impressionante que a tivesse usado naquele momento, dando-me permissão para escrever. Agradeci, mas continuei usando o papel cinza.

Para mim, uma menina que sonhava com a vida no circo, valeu a pena esperar: em 1951 vi por toda a cidade os pôsteres do Circo Busch. Na época, nosso dia a dia era desprovido de cor: os tabloides com fotografias coloridas ainda não existiam. Os coloridos pôsteres do circo brilhavam floridos em meio ao ambiente sem cor. Toda vez que um desses pôsteres pulava em frente aos meus olhos, abria-se uma cortina no teatro de minha mente. Os tambores e o trompete anunciavam o prólogo, a luz cilíndrica corporificava uma promessa, e formas de vida de outros planetas entravam no palco, com escamas de dragão luminosas. Alguns podiam voar sem asas, outros falavam com os animais. Toda a empolgação, o aplauso e os gritos de alegria eram demais até para a tenda do circo. O ar começou a se rasgar sob o peso da tenda.

Precisava esperar três dias até a próxima apresentação, depois dois dias, daí só mais um dia, já é hoje, em duas horas, em uma hora, agora as cortinas se abrem. Um palhaço com nariz de maçã perambula para dentro do palco, tropeçando e dando uma cambalhota. O circo desenvolveu suas próprias leis da natureza: uma pessoa que parece desajeitada ao andar é um atleta. Uma pessoa que consegue fazer a plateia rir deve ser levada a sério. Pensei que talvez pudesse contribuir com alguma coisa, talvez pudesse voar. Uma moça com uma roupa prateada brilhante subia cada vez mais alto em uma corda até quase desaparecer da vista. Um homem musculoso chegou ao centro do palco. Meu olhar foi de sua roupa branca apertada para os pelos escuros no seu peito, que a roupa não conseguia esconder. Passei a me sentir estranha quando o número com o trapézio voador começou. Como se estivesse hipnotizada, levantei, balançando de um lado para outro. O homem atrás de mim sussurrou: "Não consigo ver. Senta!". Com esforço, eu me forcei a sentar de volta na cadeira.

Depois do número com o trapézio, a banda trocou de um tango para uma melodia gosmenta. As grades de ferro foram armadas como um grande biombo, separando a plateia do palco. Vi um leão e logo me senti tonta de novo. Levantei, fui até o palco, agarrei as grades e encostei meu rosto nelas. O leão me olhou. Atrás de mim, a inquietação crescia, mas não me preocupei. O funcionário do circo que era responsável pela segurança do público correu até mim, mas o leão foi mais rápido. Ele pulou em minha direção e encostou, carinhosamente, o focinho frio contra meu nariz.

Minha mãe, que me buscou na delegacia, perguntou por que eu havia feito tal bobagem. Minha resposta era quase fácil demais para ser compreendida: "Porque quero trabalhar no circo". Ela estreitou seus olhos e não me dirigiu a palavra pelo resto do dia. Pensei que sua raiva duraria muito tempo ainda. Mas no dia seguinte ela me surpreendeu com suas palavras. Finalmente compreendera que eu queria trabalhar no circo.

Devo à minha mãe logo ter sido aceita pelo circo.

"Muito obrigada."

"Por quê?" As mãos de minha mãe eram assustadoramente grandes.

"Por que suas mãos são tão grandes?"

"Porque sou Toska."

Naquela época, havia um grande número de pessoas que queria trabalhar no circo. Até mesmo um acrobata com muita habilidade tinha que lutar por uma vaga. Minha mãe pensou numa estratégia. Ela sugeriu que o Circo Busch me contratasse como faxineira e cuidadora de animais não remunerada. Seu presente de despedida para mim foi o conselho: "Não importa como você entrou. Todos que conseguem entrar têm chance de subir até o topo".

Eu precisava fazer uma entrevista oficial mesmo considerando que já tinha sido aceita informalmente. Em meio à fumaça do cigarro que separava o chefe de sua futura funcionária, expliquei que havia trabalhado como voluntária no circo quando criança. Para melhorar meu currículo circense, contei também que durante meu trabalho nos telégrafos aprendi sozinha a fazer acrobacias na bicicleta. O diretor perguntou minha idade, e eu fui honesta: "Vinte e quatro".

Ele deixou a caravana-escritório com a seguinte instrução: "Espere aqui!".

Logo, um homem que parecia um palhaço mesmo sem o rosto pintado apareceu. Ele me mostrou os estábulos e o celeiro. Era Jan. "Se quiser dormir aqui, deve ficar na caravana das crianças e cuidar delas. Tudo bem?" Concordei com a cabeça. Na caravana das crianças havia cobertores e roupas por toda parte. Supostamente sete crianças viviam ali.

Eu levantava às seis da manhã, cuidava dos animais, cuidava dos humanos, limpava, secava e esfregava. Lavava as roupas, botava as crianças na cama e o dia já chegava ao fim. Durante a noite, era constantemente acordada pelo choro de crianças pequenas.

No circo, elas nasciam exatamente como em qualquer outro lugar. Havia muitos membros do circo que amavam crianças, mas nenhum deles pode ser pai ou mãe em tempo integral. Na época, três das sete crianças iam à escola, mas também havia momentos em que, devido à turnê, nenhuma das crianças conseguia ir.

Depois da escola, as crianças precisavam treinar e fazer lição de casa. Eu ajudava. Alguns tinham dificuldade com a matemática, outros estavam aprendendo as baladas de Schiller e queriam que eu ouvisse pacientemente seus recitais. Uma vez, perguntei, brincando: "Vocês são muito estudiosos, mesmo que nenhum adulto os esteja forçando a nada. Gostam de estudar?".

"Claro! Queremos mostrar aos filhos dos trabalhadores que somos melhores do que eles."

As crianças usavam livros didáticos feitos especialmente para filhos de artistas itinerantes. Com aquele refinado sistema de ensino, não importava em qual ordem estudávamos o material. As matérias não estavam separadas umas das outras. Em cada livro, podia-se aprender algo sobre leitura, escrita, matemática, geografia ou história. Em um deles, vi um prefácio escrito pelo editor, um historiador de circo que vivia em Dresden. Sua opinião era de que, no futuro, todas as profissões teriam o caráter móvel do circo itinerante. E somente então seria possível reconhecer o verdadeiro valor daqueles livros.

As crianças do circo não podiam carregar consigo muitos livros grossos. Tampouco tinham tempo de aprender muitas matérias diferentes ao mesmo tempo. Para elas, só existia uma matéria, que se chamava "estudo". Para elas, também era estranho separar o estudo do trabalho. Não havia aula de educação física no circo, mas, assim que uma criança aprendia a andar, já começava a aprender uma acrobacia todos os dias. Não havia aula de música, mas cada membro do circo devia aprender a tocar pelo menos um instrumento. Praticamente todas as habilidades que hoje possuo aprendi naquela época junto das crianças. Ainda assim, as crianças eram crianças. Quando eu as molhava com água fria, alegravam-se como pequenos ursos. Eu lavava suas roupas em uma velha banheira de metal e as pendurava em um varal que havia instalado entre duas árvores. Quando ventava forte, as roupas tremulavam, autodestrutivas. Havia também peças de roupa que voavam para longe e nunca mais voltavam.

Eu estava pendurando as roupas, quando o diretor do circo passou pela área da lavanderia. "Você é esperta. Os jovens de hoje querem virar estrelas imediatamente. Preciso de alguém que trate dos animais, execute tarefas menores e cuide das crianças. Você não enxerga somente seu próprio umbigo: vê o circo como um todo. Reconheceu onde precisávamos de ajuda. Bravo! Na verdade, você deveria dirigir o circo." Com a última frase, ele caiu na gargalhada. Sim, estava me elogiando, mas também estava feliz por ter na palma da mão uma força de trabalho tão importante sem ter que pagar nada. Aquele pensamento não me impediu de continuar trabalhando com total dedicação.

Quando queria tomar chá com alguém ou jogar conversa fora, em vez disso, arrumava o quarto das crianças. Se eu tinha vontade de comer algo doce, não comia nada e lavava as roupas. Eu era disciplinada. O que me alegrava era cuidar dos animais. No início, eu era responsável somente pelo cavalo. Mais tarde, o domador de animais, que era chamado por todos de "mestre", deixou que eu ficasse responsável pelos leões.

Havia tipos diferentes de fezes. As de cavalo pareciam dignas. Eu poderia levá-las à igreja como oferendas, tal qual as espigas de milho em uma festa da colheita. Adquiriam a forma de uma obra de arte quando caíam no chão. Eu queria aprender a cair tão habilmente. As fezes de leão eram como fezes de gato, só que gigantescas, monstruosidades. Eu quase sufocava quando inalava seu odor. Tentava respirar somente pela boca, mas aquilo me causava náuseas.

Não era fácil sobreviver com a comida fracionada que recebíamos. Estocávamos secretamente em uma cabana a carne dos ratos que pegávamos em ratoeiras. Com frequência precisava complementar a ração dos leões com triguilho. Eles ficavam impacientes e agressivos quando não estavam satisfeitos com a comida. Senti um frio na espinha quando o mestre disse, brincando: "Se o leão precisar devorar você, a culpa será sua. Ele não faria isso voluntariamente".

Às vezes, eu precisava visitar uma fábrica de carnes processadas para pedir por restos quase apodrecendo. Enquanto cortava o feno, surgiu a pergunta: como os cavalos correm como o vento se não comem nada além de grama? Se o feno fosse suficiente para a nutrição deles, por que havia animais que tinham tanto trabalho para conseguir um pedaço de carne? Uma vez fui pega de surpresa enquanto pensava nessas coisas durante o expediente. "No que você está pensando?" Era Jan.

"Por que existem carnívoros? Para mim, parece normal ser vegetariano."

"Na natureza é difícil encontrar grama comestível suficiente. Você teria que comer o dia inteiro até o campo estar limpo e já seguir para o próximo", respondeu Jan.

"Os carnívoros eram vegetarianos antes?"

"Os ursos, por exemplo, no início eram vegetarianos, mas alguns deles precisaram mudar. Pense nos ursos-polares! No polo Norte não nasce vegetação alguma. Não se encontra nozes nem frutas. Eles precisam enfrentar o frio, as fêmeas precisam dar à luz mesmo em hibernação e alimentar os filhotes sem comer nada. Elas têm que estocar gordura no corpo, e para isso precisam comer carne gorda. Acredito que é por isso que de vegetarianos evoluíram para carnívoros. As focas não são fáceis de capturar, e devem ter gosto horrível. Mas isso não importa. Cada ser vivo deve procurar descobrir quais são suas chances de sobrevivência. Na maioria das vezes, sobreviver já é o bastante. Acho deplorável que precisemos comer sempre para não morrer imediatamente. Odeio os gourmets. Eles agem como se a comida fosse uma joia que aumenta o valor estético de sua vida. Para isso, precisam suprimir o pensamento de quão miserável é sempre ter que comer!"

Às vezes, tenho a sensação de que nós do circo vivemos fora do sistema social e totalmente independentes da civilização. Se eu não conseguisse descartar todas as fezes durante o dia, precisava cavar um buraco à noite para depositar e fazer sumir a superprodução da jornada. Os ratos mortos precisavam ser secos antes de estocados para servir de alimento para os grandes felinos. Eu procurava por ervas medicinais para ajudar as crianças doentes. Havia muitas coisas que improvisávamos, em vez de comprar.

O tempo do pós-guerra passou mais rápido do que pude perceber. Quando estava resolvendo alguma coisa na cidade e olhava para cima, era surpreendida por novas fachadas da época que aparentemente começava sem mim. Havia até mesmo um boato de que em breve poderíamos comprar televisões. Estávamos isolados daquele tipo de desenvolvimento. O circo era uma ilha.

"Você fez muito sucesso com o jumento. Se chamava Rosinante, não é? Você esteve com ele na Espanha."

Quando éramos recém-casados, Markus mencionava aquele assunto algumas vezes. Ele tinha inveja de mim, queria um pedaço do meu passado. "Sim, fui para a Espanha, mas não éramos turistas, não tínhamos tempo para passear. Durante o dia, eu ensaiava, e à noite era a apresentação."

"Mas você certamente comeu uma paella enquanto esteve lá."

"Não. Tínhamos um estoque suficiente de pão, pepinos e uma quantidade imensa de salame húngaro."

Durante as apresentações na Espanha, senti o sucesso escaldante diretamente na pele. Mas eu não sabia que meu número simples com o jumento havia recebido tantos elogios na imprensa. O diretor escondera a informação de mim. Talvez tivesse medo de que eu ficasse muito metida e deixasse de trabalhar para ele com total dedicação e gratidão.

Acordei à noite, no ar abafado. Minha sede me tirou da cama. Atravessei a área da lavanderia e vi a trapezista sentada em uma cadeira de plástico precária. Talvez quisesse se refrescar lá fora. Quando me viu, olhou para os lados rapidamente e me chamou com um gesto de mão. "O jornal disse: sua silhueta orgulhosa e feminina e um rosto sério, solene, emoldurado por seus cabelos loiros, enfeitiçaram o público. Sabe de quem estavam falando?" Pensei por um instante. Minhas bochechas se incendiaram de repente. "Sim, exatamente, você. O jornal espanhol escreveu sobre você detalhadamente. Magnífico! Você impressionou um país que entende muito sobre jumentos com seu número. Sei espanhol, minha mãe era cubana. Já ouviu falar da passionalidade latino-americana?" Eu estava confusa, não conseguia entender sua pergunta. "Posso te ensinar a dançar tango. Depois você pode fugir para a Argentina e obter muitos aplausos com sua dança." Ela colocou suas mãos nos meus quadris, murmurou uma melodia de tango e me ensinou os primeiros passos. Minhas pernas não eram só duas, e sim incontáveis. Tropecei e caí no chão, com as pernas cruzadas. Imaginei ser como um coelho esfolado, com a pele nua e rosada, deitado em uma praia, indefeso. Minha salvadora me encontrou e acariciou minha cabeça. Os quadris e o abdome também foram massageados cuidadosamente. A vida voltou a mim. Mas uma voz dentro de mim me disse que eu não devia continuar.

"O vento noturno está esfriando. Vamos entrar?"

Estava planejando usar aquelas palavras para fugir de minha salvadora, mas ela respondeu: "No polo Norte as línguas podem ser quentes". Naquele dia, descobri quão grossa uma língua humana pode ser.

Depois de aprender com ela como parar o tempo com um beijo, nunca mais tive a oportunidade de ter um encontro similar com outra pessoa do meu sexo. A noite latino-americana foi interrompida, mas seria reprisada muito tempo depois.

O diretor do circo estava procurando, em vão, por uma boa ideia, que pudesse satisfazer as expectativas do público. Queriam que eu voltasse aos palcos na temporada seguinte. Eu achava que devia desempenhar um papel mais ofensivo e propus trabalhar com os grandes felinos e ursos.

Devemos estar preparados para desistir de nossas intenções imediatamente quando sentimos o cheiro do perigo: é o mais importante para se trabalhar com esses animais. Devemos saber que coragem sozinha não é o bastante. Mesmo quando a condição e a motivação estavam lá em cima, precisei muitas vezes interromper o ensaio se sentia que o leopardo estava de mau humor. Tinha que me manter relaxada, preencher os dias vazios com outras atividades, e não contar impacientemente os dias antes da estreia. Era como escalar montanhas na neve. Aquele que deixa sua ambição falar mais alto fica sujeito a um acidente fatal. O medo não deve ser ignorado, está lá para nos proteger de uma morte prematura. Eu nunca me aproximava dos animais se sentisse um mínimo de medo crescendo em mim. Mas, depois de vários dias sem ensaio, a pressão era quase insuportável. O diretor nem sempre compreendia minha situação e rosnava: "Por que você não trabalha? Não trabalhou ontem e não quer fazer nada hoje". O mestre, que sempre me entendia, precisava fazer um sinal com a mão para que o diretor me deixasse em paz.

Um dia, dois policiais apareceram do nada e levaram o mestre com eles. O diretor nos explicou, alguns dias depois, que o mestre estava planejando, em segredo, seu exílio. Na época, a palavra "exílio" soava aos meus ouvidos como o nome de um fantasma. A preocupação do diretor era bem diferente da nossa. Ele olhava desesperado para a roda de pessoas que se formara ao seu redor, como se quisesse encontrar a resposta em algum dos rostos. "O que eu faço agora? A polícia já me levou para um interrogatório. Eu disse a eles que não haverá uma nova temporada, pois sem o domador de animais nada acontecerá! Então me disseram, num tom irônico: Mas como? Pensei que vocês tivessem uma nova domadora. Não precisam mais do velho mestre."

"Não faz diferença se foi irônico ou não. Vamos dar um jeito. Não se preocupe! Vou conseguir."

"Mas você não consegue fazer nada."

"O mestre me treinou para que eu entrasse no palco sozinha na próxima temporada." O diretor me olhou surpreso e, então, sua expressão mudou para um olhar calmo que talvez fosse nada mais, nada menos do que desespero que fugiu do controle.

Minha apresentação começou e terminou com sucesso. Como eu sabia que não dominava a arte mais avançada, reduzi minha performance aos elementos mais simples que consegui. Para tanto, vesti uma roupa chamativa, cheia de glitter, e pedi ao técnico de luz e aos músicos que transformassem o palco em um reino fantástico. Um leopardo, um urso-pardo, um leão e um tigre sentavam juntos em uma sala de estar cenográfica. Um dos animais estava numa cadeira, outro numa cama. Distribuíam-se harmoniosamente pelo espaço. Através do vidro pintado da janela, podia-se ver a lua cheia projetada, tremendo na bruma da noite. Os animais trocavam de lugar calma e vagarosamente. No fim, o leão me deu sua pata, como se quisesse desejar boa-noite. Eu sabia que, naquele meio-tempo, o tigre ia rugir. A plateia se assustou, mas bati meu chicote e o tigre se acalmou. Ele não queria me ameaçar. Já sabia que ganharia uma almôndega como recompensa por rugir naquele momento. Mas o público acreditava que eu havia controlado o tenso relacionamento entre os animais com meu chicote, de modo que recebi um aplauso estrondoso.

Depois do show, um jornalista com o rosto avermelhado se dirigiu a mim no camarim: "Foi maravilhoso ver uma jovem delicada controlando vários predadores perigosos!". Fiquei surpresa e pela primeira vez percebi que, aos olhos dos outros, eu era jovem e delicada. No dia seguinte, em um jornal, li que uma bela jovem tinha, só com sua força de vontade, governado os movimentos de feras predadoras. A expressão "feras" me incomodava.

Já que o número fora um sucesso, tentei sugerir ao diretor trabalhar com um grupo de leões. Meu desejo foi concedido, mas infelizmente não pude conduzir tal grupo por muito tempo. Se não tivesse guardado uma foto, talvez nem pudesse me lembrar da pacífica ilha no tempo em que fiquei junto das leoas. Podemos guardar uma foto, mas não a sensação de satisfação. Quem a havia tirado? Cinco leoas e eu em um recinto: uma deitada no sofá, enquanto outra, por preferência pessoal ou solidariedade, escolhera uma dura cadeira de madeira. Nenhum gato doméstico poderia exibir uma expressão facial tão pacífica quanto minhas leoas. Era como se quisessem me dizer: não queremos trabalhar duro, vamos descansar e só depois tentar alguma coisa novamente, se for nossa vontade.

Vou parar de delirar com leoas. Enquanto houver ursos, não há motivo para falar do passado. O leão pode ser o rei dos animais, mas o presidente é o urso. O tempo da monarquia leonina passou. Quando vemos dez ursos-polares parados em uma fila, esquecemos todos os outros mamíferos.

Só mais cinco minutos para a cortina se abrir. Sentada em um banquinho, eu mexia o traseiro, inquieta, de um lado para outro. O palhaço ajustou seu colarinho pela enésima vez, o diretor bebia um líquido transparente de uma garrafa, sua mão livre tremia. A música começou, a luz lambeu o palco com sua língua colorida de sete tons. Markus estava parado nas coxias do lado esquerdo, sorrindo. Ele era o marido da domadora que o público tanto venerava. Naquele dia, interpretaria o papel do assistente, cujo nome não seria mencionado. Parecia satisfeito com a situação. Observei os colegas à minha volta: alguns aceitaram seu próprio medo do palco, enquanto outros tentavam desesperadamente se acalmar. Até aquele momento, não havia observado atentamente a arte de meus colegas. Para o Homo sapiens era certamente uma grande proeza pular de galho em galho como um esquilo ou escalar uma corda como um macaco, mas eu nunca me atraíra por acrobacias tão normais.

Depois de pensar em muitas opções diferentes para o palco e rejeitar todas, minha equipe decidira mostrar ao público cenas cotidianas e simples. Sentar na cadeira, deitar na cama, abrir uma lata para pegar um doce e depois comê-lo. Pankov conseguia pronunciar frases terrivelmente oficiais sem perder a compostura. "A função do circo é mostrar a superioridade do socialismo." Chegamos à conclusão de que já era louvável o bastante se nós, seres tão diferentes como humanos e ursos, conseguíssemos nos unir para enfrentar os desafios do dia a dia sem matar uns aos outros. Foi o que nos deu a ideia de mostrar um dia normal, insignificante, pacífico. Quando Pankov foi assistir aos ensaios, disse que o espetáculo ia matar a plateia de tédio. O melhor seria se dançássemos tango em uma bola gigante. Ele insistiu, e eu pensei: posso apresentar um espetáculo acrobático a qualquer momento; isso, sim, seria tedioso.

Ursula e eu decidimos fazer uma cena específica, bem no fim do número, sem avisar Markus ou Pankov antecipadamente. Havíamos ensaiado quando sonhávamos juntas. Eu estava com medo, pois não tinha certeza se havia sonhado sozinha com aquilo ou se Ursula tivera o mesmo sonho. O que eu faria se, em meio ao número, ficasse óbvio que, na verdade, sonhara aquilo sozinha? Com aquele pensamento, o doce sabor do açúcar em minha língua se transformou, e eu senti uma rigidez desconfortável em minhas costas.

Por fim, era o momento da cena final. Ursula e eu entramos de mãos dadas no palco. O público aplaudia com entusiasmo, mesmo que nada estivesse acontecendo. Sentei no palco, relativamente perto do público, e estiquei as pernas como uma criança humana. Seguindo o comando de Markus, os nove ursos-polares marcharam para dentro do palco. Os três mais atléticos se equilibravam em cima de bolas azuis, rolando de costas. Os outros seis esperavam sentados no canto. Ursula chicoteou o chão. Habilidosos, os três ursos equilibristas se viraram, mostrando o traseiro branco para o público. Por algum motivo, o público caiu na gargalhada e Ursula agradeceu, curvando-se longamente. Eu não tinha tempo para tentar entender por que o público achava as bundas brancas dos ursos-polares tão engraçadas.

Markus pegou um trenó e amarrou dois ursos-polares a ele, como se fossem cães. Ursula subiu no trenó e pegou as rédeas na mão. Quando seu chicote assobiou, o trenó deslizou, circundando a ponte de ferro. Então, todos os nove ursos-polares subiram na ponte e, com o sinal da próxima chicotada, ficaram sobre duas pernas. Exatamente naquele momento, a banda começou a tocar uma melodia de tango. Levantei, lentamente, posicionei-me em frente a Ursula e comecei com os primeiros passos. Eu achava que dançava com maestria. Quando o tango terminou, recebi um cubo de açúcar, fui de mãos dadas com Ursula até o público e fiz a reverência. Era o fim do programa oficial.

Eu estava nervosa até ver os dedos de Ursula colocando um cubo de açúcar em sua língua. Naquele momento, finalmente tive certeza de que aquele tempo todo tínhamos sonhado o mesmo sonho. Cheguei bem perto de Ursula e discretamente corrigi minha posição, pois daquele momento em diante cada centímetro contava. Eu era duas vezes maior do que Ursula, e já por aquele motivo precisava me curvar muito. Meu pescoço cresceu para fora dos ombros, minha língua, esticada para a frente, capturou o cubo de açúcar da boca dela. Ursula levantou seus braços no ar e o público vibrou com estrondo.

A cena pôde ser repetida muitas vezes durante o tempo que se seguiu, pois, mesmo sendo escandaloso, o beijo não fora censurado. O circo adotou o nome "Beijo da Morte" depois de tê-lo visto em uma manchete de jornal. Os ingressos se esgotavam diariamente. Recebemos convites para fazer apresentações em diversas cidades, tanto na parte Oriental quanto na Ocidental. Para meu espanto, fomos convidados a fazer turnê pelos Estados Unidos e pelo Japão.

Durante a turnê internacional, fomos confrontados com problemas inesperados. Nos Estados Unidos, a cena do beijo não foi permitida por razões higiênicas e de saúde. Jim, o chefe da agência que nos levara ao Novo Continente, devia estar chocado, pois os ingressos já estavam esgotados havia semanas, era óbvio que os clientes queriam ver o Beijo da Morte. Os oficiais responsáveis pela higiene e saúde argumentaram que eu devia ter muitas lombrigas no estômago. Quando ouvi aquilo, fiquei tão enfurecida que queria processá-los por difamação. Eu não ia deixar os oficiais determinarem a quantidade de lombrigas que eu tinha! Cada animal que saiba quantas lombrigas deve manter em sua barriga para se manter saudável!

Jim esclareceu tudo mais tarde. Ele disse que não devíamos culpar a agência sanitária, pois fora pressionada por um grupo religioso fundamentalista que se recusava a tolerar o beijo. Uma das várias cartas de ameaça que alegavam ter recebido dizia: "As fantasias sexuais envolvendo ursos pertencem à barbárie germânica". Em outra carta se lia: "A cultura comunista decadente é uma afronta à dignidade do ser humano". Na época, eu já sabia que em todo país há religiosos extremistas, cujas fantasias mirabolantes soavam involuntariamente como comédia. Mas falar de fantasias sexuais já era um exagero. Ursula e eu estávamos só brincando com o cubo de açúcar e nossas línguas. Aparentemente era verdade que, para os Homo sapiens, a pornografia existe na mente dos adultos.

Durante a apresentação, eu adorava observar as crianças na plateia. Elas olhavam para nós com olhos esbugalhados e boquiabertos. No Japão, recebemos uma carta que dizia: "Deve ser cansativo vestir uma fantasia de urso nesse calor e se apresentar com ela. Agradeço muito pela apresentação maravilhosa! Nossos filhos ficaram nas nuvens". Aparentemente havia espectadores que não conseguiam acreditar que eu era, realmente, uma ursa. Que sorte que ninguém foi ao camarim pedir que eu me despisse de minha pele de ursa.

Um jornal americano publicou uma grande fotografia de Ursula. Tivemos sucesso na Alemanha Ocidental também, mas me incomodaram um pouco alguns rostos soturnos que vi na plateia. Quando voltamos para casa após a turnê no Ocidente, fomos recebidos com sorrisos estranhos. Um colega disse: "Então vocês não foram para o exílio". Ursula colocou os braços ao redor de minha cabeça e disse: "Acha que eu iria para o exílio sozinha?". Ursula tinha que responder a perguntas estranhas. Você comeu hambúrguer ou sushi? Tomou coca-cola? Você viu uma gueixa? Ela parecia desinteressada ao dizer: "O circo é uma ilha, uma ilha flutuante. Mesmo nos locais mais distantes, nunca deixamos nossa ilha". Não tínhamos tempo e já ficávamos felizes quando conseguíamos uma hora livre para poder comprar suvenires. A agenda estava tomada de ensaios, apresentações, sessões de foto, entrevistas e pelo deslocamento.

No Japão, Ursula comprou para si um robe com estampa de flor de cerejeira. Eu também queria comprar um quando estávamos juntas em Asakusa, mas lá só havia robes coloridos, e percebi que sentia um pouco de pânico quando abandonava minha camuflagem branca. Perguntei à vendedora se ela não tinha um totalmente branco. Ela ficou surpresa e perguntou se eu queria comemorar um festival dos espíritos. No Japão, os fantasmas dos seres humanos mortos usam roupas brancas. Os pôsteres no país anunciavam nosso circo como "O Circo Bolshói da Alemanha Oriental", o que de imediato acabou com meu bom humor, pois certamente não queríamos ser uma cópia barata de um circo russo. A intérprete, a sra. Kumagaya, tranquilizou-nos ao afirmar que o circo russo, que obteve grande sucesso no Japão nos anos 60, ficara na mente das pessoas como "Circo Bolshói". Kumagaya ressaltou que era bom para nós encorajar a associação. Seríamos uma forma mais desenvolvida daquele circo nos anos 70, e não uma cópia barata. "E você nasceu na Rússia, não é?", ela me perguntou. "Não, no Canadá", alguém respondeu por mim, o que me lembrou de que não tenho quase nenhuma conexão com meu país natal.

Na memória de Ursula, mais tarde duas ursas se misturaram. A velha ursa também se chamava Toska, assim como eu, e Ursula já havia beijado nos anos 70. Eu também havia nascido no Canadá, mas em 1986, e vim para Berlim logo antes da queda do Muro. Sou a ressurreição da velha Toska, trago sua memória comigo. Em aparência, somos exatamente iguais e quase não há diferença entre nossos odores corporais.

No circo, nenhum dos animais suspeitava que o dia da reunificação alemã se aproximava. Vi algo brilhando no ar como se fosse o presságio de uma primavera inquietante. As solas dos meus pés coçavam insuportavelmente. Se os seres humanos tivessem levado a serio a sabedoria dos povos antigos que confiavam aos ursos a tarefa de prever o futuro da comunidade, poderiam diagnosticar de forma útil o futuro através de meus pés comichosos. E, mesmo se não fossem capazes de discernir o conceito "reunificação", talvez tivessem identificado palavras futuras úteis, como "abdução", "apartamento compartilhado" ou "adoção", o que teria dado a eles pistas suficientes para entender o que ainda viria.

Durante aquela época de agitação, Ursula desfrutava o aplauso entusiasmado das multidões duas vezes por dia em um parque em Berlim. Todas as mulheres de sua geração já estavam aposentadas. Ursula, por outro lado, acordava cedo todo dia, colocava maquiagem e se transformava na rainha do polo Norte. O orçamento havia sido cortado sem dó, mas, graças aos seus antigos contatos, ela tinha uma fantasia de primeira linha. Depois da primeira apresentação do dia, ela caía no sono em um sofá velho no seu camarim. Após a segunda, comia uma montanha de espaguete, lavava o rosto cuidadosamente e ia para a cama. Tudo o que sobrou de nossa performance era o beijo que compartilhávamos. Nos anos 70, o cenário havia sido mais substancial: primeiro os nove ursos-polares dançavam em bolas e puxavam um trenó com Ursula dentro, seguido por ela e eu dançando tango, com a cena final do Beijo da Morte.

Agora tudo o que sobrava era o nosso beijo.

Quando Ursula se posicionava à minha frente, seu corpo ficava tenso. Somente sua língua se mantinha relaxada e macia quando a esticava para mim com devoção. Eu via sua alma tremeluzindo no fundo de sua garganta escura. Desde nosso primeiro beijo, sua alma humana foi passando pouco a pouco para dentro de mim, de meu corpo de ursa. Uma alma humana acabou sendo menos romântica do que eu tinha imaginado. Era feita primariamente de línguas, não somente línguas comuns e compreensíveis, mas também de fragmentos quebrados de língua, as sombras de línguas e as imagens, que não podiam ser palavras. A reunificação certamente não era a culpada, mas eu ainda sentia que havia uma ligação inexplicável entre aquele marco político e o fato de que Markus tinha sido morto por um urso-pardo-do-alasca na frente de Ursula. Até mesmo após a morte dele, ela e eu continuamos a executar o beijo.

Na primeira fase, ela abria a boca e esticava a língua até onde conseguia. Depois, tudo o que precisava fazer era separar os lábios ligeiramente. Mesmo através da fenda mais estreita, eu podia ver o brilho branco dentro da escuridão de sua boca. Tinha que roubar o pouco de doçura de sua língua rapidamente, senão derretia. Ursula também parecia gostar do doce. Uma vez fiquei confusa, pois o cansaço havia baixado os cantos de sua boca, em uma careta. Quando Ursula recebeu um novo dente de ouro do dentista, minha língua foi intimidada pelo dourado arrogante. Entretanto, aqueles pequenos incômodos eram mais uma fonte de prazer para mim do que obstáculos reais. Eu queria acompanhá-la na saúde e na doença, e repetir nosso beijo mais um milhão de vezes, mas em 1999 o sindicato foi dissolvido e Ursula, após cinquenta anos de serviço no mundo circense, foi demitida do dia para a noite. Ela adoeceu e se recusava a sair de sua cama estreita. Ouvimos que eu seria vendida ao zoológico de Berlim. Eu ainda era jovem o bastante para conseguir me adaptar às mudanças sociais, então comprei um computador e sugeri a Ursula que mantivéssemos contato por e-mail, se tivéssemos realmente que viver separadas.

Ursula viveu mais dez anos depois da demissão. Ela estava decepcionada com a humanidade e não queria ter que dedicar muita energia a qualquer ser humano, nem mesmo a si mesma. Eu ainda não havia completado os anos de educação básica, mas mesmo assim assumi a tarefa de trazer a vida dela para o papel. Diga-me: qual ursa no passado conseguiu escrever a vida de sua amiga humana? Só foi possível porque sua alma fluiu para dentro de mim no momento em que nos beijamos.

Mesmo no período em que conheci Lars no Zoológico de Berlim, apaixonei-me e dei à luz Knut e seu irmão, nunca permiti que minha caneta fizesse pausas. Eu não pertenço à família dos felinos, que são muito superprotetores com seus recém-nascidos. O irmão de Knut nasceu com uma saúde delicada e nos deixou pouco tempo depois. Confiei Knut aos cuidados de outro animal. Não foi uma decisão fácil, mas, com minha escrita, não tinha tempo para ele. Além disso, ele estava destinado a ser um dos grandes nomes da história. Os irmãos que fundaram o Império Romano foram amamentados por uma loba. Knut também seria amamentado por outro mamífero. Meus sonhos deram frutos, e ele virou um ativista ecológico de renome, que deixou sua marca na luta global pela conservação do meio ambiente. E não somente isso: Knut nos mostrou que não precisamos mais de números circenses para chamar a atenção do público para nós, os ursos-polares, para mover os corações humanos e incitar a admiração e o amor deles. Mas tudo isso é a história dele. Não quero escrever a vida de meu filho como se pudesse levar crédito por ela. Entre as mães dos Homo sapiens, há aquelas que tratam suas crianças como seu capital. Minha tarefa, por outro lado, é a de narrar a história de vida fantástica de minha amiga Ursula, que, se não fosse por mim, teria há muito tempo desaparecido à sombra de Knut.

Em março de 2010, Ursula deixou nosso mundo. Ela tinha apenas oitenta e três anos. Para uma ursa, é um tempo de vida inacreditavelmente longo, mas minha amiga era humana, então desejava a ela uma vida ainda mais longa. Queria continuar conversando com Ursula no polo Norte de nossos sonhos. Queria repetir nosso beijo açucarado por mais cem anos, por mais mil anos.

Eu não havia me ajustado ao sistema temporal criado pelos humanos, mas continuei tentando calcular quando o ápice de nossa felicidade fora alcançado. Acredito ter sido no verão de 1995. Apresentávamos o Beijo da Morte duas vezes por dia. Para concluir esta biografia, gostaria de apresentá-lo sob meu ponto de vista de ursa.

Estou em pé, sobre duas pernas, com as costas um pouco curvadas, os ombros relaxados. A pequena e adorável humana parada à minha frente tem um cheiro doce como mel. Muito lentamente, movo meu rosto em direção a seus olhos azuis. Ela coloca um cubo de açúcar na sua pequena língua e a estica para mim. Vejo o açúcar brilhando na caverna de sua boca. Sua cor lembra a neve, e de repente anseio pelo polo Norte. Então insiro minha língua de forma eficiente mas cuidadosa entre os lábios humanos vermelhos como sangue para extrair o radiante pedaço de açúcar.

III.
Em memória do polo Norte

Ele virou a cabeça, mas o mamilo veio junto, como se estivesse colado à sua boca. Era um cheiro sedutoramente doce, e seu cérebro poderia derreter com ele. O nariz estremeceu três vezes, enquanto a boca cedeu e se abriu. O líquido morno que escorria de seu queixo era leite ou saliva? Ele reuniu toda a sua força nos lábios, engoliu e sentiu como o calor descia e chegava ao estômago. A barriga ficava cada vez mais redonda, os ombros perderam sua força e os quatro membros ficaram pesados.

Os ouvidos identificavam uma voz em meio ao caos de sons lá fora. Ela despertou sua visão. As coisas foram aos poucos tomando outras formas. Havia dois braços peludos, e de um deles fluía leite, enquanto o outro mantinha o corpo daquele que bebia bem posicionado. Ao beber, ele esquecia todo o resto, e quando sentia sua barriga cheia era derrotado pelo sono. Toda vez que acordava estava cercado por quatro paredes estranhas.

Ele olhou para cima e notou um pedaço pequeno de papel branco, que estava preso na parte superior da parede. Pensou que poderia alcançá-lo, mas estava muito alto. O que era aquilo? Havia dois narizes pretos e quatro olhos; além disso, tudo era branco, como a neve. Havia orelhas também. Um animal extraordinário ou talvez dois em uma folha de papel. O pensamento foi exaustivo demais, lançando-o novamente em um sono profundo.

Logo ele percebeu que não estava cercado de paredes, e sim em uma caixa. Ao seu lado, encontrava-se um urso de pelúcia fofo. Como lutar contra a vontade de dormir quando se está enrolado e aconchegado em um cobertor fofo, junto com um animal de pelúcia?

Assim que entrou no reino dos dormentes, o ar esfriou drasticamente e partículas de luz prateadas e brilhantes caíram sobre ele. Observou como os minúsculos flocos flutuavam, dançavam, livres da gravidade, mas ainda caíam ao longo do tempo, cada vez mais fundo, pousando por fim no chão congelado e desaparecendo. O chão de gelo branco estava rachado. A cada passo, a fissura aumentava e a água azulada aparecia por baixo da camada de gelo. Se transferisse o peso do corpo para um pé só, o sonhador via um círculo ondulante formar-se na água azul. Seria certamente agradável entrar na água gelada. Mas como poderia continuar respirando se não pudesse mais sair da água?

Ele ouviu alguém vindo. O mundo branco sumiu e um verde cabeludo e lento cresceu à sua volta. Aquele era o cobertor sem muito caráter definido, que se deixava transformar em várias formas. Altas paredes de madeira estavam cobertas com um padrão estranho, que consistia de linhas de corrente e círculos. O prisioneiro já sabia que não conseguiria escalar a íngreme parede de madeira, pois não conseguiria se segurar. Ele levantou o braço direito e caiu de uma vez para a esquerda. Na tentativa seguinte, caiu para a direita, depois novamente para a esquerda.

Lá em cima, alguém inspirava e expirava. A respiração própria e a estranha não queriam sincronizar, permaneciam dois seres distintos. Quando um inspirava, o outro expirava. A boca de um, de onde saía a respiração, era rodeada por barba, acima havia um nariz e, ainda mais acima, dois olhos. Dela nasciam dois braços peludos. Ainda não era possível reconhecer o que havia no meio. Ficava cada vez mais claro que tudo aquilo se pertencia e constituía um conjunto só: a fonte do leite. A parede interna da caixa foi arranhada com impaciência.

"Ah, você quer escalar o Muro de Berlim, mas ele não existe mais há tempo", disseram os peludos e fortes braços que levaram o escalador de muros até a barba. No meio do arbusto de pelos, brilhavam dois lábios úmidos. "Você queria sair da caixa, e agora está fora dela. Como é estar fora? Devo perguntar-lhe, meu senhor, quais são suas primeiras impressões." O bebedor de leite estava feliz por existir um local que se chamava "lá fora". Lá fora ele recebia leite. Mas aquele não era o único motivo pelo qual ele amava "lá fora". Mesmo quando não tinha fome, suas mãos ansiavam pelo lado de fora e arranhavam as paredes internas da caixa. Seu pescoço se alongava para cima. Queria ver o que havia lá fora, mesmo que só pudesse enxergar por um momento. Sua vontade de viver queria sair do espaço interno.

Em seu focinho, vivia a força que o empurrava para a frente. Seus membros eram ainda muito fracos para andar. O focinho impaciente o empurrava. As pernas dianteiras, com frequência, se afastavam uma da outra, e o queixo aterrissava no chão.

O homem com braços fortes gritava carinhosamente a palavra "Knut!" para anunciar o leite, toda vez. O desejo pelo líquido branco recebeu aquele nome.

Assim que havia sugado um pouco de leite o calor encontrava seu caminho através do tórax. O desejo de leite chamado Knut chegava ao estômago. O coração era sentido. Algo quente se espalhava em forma de leque a partir dele e ia até a ponta dos dedos, mais externa. O abdome inferior murmurava melancólico, o ânus coçava, e logo antes de adormecer ele já estava pronto para chamar todo aquele ambiente quente de Knut.

Um homem diferente apareceu na sala. Deu ao fornecedor de leite com braços fortes o nome de "Matthias" e ao bebedor de leite o nome de "Knut". Ele colocou uma caixa na mesa e disse: "Matthias, esta é a balança à qual me referia. Precisa, confiável, fácil de utilizar. Com um equipamento como este, você pode pesar até uma pulga". Knut olhou para o aparato. Talvez fosse para mordiscar ou lamber, pensou esperançoso, mas seu novo companheiro de brincadeiras logo o decepcionou. Era de plástico branco, plano e sem graça. Em cima da caixa, estava montada uma pequena banheira, mas não havia água nela.

Knut foi posto na banheira. Ele colocou a pata direita na beira dela e então a esquerda, porque queria pular para fora. Matthias rapidamente empurrou as patas de volta para dentro da banheira. Então Knut colocou não somente suas patas, mas também uma perna traseira por cima da beirada. O pequeno urso, flexível como um polvo, levantou o traseiro para investigar o mundo por trás. O novo homem removeu com paciência todos os membros de Knut que se agarravam à beirada e pressionou gentilmente suas costas brancas. Então tirou as mãos por um momento, abaixou-se e observou a balança pelo lado. Após a pesagem, devolveu Knut às mãos de Matthias e, alongando seus dedos com um lápis, arranhou a superfície de um caderno aberto. Os dedos do novo homem já eram por si só longos. Quão longos teriam que ser para que ficasse enfim satisfeito? Matthias também alongava seus dedos com um longo cabo de metal, que usava para misturar o leite. Os dois homens, portanto, eram membros da espécie dos dedos alongados.

Durante o dia, Knut não via nenhuma outra espécie que não os alongadores de dedo. À noite, ouvia ratos que corriam do lado de fora das paredes. Ele imaginou que o rato fosse um animal com um corpo minúsculo e um mecanismo de locomoção. Uma vez um rato conseguiu escalar a parede ao lado da cama de Knut e quase entrou em seu reino privado. Tinha muitos bigodes finos e exibia orgulhosamente dois dentes frontais. Seu pequeno rosto era peludo e marrom, enquanto suas patas, cobertas apenas por uma penugem, eram de um rosa vítreo. Knut, que estava morto de tédio em seu isolamento, fungou de alegria, mesmo o rato parecendo mais ridículo do que afável. Aparentemente, fungar tão alto era um erro. O rato congelou, então deu as costas e foi embora, e ele nunca mais viu seu rostinho, que em retrospecto tinha algo de amável.

Um dia, um jovem e corajoso rato apareceu. Knut não estava sozinho: Matthias estava parado no meio da sala. "Um rato!", ele gritou, largando Knut cuidadosamente no chão e levantando seu bastão para atacar o rato, que já havia voltado para o buraco na parede. "Christian, um rato saiu agora há pouco desse buraco", ele relatou ao segundo homem, que entrava na sala naquele momento, de modo que Knut aprendeu o nome do segundo homem.

Christian sorriu, apertando seus dentes levemente e esticando os lábios para os dois lados, e disse: "Não só os Homo sapiens, mas também os ratos se interessam pelo pequeno urso-polar". Knut entendeu que a espécie de dedos alongados se referia a si mesma como "Homo sapiens".

Christian visitava Knut todos os dias e fazia um exame médico. Primeiro, Knut era colocado na balança e seu peso corporal era transformado em um número com uma vírgula no meio, que era anotado em um caderno especial. Então, Christian colocava os dedos na boca de Knut e iluminava o interior com uma pequena lanterna. No fundo da garganta de Knut vivia um animal chamado "soluço". Toda vez que sua boca era aberta demais, esse soluço pulava para fora, com gosto de leite, mas sem nenhum traço de sua doce sedução usual. Toda aquela sedução só produzia algo que tinha gosto ruim. Christian enfiava um troço gelado no ouvido de Knut com dedos habilidosos, puxava suas pálpebras, abria seu ânus e inspecionava suas patas e garras. "Um Homo sapiens não tem exames médicos diários", disse Christian, com um sorriso irônico.

"Não faço exames desde que fui contratado pelo zoológico", admitiu Matthias.

Knut entendia e gostava de tudo o que Matthias fazia: ele lhe dava leite gostoso, acariciava sua barriga, brincava com ele. Christian, por outro lado, com frequência fazia coisas desagradáveis por motivos obscuros. Com Matthias, Knut tinha permissão de brincar com qualquer objeto que quisesse, como a colher que o Homo sapiens às vezes derrubava no chão por acidente. Knut a envolvia em um abraço e Matthias deixava que lutasse por um tempo com seu companheiro metálico. Christian, por outro lado, nunca o deixava brincar com nenhum de seus instrumentos. Ele nunca deixava algo cair, nunca brincava; só completava suas tarefas e saía do recinto.

Mas também havia semelhanças entre Matthias e Christian. Ambos eram altos e tão magros que Knut conseguia ver o formato dos ossos em seus pulsos. Os braços dos dois tinham pelos, de modo que Knut acreditou por muito tempo que eles deviam tê-los em todo o corpo, mas depois descobriu que não era o caso.

Diferentemente de Matthias, Christian não tinha barba e sempre vestia um casaco branco. Mas ambos sempre usavam calça do mesmo material azul áspero em que Knut frequentemente prendia sem querer as garras.

Matthias gemeu. "Derrubei leite no jeans de novo."

"Sua mulher vai xingar você." Christian riu.

"Lavo minhas próprias roupas. Minhas coisas estão sempre cobertas de pelos de animais. Não dá para colocar na máquina junto com as roupas das crianças. É o que minha mulher diz."

"Que rigorosa!"

"É brincadeira. Ela nunca diria algo assim."

"Verdade. Eu a conheço, lembra? Ela é... Como posso dizer? Não só bonita, mas também tolerante."

Christian se moveu depressa, mas, diferentemente de um rato, ele não era rápido por natureza. Estava sempre sob pressão, tentando terminar as tarefas logo, e tentava se mover com mais velocidade do que conseguia. Esperar não era seu ponto forte. Certo dia, Knut estava de mau humor e se agarrou à borda da balança pelo lado de fora, recusando-se a ser pesado. Christian puxou as patas de Knut, e por reflexo ele mordeu os dedos do Homo sapiens. Christian deixou Knut cair no chão e gritou: "Ele me mordeu!". Sua voz soava mais aguda do que o normal.

"O príncipe herdeiro está de mau humor", Matthias disse calmamente, acariciando a cabeça de Knut. "Ele não vai deixar fazermos o que queremos com ele hoje."

Com um suspiro, Christian sentou na cadeira — algo que raramente fazia. Então conversou com Matthias sobre diversas coisas, olhando na direção de Knut de vez em quando. Era a primeira oportunidade de Knut observar o rosto de Christian com calma e considerar o que via. O cabelo loiro estava cortado bem curto, com fios em pé, como a escova que Matthias usava para limpar o chão. Na boca, em cima e embaixo dispunham-se dentes brancos, brilhantes e retangulares, mas Knut nunca via Christian comendo. Sua pele era lisa e macia, e sua carne era firme, mesmo que estivesse coberta por uma fina e atrativa camada de gordura. Seus lábios queimavam vermelhos como o fogo quando falava. A pele ao redor da boca não tinha nenhum pelo e nenhum traço da passagem de um barbeador.

Em comparação com o frescor de Christian, a pele e o cabelo de Matthias pareciam desidratados. Seu rosto vivia cheio de sombras, como se tivesse má circulação.

Eventualmente, a época na qual os dois homens eram os únicos a entrar no quarto de Knut chegou ao fim. Dia após dia, novos rostos chegavam, cada um acompanhado por seu cheiro de suor característico, pelo aroma de flores ou pelo odor da fumaça de cigarro. A maioria daquelas novas pessoas bombardeava Knut e Matthias com perguntas e flashes. Matthias era facilmente cegado pelas luzes, motivo do olhar de sofrimento com que aparecia em todas as fotos. Às vezes, ele levantava o braço para proteger o rosto da horda de câmeras.

Responder a perguntas não era o forte de Matthias. Quando ele tentava pensar numa resposta, seus lábios se moviam obedientemente, mas nenhum som saía. Em tais momentos, Christian passava para a frente das câmeras e rebatia os questionadores com palavras habilidosas, como se estivesse protegendo seu amigo.

Christian era chamado de "médico".

O corpo de Knut pesava mais e mais a cada dia, e sua fome tinha crescido com ele. "Desenvolvimento" — uma palavra que Christian dizia com orgulho — sem dúvida descrevia tais mudanças.

Um dia, após todos os visitantes e Christian terem deixado o recinto, Matthias sentou no chão, exausto, com a cabeça caída e os braços ao redor dos joelhos, sem pôr Knut primeiro em sua caixa. Knut colocou as patas nos joelhos de Matthias, cheirando preocupado sua barba, seus lábios, suas narinas e seus olhos. "Está preocupado? Não sou uma mãe ursa que foi baleada, deitada inerte no chão. Não se preocupe! Estou muito bem, obrigado. Não foram balas, só flashes. Não é tão fácil me matar assim", disse Matthias, seu rosto cheio de rugas que Knut não conseguia interpretar.

Knut crescia mais e mais a cada dia, enquanto o pobre Matthias continuava a encolher. Knut de repente pensou que talvez o leite viesse do corpo de Matthias, que estava sendo dolorosamente extraído dele dia após dia até secar. Quanto mais Knut bebia, menor e mais desidratado Matthias ficava.

O número de visitantes aumentava a uma velocidade alarmante, mesmo que nem todo jornalista pudesse entrar. Às vezes, Matthias ficava nervoso, procurando refúgio em um canto, onde apoiava o ombro contra a parede e escondia a cabeça. Ele preferia ficar invisível. Os visitantes, em sua maioria, anotavam diligentemente todas as palavras de Christian, enquanto lançavam olhares com expectativa na direção de Matthias. Por fim, eles se aproximavam do recluso e pediam permissão para tirar foto dele. Por algum motivo, a mídia não estava satisfeita em fotografar somente Christian. Matthias pegava apático a garrafa de leite, aninhava Knut contra seu peito e olhava de forma desagradável para as lentes da câmera. Knut sentia aqueles delicados dedos humanos tremerem, ouvia os sons oceânicos emanando das entranhas de Matthias, e seu abdome acompanhava a melodia, ressoando em harmonia.

Os olhos de Matthias eram sensíveis à luz. Até um flash sutil o fazia piscar. Os olhos de Knut, por outro lado, eram insensíveis a flashes cegantes. Mesmo quando várias rodadas de flashes eram piscadas para eles em rápida sucessão, a macia escuridão de suas pupilas continuava inalterada.

O nome do primeiro visitante era Jornalista, e o segundo se chamava Jornalista também. Então não foi surpresa quando o terceiro acabou sendo Jornalista também. Logo Knut entendeu que havia muitos Jornalistas, enquanto Matthias e Christian eram únicos.

Mas o que estaria por trás daquele misterioso ritual das fotografias? Um dos jornalistas falava do culto aos ursos entre os ainos e lapões, grupos minoritários. Quando Knut pensava em culto aos ursos, imaginava um ritual em que humanos ficavam de pé em um círculo ao redor de um, tirando fotos com flash dele para congelar o momento para toda a eternidade.

"Você já está trabalhando o dia inteiro. Passa até a noite com Knut. Isso não é para qualquer um."

Matthias respondia impassível aos elogios de Christian. "Como poderia dar leite a cada cinco horas se não passasse a noite aqui?"

"Mas o que sua mulher diz? A minha me ameaça com divórcio quando trabalho até tarde."

Knut pensava que Matthias estava ao seu lado dia e noite. Mas em algum momento se deu conta de que seu companheiro bípede às vezes saía furtivamente do recinto. Primeiro o leite da noite era consumido, depois chegava a hora do sono. Não se ouviam mais vozes de Homo sapiens, mas em seu lugar as vozes de todos os animais ficavam ainda mais altas. Como se encorajado por aquela atmosfera animalesca, Matthias tirava seu violão do estojo preto, que esperava ao lado de sua mesa, e levava o instrumento para fora com ele. Knut queria levantar e segui-lo, mas o sono o impedia. Seus pequenos ouvidos ursinos continuavam acordados, enquanto o resto de seu corpo ia para a terra dos sonhos.

Knut ouvia o som das cordas do violão sendo tocadas. Aquilo o tranquilizava. Matthias não poderia ter ido tão longe se ainda conseguia ouvi-lo tocar.

Quando Matthias voltava para o quarto e tirava Knut de sua caixa, o violão não estava lá, o que era decepcionante. "Mesmo antes de você chegar, eu não conseguia ir direto para casa depois do trabalho. Tocava meu violão em frente à jaula dos ursos. Em casa, minha família esperava por mim, mas eu não queria ir. Consegue entender? Provavelmente não." Matthias não falava muito quando havia outro humano por perto, mas sozinho com Knut falava abertamente sobre si mesmo.

Um dia, Knut descobriu o estojo do violão entre a mesa e a parede, e arranhou-o com suas garras crescentes. Matthias sempre deixava que brincasse com o que ele quisesse: colheres, baldes, vassouras, pás. Mas o mantinha longe de seu sagrado instrumento musical. Não importava quão zelosamente

Knut tentasse inserir suas garras por baixo do estojo, a caixa mágica ele se recusava a abrir. A pequena chave de alumínio necessária estava em uma gaveta. Se Knut tivesse uma chance de tocar o violão, com certeza produziria a música mais encantadora do mundo com seus dentes. Até Matthias, com suas unhas pateticamente finas, conseguia fazer as notas soarem. Quão espetacular soaria se Knut pudesse tocar o instrumento com suas magníficas garras!

Knut não conseguia lembrar o momento em que a música começara para ele. Quando percebeu que podia ouvir, já vivia entre uma série infinita de notas sem pausa. Aquela música, que já havia começado antes de seu nascimento, não terminaria quando ele morresse. A música do violão era apenas uma parte do complexo de sons do zoológico. Em algum momento, Knut reconheceu diversas sequências de notas que eram repetidas diariamente: o ruído de quando Matthias tirava um pote do armário da cozinha era seguido do som de duas superfícies de borracha sendo separadas (a porta da geladeira abrindo), e depois se podia ouvir uma melodia ascendente: o leite sendo derramado no pote. Enquanto a refeição era preparada, cada vez mais músicos se juntavam a eles: pó era despejado em uma tigela, uma colher mexia, batendo contra o interior da tigela de metal com um estalo, e por fim golpeava decisiva três vezes contra a borda da tigela. Assim terminava a pequena sinfonia intitulada "Comida para o pequeno urso". Não eram lágrimas, e sim saliva a expressão do seu entusiasmo. Ele podia lembrar certa sequência de sons se fosse repetida várias vezes. Havia um início e um final. Knut podia distinguir os passos de Matthias dos passos de todos os outros. Sempre que o humano saía do quarto, o urso se metamorfoseava todo em um ouvido. Ele não conseguia se acalmar até que Matthias voltasse.

Ele começou a passar a noite fora cada vez mais. Um hábito deplorável. À noite, dava a Knut sua última porção de leite, deixava-o num canto da caixa com seu bichinho de pelúcia, cobria-o com o cobertor de lã e então desaparecia, levando seu violão no estojo de couro. Só voltava ao amanhecer.

Durante as noites sem Matthias, outro homem se encarregava do leite. Knut não era mais bebê, o leite não precisava vir da mamãe Matthias. Aquele outro homem tinha bochechas carnudas e mãos incomumente quentes. Knut gostava do fato de que cheirava um pouco à manteiga. Podia comer sem Matthias; podia até passar uma noite agradável sem ele. Mas sempre tinha um pouco de medo. Na realidade, deveria ser reconfortante ter não apenas um, mas centenas de homens que podiam dar leite a ele, mas algo em Knut ainda se fixava em Matthias. Sempre que o ouvia se aproximando, arranhava o interior da caixa como se estivesse possuído.

"Ei! Pare! O que está fazendo? Você rasgou a fotografia dos seus pais. Foi muito difícil conseguir uma imagem de Toska e Lars. Estava pendurada aqui desde antes de você ser capaz de enxergar. Não entende? Estes são seus pais!"

A fotografia estava em pedaços. Matthias teve que jogá-la no lixo. Knut ficou horrorizado, porque nunca havia olhado direito para a fotografia. Era tarde demais. Como poderia saber que aquele pedaço de papel representava seus pais? Christian notou que Knut estava mais agitado do que o normal e disse para Matthias: "Talvez ele se sinta sozinho sem a fotografia. Por que não pede para alguém tirar uma foto de você segurando-o nos braços e dando leite da mamadeira? Acho que pais adotivos são mais importantes que os biológicos. Aliás, tenho certeza de que os jornalistas já tiraram uma foto de você segurando Knut em seus braços como a Madona com Jesus Cristo".

"Não tire sarro de mim. Pela primeira vez em meses consigo me permitir voltar para casa à noite. Minha família está satisfeita comigo novamente", disse Matthias, acariciando a cabeça de Knut. A palavra "família" teve um efeito perturbador no pequeno urso, como se fosse lhe trazer desgraças mais tarde.

Todas as manhãs, Knut ouvia o canto dos pássaros que se alegravam quando a escuridão se retirava e o sol chegava para começar seu turno. Os seres alados ficavam atormentados, com medo de não achar nada para o café da manhã. Às vezes, o mais fraco entre eles era atacado por pássaros mais fortes e fugia gritando pelo céu. Knut não conseguia vê-los, mas seus sons eram vívidos o bastante para poder imaginar seus dramas rotineiros.

De vez em quando, pássaros especialmente atrevidos vinham e olhavam dentro do quarto de Knut. Todos eram chamados de "pássaros", mesmo que a única coisa que tivessem em comum fossem as asas. O pardal, uma mistura marrom de modéstia e agitação, o melro com seu humor despretensioso, a máscara pintada da pega-rabuda e o pombo, que não perdia a oportunidade de repetir seu lema favorito: "Mesmo? Que interessante. Eu não fazia ideia!". Knut ouvia incontáveis vozes aviárias e imaginava que o mundo lá fora devia ser repleto de pássaros. Por que Knut, Matthias e o rato não tinham asas? Se tivesse asas nas costas, ele teria voado diretamente para a janela para olhar para fora.

Knut se sentia libertado sempre que Matthias o tirava de sua caixa. Mas já não ficava satisfeito com as mínimas liberdades que experimentava, pois cada vez mais sentia a existência do "lá fora". Ele queria sair daquele quarto. "Você está cada vez mais abusado", disse Matthias, mas não era verdade. Era só que Knut não conseguia manter seus membros parados quando o mundo lá fora os puxava. Ele arranhava a porta como se tivesse enlouquecido. Matthias não sabia o que fazer, então o xingava. Knut queria parar de especular sobre o mundo lá fora. Mas para tanto era absolutamente necessário conhecê--lo bem primeiro, e ser decepcionado por ele.

Um método que permitia o acesso de sua alma ao mundo lá fora o satisfazia: ouvir. O mundo auditivo era tão amplo, tão rico em cores, que o mundo ótico não era páreo. Aquele talvez fosse o tal poder da música do qual o Homo sapiens falava com tanto orgulho. Christian revelou que tocava piano em casa. Um hobby, disse. "Mas quando toco por muito tempo, minha família enfia tampões no ouvido e se esconde nos cantos mais afastados da casa. Como é com sua família?" Christian direcionou a pergunta ao colega com o violão.

"Nunca tive vontade de tocar violão em casa. Não acho que minha família ia se importar, mas prefiro tocar sozinho. Isso não é música, mas o prazer da solidão."

Knut quase engasgou quando ouviu a palavra "família". Era um presságio de desgraça que, mais tarde, ele não poderia ocultar.

Knut amava o canto dos pássaros e o som do violão, mas havia um tipo de música que ele achava intolerável: os sinos da igreja aos domingos. Já na primeira batida, cobria a cabeça com os braços para se proteger. Segurando a respiração, esperava a última badalada passar. "Você é pagão?", perguntou Christian, e riu como uma moeda caindo em um piso de pedra. Então, com um semblante mais sério, continuou: "Ah, é claro, ursos. Eram adorados pelos germanos, assim como os lobos, e para se estabelecer a Igreja foi forçada a combatê-los. Os sinos das igrejas ainda tocam para expulsar os ursos internos de nosso coração".

"Isso é verdade?", perguntou Matthias com um tom de voz bastante cético.

"Li alguns artigos sobre o assunto", Christian respondeu casualmente. Sua atenção já estava em outro lugar, e ele reuniu depressa suas coisas para ir para casa.

Matthias e Christian trabalhavam também aos domingos, mas os exames médicos que Christian fazia em Knut demoravam bem menos do que o normal. Matthias também tentava ir embora perto da hora do almoço. Então o homem que cheirava um pouco a manteiga ficava responsável por Knut. "Maurice, vou deixar tudo em suas mãos e vou para casa. Você sabe que tem que dar leite no fim da tarde e colocar Knut para dormir. Depois disso, você pode ir para casa ou para onde seu coração desejar, mas deve retornar até no máximo duas da manhã para chegar a tempo da próxima refeição." Matthias falava com um tom profissional agradável, enquanto o novo homem, Maurice, observava-o de forma sonhadora, como se estivesse apaixonado. Aparentemente ele achava o rosto de Matthias agradável. Mas Maurice parecia não estar ouvindo com bastante atenção, pois ele nunca deixava o recinto, nem mesmo entre a hora do leite do fim da tarde e a seguinte, às duas da manhã. Sempre que Knut acordava por um momento, via Maurice no quarto. Com frequência, estava sentado em um canto, encurvado, lendo um livro. Quando Knut não queria voltar a dormir, Maurice o tirava da caixa e brincava de lutinha com ele. Devagar, com gentileza, Maurice forçava Knut contra o chão e acariciava tanto sua barriga e suas orelhas que todo o seu corpo se aquecia.

"Agora estamos cansados. Chega de esportes. Vou ler algo para você. O que quer ouvir?" Maurice ofereceu a Knut a escolha entre Oscar Wilde, Jean Genet e Yukio Mishima. Infelizmente, Knut não conseguia pronunciar o nome de nenhum daqueles autores, mas não importava, pois não importava qual dos livros Maurice lesse para ele sempre se tornava uma bela canção de ninar que o carregava de volta ao mundo dos sonhos.

Maurice vinha cada vez com mais frequência. Até quando era não domingo às vezes aparecia no lugar de Matthias e só ia embora bem depois da 1h30. Quando Maurice ia para casa e o local estava livre de Homo sapiens, Knut ouvia de repente sons animalescos e comemorativos vindos de fora, como se todas as criaturas tivessem esperado por aquele momento.

Maurice vinha trabalhar regularmente, mas às vezes acontecia de outro homem cuidar de Knut. Ele tinha um cheiro parecido com o de Maurice. Knut não conseguia descobrir seu nome.

Quando Knut ouvia atento todos os sons da noite, seu corpo sentia estímulos lascinantes, mas sedutores. A maioria das vozes não inspirava medo nele, e sim uma espécie de respeito. Em cada voz, ouvia algo como um arco tensionado. Todo animal deve sempre conceder atenção especial à sua vida, fazendo uso total de suas habilidades e de sua inteligência. Se não o fizesse, não teria chance de sobrevivência.

Uma vez, Knut teve o prazer de ouvir uma série de palestras com a dra. Coruja sobre a temática da escuridão. O estilo retórico dela era muito abstrato e desapaixonado, mas, mesmo assim, Knut ficou impressionado com a sabedoria daquelas criaturas que haviam dominado a arte de viver na escuridão. Os lamentos noturnos de um macaco que estava sofrendo bullying de seus companheiros ensinaram a Knut sobre a crueldade dos animais que vivem em grupos. Às vezes, ele também ouvia a ladainha da líder dos ratos. O que ela tinha a dizer poderia ter sido resumido em uma única frase que soava mais ou menos como: "Quando sua atenção enfraquecer, você será pego e devorado". Será que havia algum animal que Knut pudesse devorar? Ele ouvia com atenção quando dois gatos no cio brigavam por uma fêmea. Ambos queriam praticar sexo com a mesma gata. Por que brigavam por ela? Knut se perguntou se faria alguma diferença com quem alguém faz sexo. Ele não entendia o mundo animal. O monólogo espinhoso dos porcos-espinhos lhe dava a impressão de algo inacessível, mas eles não queriam machucá-lo, só queriam comunicar sua visão de mundo. Knut sempre ouvia, independentemente do que houvesse para ser ouvido. As diferenças sutis entre as vozes individuais e a combinação daquelas diferenças faziam com que cada noite tivesse suas próprias cores únicas, o que para Knut parecia algo mágico.

Logo ele podia diferenciar as melodias que brotavam do violão à noite. Uma era uma composição que imitava uma abelha zunindo. Enquanto ouvia, sentia cócegas nas costas. Havia outra canção na qual Knut ouvia blocos de gelo batendo uns contra os outros, seguidos por sons de água, pingos e respingos. Matthias revelou para Christian que a música da abelha que comichava se chamava "O zangão" e tinha sido composta por Emilio Pujol, enquanto a música de blocos de gelo, "Dança do moleiro", era de Manuel de Falla. Knut não fazia ideia de qual era a relação dos moinhos com a dança, mas ouvir a música o fazia querer balançar os quadris.

Knut gostava dos concertos noturnos, mas não gostava que durassem muito tempo, senão ficava entediado e só queria que Matthias voltasse. Não era só um desejo infantil de ter um companheiro para brincar: a ausência de Matthias o atravessava dolorosamente.

A dor possibilitou que lembrasse a sequência de melodias. Matthias sempre terminava tocando a mesma melodia triste. Então, voltava com uma expressão satisfeita, guardava seu violão, pegava Knut e apertava sua bochecha contra a dele.

"Isso soou muito triste. Essa música que você acabou de tocar, quero dizer. O que era?" Christian fez tal pergunta quando apareceu inesperadamente uma noite. Matthias não respondeu, só sorriu um pouco, como alguém que tem seus motivos. A tristeza da música restaurou a alegria de viver de Matthias. A melodia fez Knut ficar eufórico também, porque sinalizava o eminente retorno dele.

Knut reconhecia cada dia mais a ausência como um período de tempo insuportável. Ele apertava seu corpo contra o bichinho de pelúcia desgastado, porque não havia mais ninguém perto dele. Era irritante que o animal de pano só tivesse algodão em sua cabeça. Nunca reagia, não importava a força com que Knut o jogava para o lado ou se fingia que ia jogá-lo para o alto. Matthias teria imediatamente empurrado Knut para o canto se o pequeno urso fizesse o mesmo com ele. Até Christian, que nunca estava disposto a brincar, pelo menos mostrava alguma reação. Quando Knut apertava sua mão, apertava de volta. Quando Knut mordia sua mão, gritava e apertava seus lábios e olhos. Aquele animal de pelúcia inerte, por outro lado, nunca esboçava uma reação sequer, fazendo-o chorar de tédio. Para Knut, tédio significava desamparo, tristesse, abandono. Você é a personificação do tédio, só senta aí com seu corpo sem ossos e não responde, não importa o que eu pergunte. Não há nada no mundo que lhe interesse? Knut nunca recebia uma resposta. Você realmente não serve pra nada, seu bicho de pelúcia!

Quando Matthias ia mostrar as caras de novo? Quão insuportável Knut achava aquela pergunta, ou talvez não fosse nem ela, mas o tempo que passava esperando, ele pensou. Uma vez que o tempo começa a existir, é impossível que termine sozinho. Era intolerável quão devagar a janela recapturava o brilho que havia perdido no pôr do sol. Quando, com o tempo, sua paciência chegava a um fim, Knut finalmente ouvia os passos. Ouvia a porta do quarto se abrindo. Matthias se inclinava sobre a caixa, pegava-o, esfregava seu nariz humano contra o focinho do urso e dizia: "Bom dia, Knut!". Naquele momento, a coisa que Knut percebia como "tempo" desaparecia. Porque, a partir daquele momento, ele já não tinha mais tempo de pensar sobre o tempo. Precisava farejar o quarto todo, ingerir todas as comidas e se ocupar com vários jogos. O tempo só voltava a existir quando Matthias saía.

O tempo não podia ser comparado com qualquer tipo de comida: você podia beliscá-lo quanto quisesse, nunca tinha menos dele, que nunca diminuía. Knut se sentia impotente ante o tempo. Era um gigante bloco de gelo feito de solidão. Knut roía e arranhava, mas não surtia efeito. Quando Christian reclamava de não ter tempo, como fazia frequentemente, Knut o invejava.

Matthias amava cumprimentar Knut "de nariz para nariz", mas o pequeno urso não gostava. Sempre se preocupava com Matthias, cujo nariz humano tinha umidade insuficiente. Se um animal tivesse um nariz tão seco quanto Matthias, provavelmente seria sinal de doença. Algo precisava ser feito para impedi-lo de morrer cedo. Knut colocou seu focinho na barba de Matthias, e o cheiro de ovos cozidos e presunto fez com que se sentisse calmo de novo. De sua boca, saiu o cheiro da mesma pasta de dente que tinha que ser espremida do tubo antes de cada escovação. Knut não gostava do cheiro, preferia a pasta natural que vinha dos olhos de Matthias e não hesitava em lambê-los em toda oportunidade que tinha. Matthias gritava "Pare com isso!" e afastava o rosto, mas havia um tom feliz em sua voz. Seu cabelo cheirava a sabão e cigarro.

Por um tempo, Matthias deixava seu rosto disponível como território de exploração e estreitava os olhos para observar o jovem explorador. "Sabe o que sempre me surpreende? Quando fui contratado como cuidador de ursos, comecei a ler livros sobre expedições ao polo Norte. Eu queria saber mais sobre ursos-polares. Um dos exploradores escreveu que uma vez olhou um animal nos olhos e quase desmaiou. Ele não conseguia esquecer aquele momento de terror — não por causa de qualquer perigo concreto, mas do vazio que viu nos olhos do urso, que não refletiam absolutamente nada. Um ser humano que acha que pode discernir malícia nos olhos de um lobo e devoção nos olhos de cães não descobre absolutamente nada nos olhos de um urso-polar, o que o deixa morto de medo. Você não consegue se ver refletido. É como se o urso-polar tivesse declarado que seres humanos não existem. Estranhamente, senti o desejo de experimentar eu mesmo esse olhar chocante. Mas seus olhos não são vazios — você reflete seres humanos. Espero que isso não o torne mortalmente infeliz."

Matthias juntou as sobrancelhas e olhou de forma penetrante nas profundezas dos olhos do urso-polar. Mas Knut queria ser um lutador, não um espelho, e atacou aquele homem chato que estava tentando ser um filósofo.

Um dia após o exame obrigatório, Christian colocou Knut no chão e abriu sua mão direita na frente do focinho dele. Cheio de prazer, o urso se agarrou à mão. Foi repelido por ela, mas se recusava a ser intimidado. Após um pouco de empurra-empurra, Christian colocou Knut de volta no ponto de partida e segurou a mão direita aberta na frente dele como uma parede. Knut encarou-a e pulou sobre ela precisamente no momento em que sua voz interna disse: "Agora!".

"Como pensei!"

"O que quer dizer?", Matthias perguntou, perplexo.

Christian respondeu com orgulho paternal: "Knut vai para a direita um instante antes de eu pensar em mover minha mão para a direita. Em outras palavras, consegue ler meus pensamentos mais rápido do que eu mesmo posso percebê-los".

"Isso é bobagem!"

"Não é, não. Tente você."

"Talvez mais tarde."

"Que descoberta fantástica! Li algo sobre isso em um periódico de ciências naturais e queria tentar eu mesmo. Knut deveria treinar um time de futebol, já que consegue ler os movimentos do oponente antes mesmo que o oponente tenha consciência de suas próprias intenções. Seu time ganharia todos os jogos."

"Protesto! Knut não gosta de futebol. Você não pode torná-lo treinador do seu time de futebol imaginário."

"Como sabe que ele não gosta de futebol?"

"Quando passa boxe ou luta na TV, ele acompanha com atenção até acabar, mas não futebol."

"E novelas, são seus programas favoritos?"

"Ele gosta, sim."

"É influência sua. Todos sabem que você é a mãe de Knut."

"Por que sou a mãe e não o pai?"

"Isso é exatamente o que você é: uma mãe masculina. Você é um homem materno."

Matthias de vez em quando se sentava em frente à TV cinza cor de rato que ele trouxera um dia. Knut fazia-lhe companhia quando não tinha atividades mais interessantes. Futebol o entediava porque tudo o que conseguia ver na tela eram pequenos pontos pretos se movendo como formigas. Ele adorava lutas e dramalhões com muitos close-ups no rosto de mulheres. Mesmo que empatia não significasse nada para ele, rostos tristes eram interessantes de olhar. Recentemente havia visto uma cena em que um homem dissera para uma mulher que não podia mais vê-la. Ele bateu a porta e foi para a rua, onde havia muitos carros estacionados. A mulher tinha cabelos longos. Ficou chorando na cozinha, onde havia bananas deliciosas sobre uma tigela rasa. O homem a havia traído: tinha uma esposa e filhos em outra cidade. Matthias nem piscava enquanto encarava a tela. De repente, Knut sentiu vontade de chorar. O que faria se um dia Matthias dissesse que não podia mais vê-lo? Ele também tinha uma esposa e filhos fora do zoológico?

Cada vez, o leite era suplementado com comida sólida. Matthias demorava ainda mais para preparar as refeições de Knut. "Não tenho tempo agora. Você não pode ver TV sozinho enquanto espera por mim?", Matthias dizia a Knut, mas ele não podia ver TV sozinho. Só conseguia sentir o espírito lutador do boxeador ou a tristeza da mulher abandonada através do corpo de Matthias. Sem ele, a televisão era só uma caixa morta cheia de partículas de luz minúsculas e brilhantes. A caixa precisava de um humano para animá-la — e mesmo assim seria preferível se o próprio Matthias brincasse de lutar com Knut. Qualquer criatura viva, até mesmo o rato mais raquítico ou um esquilo anônimo, interessaria Knut mais do que a telinha.

Knut crescia diariamente tanto em altura quanto em largura. Quando se firmava contra a parede e se postava sobre as pernas traseiras, às vezes podia ter um vislumbre dos esquilos subindo na castanheira lá fora. Pássaros e esquilos tinham corpos quase sem peso e podiam se mover verticalmente sem esforço. Por que somente Knut era tão gordo e desajeitado? Ele adoraria escalar a parede para ver o que todos chamavam de "lá fora".

Enquanto Matthias preparava as complicadas refeições de urso, Knut era arrebatado pelo desejo de escalar suas pernas, preferivelmente tão alto até que pudesse cheirar sua barba. Mas as pernas humanas eram muito longas e a barba ficava lá no alto, como um esquilo em uma árvore. Quando o tempo de preparação da comida era longo demais, a espera primeiro esvaziava o estômago de Knut, depois seu peito, e por fim seu crânio. "Está quase pronto. Você tem que ser paciente. Ainda quero adicionar muitos ingredientes saudáveis." Matthias triturava sementes de gergelim, laranjas frescas, grumos cozidos e misturava tudo ao conteúdo de uma lata, então adicionava um pouco de óleo de nozes e misturava com cuidado.

Certa vez, ele deixou cair a lata, na qual havia a figura de um gato. Usando sua língua como pano, Knut limpou o chão em um piscar de olhos. Desde então, sua opinião era que Matthias deveria simplesmente servir o conteúdo da lata sem adicionar tantas outras coisas. Ele não conseguia entender por que era necessário moer, espremer, cortar e misturar toda aquela saúde.

Knut sabia que os habitantes do polo Norte precisavam de gordura acima de qualquer coisa. Christian havia explicado aquilo aos jornalistas inúmeras vezes. Knut vivia em Berlim, então não precisava de uma camada de gordura sob sua pele. Até circulava um boato de que o inverno havia chegado, mas a onda de calor se recusava a deixar a cidade, e Knut não conseguia imaginar o frio.

Não era só gordura: o sangue fresco de um leão-marinho aparentemente era rico em vitaminas. Christian dissera aquilo quando pediram que explicasse o plano nutricional de Knut. "O ideal seria carne de leão-marinho, mas isso está fora de cogitação, claro. Damos carne bovina a ele e adicionamos vegetais, frutas, nozes e grãos."

Um jovem jornalista de óculos perguntou: "Existe um boato de que Knut está sendo alimentado com uma marca de luxo de comida de gato que custa cem dólares a lata. Aparentemente, essa marca é popular entre os milionários nos Estados Unidos. É verdade?".

Christian riu friamente e revidou: "Que interessante! Você tem parentes nos Estados Unidos que são milionários? Estou ouvindo esse boato pela primeira vez. É muito criativo, como costuma ser o caso com os boatos. Em Bramdemburgo há um boato de que a comida favorita de Knut são pepinos de Spreewald".

Matthias e Christian receberam um pacote anônimo pelo correio. Dentro dele, cuidadosamente embrulhado, encontraram dois aventais, ambos com estampa de ursos. Knut sabia que eram ursos no sentido mais amplo da palavra, mas com certeza eram ursos de um tipo peculiar. Os corpos eram pretos, com exceção do colarinho, que alguém devia ter se esquecido de pintar. No momento em que os dois homens amarraram os aventais ao redor da cintura, começaram a fazer movimentos sincronizados com os quadris. Naquele dia, pareceu que tiveram especial prazer em preparar juntos o jantar de Knut. Eles moeram, ralaram e misturaram os ingredientes como uma dupla. Knut cobriu a cabeça com seus braços curtos e fofos, suspirou e esperou até que a comida finalmente estivesse pronta para ser servida.

Knut desejava poder se empanturrar com uma salsicha Bratwurst como a que Matthias às vezes trazia de fora quando a fome o pegava desprevenido. Ele pedia cobiçosamente por uma mordida, mas o avarento Homo sapiens respondia de forma resoluta: "Não, salsicha é só para o proletariado. Você não pode comer, príncipe herdeiro". Knut agarrava-se à calça do proletariado e subia em suas pernas usando sua força e suas garras. Matthias movimentava a mão em todas as direções para manter a salsicha longe do focinho dele, mas às vezes desistia e dava toda a salsicha para sua majestade, o príncipe herdeiro. Knut a devorava inteira em algumas poucas mordidas.

Christian leu o peso de Knut na balança e disse, levantando um pouco a voz: "A hora da estreia nos palcos está se aproximando". Sombras melancólicas surgiram no rosto de Matthias. Christian continuou, em tom encorajador: "Quando a televisão mostrar como Knut é feliz e fofinho correndo lá fora, os espectadores vão começar a pensar seriamente sobre as alterações climáticas. As calotas no polo Norte não podem continuar derretendo assim ou então a população de ursos-polares vai diminuir em dois terços nos próximos cinquenta anos".

Christian estava confuso porque Matthias não esboçava nenhuma reação ao seu discurso, então se virou para Knut e disse: "No dia da estreia, você deve sentar no cobertor de lã.

Vou te puxar como se estivesse em um trenó e entrar orgulhoso no palco. Consegue acenar como o rei dinamarquês?". Christian pegou a pata direita de Knut e a levantou. O urso deu uma mordida leve de advertência em sua mão, mas aquilo só o fez rir. "Knut, você já tem as elegantes luvas brancas, mas seu comportamento não é adequado para um membro da família real. Não pode morder a mão de um emissário."

Knut não sabia se uma estreia era um tipo de comida ou de brinquedo. Mas já sabia, desde o primeiro instante, que o dia da estreia de que Christian tinha falado chegara. A manhã estava envolta em comoção e alegria. Os humanos fediam a hipocrisia e preocupações. Era uma atmosfera híbrida tal como Knut não havia encontrado até ali.

Matthias apareceu no seu horário habitual, vestido como sempre, mas sua respiração estava irregular. Christian usava um terno branco e tinha uma esteticista com ele, que chamava de "Rosa". Rosa olhou para Knut e guinchou, com sua voz doce e esganiçada: "Que pequenininho! Como um ursinho de pelúcia".

Christian, irritado, imediatamente a corrigiu: "Knut não é pequeno. Quando nasceu, pesava apenas oitocentos gramas. Passou quarenta e quatro dias em uma incubadora. Agora ele é bonito e grande. Não quero ouvir você chamando-o de pequeno!".

"Ah, desculpe." Rosa mudou o tom de voz de imediato. "Que urso grande e forte!" Ela começou a usar um algodão úmido para retirar a saliva do rosto de Knut e a remela ao redor de seus olhos. Ele não conseguia esquecer a insultante comparação a um ursinho de pelúcia, mas sua antipatia desapareceu quando notou a agradável fragrância das extremidades traseiras de Rosa. Infelizmente, ela havia colocado um produto químico com um odor azedo e estranho embaixo dos braços. Knut afastou o focinho, espirrou e se escondeu atrás de Matthias.

Christian manteve os olhos nele o tempo todo, sorrindo afetuosamente de vez em quando.

Rosa aproximou o rosto de Knut e tentou encorajá-lo. "O que a Alemanha está realmente procurando é uma estrela", ela sussurrou. Knut se lembrou de um programa de TV no qual as pessoas se dividiam em dois grupos: o primeiro grupo era responsável por cantar, o segundo por julgar. Um julgamento poderia ser, por exemplo, que uma pessoa devia soltar mais a voz, ou que outra não tinha absolutamente nenhum talento. Knut havia assistido ao programa com Matthias, feliz por ele mesmo não ser um candidato. Ele esperava que sua estreia não tivesse nada a ver com aquilo. O pensamento o deixou nervoso.

Graças à presença de Rosa, o cheiro de Christian estava bastante agradável, mas Knut achava o cheiro penetrante do medo de Matthias um pouco angustiante. Ele pensou que Christian talvez quisesse acasalar com Rosa. Mas no dia anterior mesmo havia dito que mulheres magras pareciam esquálidas e pouco atraentes para ele agora que estava passando tanto tempo com ursos-polares. Rosa era magra: seu pulso poderia quebrar se um pássaro o bicasse. Christian estava de fato satisfeito com aquela mulher que era só pele e osso?

"Ouvi dizer que seu escritório é logo ao lado dos flamingos." Com aquela frase rosada, a voz adocicada de Rosa começou uma conversa com Christian.

A voz dele demonstrou um puro prazer quando respondeu: "Vejo que está bem informada! Sim, sou vizinho dos flamingos. Talvez seja por isso que eu fico apoiado em uma perna só enquanto trabalho. Gostaria de ir me visitar um dia?".

Knut invejava a língua de Christian, tão ágil e habilidosa em seus movimentos. Para o urso, a língua ainda era um instrumento estranho. Uma vez ele tentara beber água de uma tigela funda e quase sufocara por causa de cãibras na língua. Christian virou de imediato seu pequeno corpo de urso de cabeça para baixo e bateu gentilmente em suas costas, então sua respiração retornou. Era possível ser morto pela própria língua.

Rosa era como um pardal: não conseguia ficar um segundo sem abrir o bico. "Yang Yang estava doente e agora morreu. Pode ter sido negligenciada porque agora você só tem olhos para Knut?" A voz de Rosa era pegajosa.

"Não." As narinas de Christian se abriram: "É impossível imaginar Yang Yang sofrendo por amor, muito menos morrendo por isso. Se posso falar de minhas próprias preferências, esteja certa de que só vou me apaixonar por uma Homo sapiens, nunca por uma ursa". Christian declarou aquilo com orgulho fingido e uma charmosa piscadela. Qual era o objetivo da conversa? Quem era Yang Yang?

Matthias pegou Knut nos braços e perguntou, sussurrando: "Já treinou suas músicas? E os passos de dança? Chegou a hora da estreia". Knut estava em choque. Músicas? Dança? Ele não tinha preparado nada. Mas que idiota! Toda vez que ouvia a "Dança do moleiro", seus quadris queriam dançar, mas ele simplesmente ia dormir em vez de fazer bom uso de sua vocação. Quando ouvia todo aquele colorido chilrear lá fora, queria cantar igual as criaturas aladas. Mas nunca tentava, pois tinha medo da risada dos pássaros. Quando se calava, sentia-se mais seguro, mais valioso. Por que então deveria tentar levar sua voz a estonteantes alturas e fazer papel de bobo? Ele era teimoso, presunçoso, preguiçoso, e tudo aquilo por medo. Envergonhava-se daquilo. Ficou claro para Knut que o dia de sua estreia havia chegado e ele não havia ensaiado nada, só comido com vontade e dormido feito pedra. Agora precisava entrar no palco sem nenhum tipo de preparação. "Você não consegue fazer nada! Isso me dá dor de cabeça. Quando tinha sua idade..." Alguém tinha dado um sermão a Knut durante um sonho. Mas quando fora? Na época, ele nem ouviu. Estava fora de si, pois à sua frente havia uma imensa rainha da neve.

Ela era antiga, tão velha que a idade transcendia o tempo. Era dez vezes maior do que Matthias. Atrás dela, espalhava-se um campo de neve sem fim. O manto de neve o cegou, e ele não conseguia acompanhar o conteúdo do sermão. Quando a velha rainha estava prestes a sair, Knut voltou a si e perguntou, em pânico: "Qual é o seu nome? Quero dizer, que tipo de animal é você?".

A rainha da neve ficou obviamente decepcionada com suas perguntas. "Você na verdade não sabe nada! Nenhum conhecimento, nenhuma habilidade, nenhuma arte. Nem mesmo anda de bicicleta. Sua única vantagem é que é fofo. Por que fica sempre sentado em frente à TV?" Ela expulsou a enxurrada de palavras aparentemente sem planejar, pois estava prestes a ir embora. Knut estava chocado com suas críticas, pois Matthias e Christian nunca o haviam criticado por nada.

"E por que eu deveria andar de bicicleta? O que quer dizer com 'arte'?"

A velha respondeu com calma: "Com arte quero dizer algo que alegre os espectadores".

"Mas as pessoas vão ficar felizes só de me ver. Não preciso fazer nada de especial."

"Você realmente é um caso perdido. Não acredito que seja meu descendente. Pode ser que, neste momento, seja amado por ser um filhote, jovem e saudável, que por sorte tem uma aparência fofinha. Se eu fosse você, ia me esconder em uma caverna de tanta vergonha, e isso não tem nada a ver com hibernação. Você tem antepassados famosos, é respeitado em seu meio, vive sem uma preocupação sequer. Se fosse humano, poderia facilmente ser gerente de uma empresa ou presidente de um país. Mas no mundo dos ursos-polares temos outros valores."

Knut se lembrou desse sonho e ficou ainda mais nervoso. Não conseguia deixar de pensar que se tratava de sua estreia como artista, mas ele não tinha arte alguma. Aprendeu o que era remorso. Por que Matthias não lhe ensinara canto ou dança? Knut suspeitava que o violonista tivesse treinado sozinho para conquistar todo o aplauso do público para si. Ele ficaria ao lado do celebrado violonista, chupando o dedo, desprovido de arte. Matthias não podia ser tão traiçoeiro, mas então por que não havia ensinado nada a Knut?

Rosa, a esteticista, fixou o olhar em Matthias, que estava sentado com a cabeça baixa e parecia não se interessar por nada. Rosa parou diretamente em frente a ele perguntou: "E sua maquiagem? No estúdio de TV todos os homens usam maquiagem. Pelo menos um pouco de pó. Mas hoje a gravação acontecerá lá fora. Por isso, você decide se quer ser maquiado ou não". Rosa levantou seus pequenos recipientes cor de creme, mas Matthias olhou para o outro lado e não respondeu. "E você?", ela perguntou a Christian com uma voz sedutora que era claramente inapropriada. Ele esticou a bochecha em sua direção e disse, brincalhão: "Por favor, pode maquiar. E Knut também precisa de um pouco de pó. Os espectadores esperam, é claro, que um urso-polar seja branco como a neve, mas, como pode ver, infelizmente Knut está cinza de tanta poeira".

Rosa aplicou pó na pele macia de Christian, repetindo tudo o que ouvira: "Disseram que hoje terá mais imprensa do que em uma reunião de cúpula". Knut se sentiu pressionado pelo som imponente da palavra "cúpula", então se escondeu atrás do armário e pressionou o corpo contra a parede. Christian levantou e, com seus longos braços, tirou-o do vão entre o armário e a parede. "A estrela se tornou um pano de chão." Ele deu batidinhas no urso para livrá-lo da poeira.

Alguns jornalistas já haviam encontrado o caminho do recinto onde eles estavam e começaram a tirar fotos antes de o evento começar. "O acordo era que nenhum membro da imprensa entraria aqui", disse Matthias, indignado, protegendo com o cotovelo o rosto do ataque dos flashes. Knut não tinha medo de câmeras e olhava com toda a calma para as lentes que um fotógrafo apontava em sua direção. O fotógrafo congelou quando viu os dois olhos de jabuticaba do urso olhando-o de volta. Depois de um tempo, voltou a si e perguntou: "Knut sabe que é uma celebridade?".

A pergunta pareceu ter tirado Christian do sério. "Isso é impensável!"

Outro fotógrafo o contradisse, enrugando os lábios: "Mas veja como Knut posa confiante para as câmeras!".

"Você está projetando em Knut suas ideias, está vendo coisas que ele não faz. Knut não posa. Ursos-polares não se interessam pelos humanos."

"Mas Knut se interessa por Matthias."

"Matthias não é qualquer humano, é a mãe dele."

"Mas não seria indiferente para Knut quem é sua mãe? Qualquer um que segurar uma mamadeira vai ser importante para ele."

"De forma alguma!" Christian contou aos jornalistas a história de uma cuidadora de ursos hipermetrope chamada Susanna.

Ela trabalhava em um zoológico no sul da Alemanha e criou com muito sucesso Jan, um urso-polar que recebera recém-nascido. Ele cresceu rapidamente. Logo depois de atingir quinze quilos, machucou Susanna durante uma brincadeira. Não tinha a intenção de fazê-lo: era ainda uma criança e havia esquecido, em meio à brincadeira, quão frágil era a pele humana. A experiente cuidadora não se importou com o ferimento, mas o zoológico e a seguradora a proibiram de tocar em Jan de novo.

Susanna não conseguiu superar a dor da separação, pediu demissão e casou com um homem que a cortejava incansavelmente desde os tempos de escola. Quatro anos depois, deu à luz uma filha e visitou o zoológico com ela em um carrinho de bebê. De uma distância mais ou menos grande, reconheceu Jan. Não foi pelo corpo, que havia crescido exponencialmente, que o reconheceu, e sim pela expressão facial. Susanna não conseguia sair do lugar, pois as lembranças do bebê urso eram surpreendentemente atuais: o peso corporal de Jan, que não parava quieto em seus braços, estava lá mais uma vez. Ela sentiu a inesperada força de seu maxilar quando ele mordia com firmeza o bico da mamadeira. Lembrou também seu calor, a expressão facial inconstante que ela via entre os olhos brilhantes e a boca que mamava.

Naquele momento, uma brisa pegou seu odor corporal e o levou até Jan. Ele ficou atento, cheirou o ar e escalou rapidamente até o ponto mais alto a rocha que havia em seu cercado. Esticou seu órgão olfativo tanto quanto pôde e respirou saudoso a brisa. Ursos são míopes, de modo que Jan provavelmente não conseguia reconhecer a figura de Susanna, mas seu odor reuniu os dois de novo. A história de Christian chegou ao fim, e Rosa secou as lágrimas dos olhos.

Do corredor, ouviam-se sons de humanos borbulhando. Rosa saiu depressa e em seu lugar apareceu um homem de terno. Knut já o havia visto e lembrou que se chamava Diretor. Atrás dele, havia outro homem, que tinha algo de urso em si. O diretor apertou a mão de Christian e Matthias, olhou para o relógio de pulso e disse: "Knut vai ficar disponível para o público das dez e meia até as duas horas, depois teremos uma coletiva de imprensa. Estou certo?". Seu olhar pairava pelo recinto simples e pequeno. Então ele perguntou, surpreso: "E onde está nosso embaixador, que vai dar um fim ao aquecimento global?".

Matthias se dirigiu ao armário, desmotivado, e chamou em direção ao pequeno vão entre o armário e a parede: "Knut, venha cá!". O urso não tinha vontade de sair dali e apertou o traseiro contra a parede. "Knut está um pouco nervoso. Vamos deixá-lo em paz", Matthias explicou baixinho, calmo e quase distraído.

O chão rangia a cada passo do pesado diretor, até que ele parou para explorar o mundo secreto atrás do armário com seus próprios olhos. Suas narinas tinham um matagal de pelos pretos, e a imagem causou medo no pequeno urso. É preciso tanto pelo no nariz para se proteger do ar da cidade? O diretor não percebeu que não havia sido reconhecido por Knut como pessoa, e sim pelos pelos do nariz, e falou com um tom pomposo: "Estou orgulhoso de você. O futuro de nossa instituição está em suas mãos".

Seu acompanhante ursino olhou atrás do armário. Seu rosto se enrugou. Ele não conseguia esconder seu encanto e acrescentou um comentário inútil: "Que fofo, esse Knut. Quase tão fofo quanto meu filho".

Christian enfiou o braço atrás do armário e tirou Knut de lá com a calma de um profissional. Segurou o corpo do urso na altura dos olhos dos dois visitantes e depois girou-o para que pudesse ser observado de todos os lados. Então o veterinário pôs o animal de volta e virou as costas para os visitantes com o seguinte comentário: "Temos que limpar as orelhas dele". Pegou um lenço azul do bolso da calça e tentou limpar o urso. Knut virou a parte superior de seu corpo para Christian, tentando lhe dar um tapa, mas o veterinário foi rápido e salvou o rosto bem a tempo. Então comentou o ataque de forma bastante charmosa, mesmo que Rosa não estivesse mais no recinto: "Consigo me proteger muito bem de um tapa, pratico muito com minha esposa".

"Por favor, posso tirar uma foto do ministro com Knut? Senhor ministro, pode segurar a pata dele?" Christian pegou gentilmente a pata de Knut e deu ao homem, que segurou com cuidado e sorriu, através das lentes das câmeras, para seu povo. Os flashes não tinham fim.

"Estamos prontos. A equipe do *New York Times* já chegou. Tem jornalistas do mundo inteiro: Egito, África do Sul, Colômbia, Nova Zelândia, Austrália, Japão e mais." A voz empolgada do jovem escapou pela fresta da porta. Os dois homens deixaram o recinto e, com eles, foi também metade dos jornalistas. A outra metade continuou ali, fotografando Knut com seus flashes.

Matthias levantou os dois braços, balançou a cabeça e gritou: "Desculpe, mas vocês têm que sair agora daqui! Se Knut fica estressado, não vai querer brincar com os visitantes depois. Ele não conhece o cercado, tudo é novo e muito estressante para ele". Sua voz tremia levemente e seu olhar tímido se voltou de imediato para o chão. Por que falava sempre tão baixinho, enquanto os outros homens gritavam? O que era um cercado? O coração de Knut pulou com a ideia de ir para fora, não importava para onde.

O último jornalista saiu do recinto, dizendo: "Boa sorte!". Knut notou vários gestos estranhos: um deles apertou o dedão contra os outros quatro dedos, outro fez como se fosse cuspir no ombro de um terceiro.

Quando o silêncio voltou ao recinto, Christian perguntou a Matthias se sua esposa e seus filhos viriam. Matthias balançou a cabeça, ou pelo menos foi o que Knut pensou ter visto, o que o acalmou.

Matthias voltou a si quando Christian deu uma batidinha em seu ombro. Ele enrolou um cobertor de lã em Knut e segurou-o nos braços. Daquele jeito, Knut saiu do recinto familiar, do prédio, sentia o cheiro de outros animais. Entrou em um prédio estranho e então em um quarto onde aparentemente esperaria por sua grande entrada. Matthias tentava olhar para fora, mas aquilo o cegava. Knut esticou o pescoço. Com sua capacidade visual só conseguia reconhecer vagamente uma grande laje de pedra. Todo o resto estava desfocado. Ouvia vozes coloridas e mistas, provavelmente de uma grande massa de gente atrás da laje.

Matthias fez um trenó com o cobertor, colocou Knut nele e arrastou-o atrás de si. O urso estava tão entretido que esqueceu a presença da enorme plateia. Também esqueceu que não dominava nenhuma arte que pudesse ser apresentada em um palco. O trenó foi arrastado até a parte mais alta da pedra, de onde se podia ver à distância. Ouviu-se, então, um grito monstruoso de júbilo de muito longe, de onde se viam inúmeros rostos de Homo sapiens. O urso não conseguia reconhecer rostos individuais.

Matthias gentilmente empurrou Knut para o chão, levantou seus fofos braços e lhe acariciou a barriga exposta. O urso sentiu a vontade de brincar chegando, então libertou-se do domínio de Matthias e ergueu o traseiro para se levantar. Ficou pulando animadamente na mão de Matthias. Em uma de suas investidas, uma garra se prendeu rápido nas costas da mão de Matthias, fazendo com que sua pele sensível sangrasse um pouco. O humano não gritou de dor e continuou brincando, alegre. Knut se lembrou da história de Susanna e ficou com medo de perder Matthias, mas esqueceu suas preocupações depressa, pois fora envolvido pelo cobertor e agora precisava se libertar. Do público, ouviu um grito: "Ele parece uma salsicha dentro do pão!". Knut não queria ser uma salsicha. Naquele momento, seu oponente não era Matthias, e sim o cobertor, cuja estratégia Knut havia recentemente estudado com empenho. A vitória estava na frente de seu focinho e, fosse como fosse, como uma salsicha ou como um palhaço, ele ganharia. Knut chutou o cobertor, mordeu o tecido e continuou lutando com valentia. Quando estava quase declarando vitória, Matthias pegou o cobertor e tentou enrolá-lo nele de novo. O humano estava claramente do lado do cobertor, e sua traição fez com que fosse impossível para Knut declarar vitória. Demorou um tempo até que o urso conseguisse se libertar de novo e correr. Ele tropeçou e rolou. O público riu em uníssono. Knut aproximou as pessoas com a queda. Naquele momento, entendeu algo importante, algo que um palhaço talentoso percebe durante a vida. Ou seria um conhecimento que já estava registrado em seu DNA?

No dia seguinte, o diretor do zoológico levou uma pilha de jornais como uma oferenda. "Ontem tivemos cerca de quinhentos jornalistas aqui. O ministro disse estar surpreso positivamente. Quem imaginaria que conseguiríamos atrair tanta atenção?"

Christian não deu as caras durante todo o dia, talvez estivesse de folga. Matthias fiou sentado em uma cadeira, taciturno, voltado para si mesmo. Parecia exausto. Logo que o diretor saiu do recinto, enrolou-se no cobertor e ficou lá jogado, num canto, como um doente. Knut entendeu tal ação como uma declaração de guerra, pois era o cobertor dele que Matthias havia pegado para si. Com grande alegria, pulou no humano, abrindo a boca para provocá-lo e fingindo estar prestes a morder seu braço. Arranhou o tecido da camisa, mas Matthias não reagiu. Knut ficou preocupado e enfiou o focinho na barba para ver se o dono dela ainda respirava. Por fim, o moribundo abriu a boca para dizer: "Não se preocupe! Não vou morrer tão cedo".

Todos os dias, Knut dedicava duas horas ao serviço público. Sua tarefa era brincar com Matthias. Dos espectadores, cujos corpos constituíam um muro atrás do fosso, borbulhava uma crescente empolgação. Se não houvesse separação entre eles e Knut, certamente já o teriam atacado. No início, Knut tinha pena dos pobres humanos que não podiam brincar com ele porque estavam presos lá fora. Ele sentia em seu corpo o desejo dos humanos de tocá-lo e segurá-lo em seus braços.

Knut logo constatou que eram seus próprios movimentos corporais que provocavam os gritos de júbilo dos espectadores. Por meio de um experimento, ficou claro para ele quais poses conseguiam empolgar o público e quais não conseguiam. A empolgação selvagem dos humanos não lhe era agradável. Knut sentia dor nos ouvidos quando era atacado pelos gritos trovejantes. Então aprendeu a manipular o nível de empolgação da plateia. Levantava os ânimos devagar e logo antes de atingir o ápice deixava cair, adiando os gritos. Então começava de baixo, aumentando aos poucos. O ursinho passou a gostar daquela onipotência divina. Tinha o público em suas mãos.

Mesmo que o sol da manhã não tivesse ainda removido toda a escuridão, Matthias já estava lá, usando uma jaqueta nova. Ele disse, ofegante: "Knut, a partir de hoje podemos passear pelo zoológico. Recebemos permissão oficial". O urso não sabia que tipo de brincadeira era aquele "passear" com que Matthias se alegrava tanto. A porta foi aberta e suas pernas de urso seguiram os calcanhares humanos, que abriam caminho a passos largos. Não era a área aberta com a qual Knut já estava acostumado. De todos os lados os ventos traziam cheiros desconhecidos, mas não havia ninguém ao redor.

Atrás da tela metálica voavam minúsculos pássaros de um lado para outro, usando jaquetas cor de gema de ovo. Knut já conhecia suas vozes e seus cheiros, mas pela primeira vez conseguia vê-los. Na frente da cerca, pousavam os pardais. Eles bicavam grãos jogados no chão. Então, voavam para longe novamente. Os pardais eram livres, podiam ir aonde quisessem. Por outro lado, as belezas do aviário não tinham liberdade alguma.

"Aqui vivem os pássaros do continente africano! São bonitos, não é? Nos países onde há flores rosa e amarelas o ano inteiro, essas cores vivas são camuflagem. Nos países industriais, os moradores usam roupas cinza, que também são um tipo de camuflagem", explicou Matthias.

Knut observou os pássaros com mais cuidado. Sua própria coloração lhe pareceu meio inapropriada. Sentiu vergonha. Matthias não vestia roupas coloridas, mas pelo menos usava azul, verde e marrom. Somente sua cueca era branca. Por outro lado, Knut só usava branco. Os animais tropicais certamente achariam que ele estava só de cueca e por aquele motivo já o odiariam. Knut gostaria de poder usar um blusão marrom com calça jeans.

Os pássaros atrevidos gorjeavam sem parar. Soava como "Urso, urso, passeando só de cueca!". Talvez Knut estivesse imaginando coisas. Ele rolou no chão para colorir o braço na altura do ombro. Então se deitou de costas e esfregou um local que coçava contra o chão. Era uma ótima sensação. "O que você está fazendo?", Matthias gritou, então pegou Knut no colo. "Olha como está sujo! Ainda nem visitamos o hipopótamo e já aprendeu a fazer isso. Como é possível?"

De repente, Knut viu a conhecida pedra à sua frente. "Esse é o local onde você sempre brinca." O urso entrou, maravilhado, no local familiar que agora via de um ângulo totalmente novo. Os gritos dos visitantes foram ativados em sua memória. Estava do outro lado, no reverso do palco. O que significava "reverso"? Knut sentiu que suas células cerebrais começaram a tremer. Sua massa cinzenta girou em seu eixo vagarosamente e algo se desprendeu e voou para fora. O que era aquilo? Knut olhou para o céu. Algo estava diferente de antes. Se pudesse ver tudo de cima, nunca mais ia se surpreender com uma mudança de perspectiva. "Knut, o que você procura? A estrela Polar? Logo o sol estará mais alto, então não verá mais as estrelas no céu, só ele. Vamos continuar!"

Knut seguiu Matthias por uma cerca que logo chegou ao fim. Em seu lugar, apareceu um muro, feito de postes de madeira e palha. Atrás dele, estava uma rede de metal, e do outro lado Knut viu cães brancos sentados em círculo. Seus rostos pequenos tinham uma plasticidade aristocrática e suas pernas ossudas e magras pareciam fracas. Assim como Knut, estavam todos de branco. Também pertenciam à espécie que só usava cueca. "Venha cá, Knut, daqui você pode observar melhor. Essa é a família Lobo, do Canadá." Knut correu até Matthias, que lhe estendia a mão. Uma parede de vidro separava os lobos dos visitantes. Um deles, que claramente era o líder da família, rangeu os dentes quando viu Knut. A pele ao redor de seu nariz formava rugas profundas. Ele rosnou, levantando e se aproximando de Knut. A fêmea que estava ao seu lado o seguiu, assim como o resto da família. Eles formavam um triângulo, como se quisessem construir juntos um único animal enorme. Com aquele método, conseguiam enfrentar um gigante, mesmo que cada um individualmente não tivesse a força de um urso. Knut sentiu um arrepio ao pensar naquilo e se retraiu para se esconder atrás das calças-pernas de Matthias. "Não tenha medo! Do outro lado da parede de vidro tem ainda um fosso, que não se consegue ver daqui", disse o humano. De fato, os lobos pararam, talvez antes do fosso que Knut não conseguia enxergar. "Lobos não são seus animais favoritos então. Consigo entender. Eles estão sempre unidos. Qualquer um que não pertença ao clã é imediatamente um inimigo. Eles matam só por não ser um deles. Não têm más intenções, é só um padrão de comportamento residual. Ursos-polares são fortes sozinhos, vocês não conseguem entender a mentalidade dos lobos."

Um pouco mais adiante, Knut descobriu um cercado vazio com um terraço feito de lajes de pedra. "Esse é o recinto da ursa-lua. Ela ainda está dormindo. Talvez seja por causa do fuso. É uma ursa asiática, exatamente como aquela lá adiante, a ursa malaia do sol." Na África cantam pássaros bem-vestidos, na Ásia os ursos dormem e no Canadá lobos perigosos vivem pacificamente em sua estrutura familiar: aquela era a modesta lição que Knut aprendera ao final do passeio.

Knut voltou para casa sentindo muita fome, então enfiou a cara no pote de comida e comeu com muita pressa, quase engasgando. Matthias fez um comentário útil: "Você precisa mastigar antes de engolir!". Mas naquele café da manhã enlameado não havia nada para mastigar. Os humanos queriam que ele só comesse coisas de fácil digestão para que crescesse o mais rápido possível. Não só os ursos-polares, mas a maioria dos ursos são relativamente pequenos quando nascem. Christian dissera que era benéfico que os recém-nascidos pesassem tão pouco, já que a mãe dava à luz durante a hibernação. Mas uma grande preocupação com o pequeno filhote ainda habitava a mente de Christian. A cada oportunidade, ele enfatizava quanto peso Knut havia ganhado. Enquanto isso, os jornalistas com frequência tocavam em seus pontos fracos com perguntas como: "A mortalidade infantil entre os ursos-polares é especialmente alta, ainda mais para um filhote separado da mãe. A situação de Knut ainda é de risco?". Knut respirou aliviado quando ouviu a resposta despreocupada de Christian: "Não, ele está fora de perigo".

"De qual perspectiva? Todas? Não há risco então?"

"Não."

"Tem certeza?"

Alguns jornalistas pareciam desejar, secretamente, a morte de Knut.

"Ele não está cem por cento seguro. Mas qualquer um de nós, incluindo eu e você, pode morrer amanhã", respondeu Christian, irritado.

Uma vez, o diretor suspirou ao dizer para Christian: "É um milagre que Knut ainda esteja vivo". O urso sentiu como se alguém tivesse lhe dado uma bigornada na cabeça. Era um milagre o fato de que ainda não havia morrido?

Christian respondeu, balançando a cabeça de leve. "Há uma quantidade enorme de ursos-polares que são criados por humanos. Eu pesquisei. Encontrei setenta casos desse tipo nos últimos vinte e cinco anos, isso somente na Alemanha."

O diretor limpou a garganta. "Mas não é uma boa ideia dizer essas coisas aos jornalistas. Mesmo não sendo único enquanto espécime, ele é único por atrair tanta atenção. É como Jesus. Muitas pessoas ressuscitaram, mas Jesus é o único que é famoso por isso. É o que o torna único. Knut nasceu sob uma estrela especial. Tem a responsabilidade de carregar nossas esperanças em seus ombros." Um comentário simples do diretor tinha se transformado em um papo sentimental.

Matthias brilhava de alegria quando lhe permitiram levar Knut para um "passeio pré-visitação". Por visitação, queriam dizer o horário a partir do qual os visitantes passavam pela entrada principal, que nem ele nem Christian nem o diretor nem Knut usavam. Ela era para humanos que compravam ingressos. Pardais, ratos, corvos e gatos não se importavam com os horários de visita e iam ao zoológico sempre que queriam, sem comprar ingresso.

As hordas de visitantes que queriam ver Knut formavam uma fila infinita. Depois da abertura dos portões, a fila virava um rio que fluía até o local onde Knut brincava. Matthias chamava as brincadeiras de "show", mas a palavra continha um tom irônico. Por outro lado, os jornalistas chamavam de "recreação". Uma vez, Christian disse a Matthias: "Recreação na verdade é um trabalho forçado. À noite, os trabalhadores voltam a ser trancafiados em suas celas. A palavra 'show' é melhor".

O show era uma diversão para Knut, mas ele logo notou que não estava ensinando a ele nada de novo, enquanto seus passeios matinais eram muito mais educativos. O zoológico era material de aprendizado quase demais para ele. Por alguns lugares, passava sem trocar nenhuma palavra com os moradores. Por exemplo, com as girafas e os elefantes, Knut ainda não havia conversado. Suas formas se moviam instáveis à distância, como se fossem miragens. O tigre, que transitava por seu jardim verde cuidadosamente ornado, não era acessível. Pendia mecanicamente de um lado para outro sem pausa. A foca preta brilhava tão escura e atraente que Knut quase pulou nela. Matthias o segurou no último segundo. Desde então, nunca mais o levou para ver as focas. Havia também animais que quase não se diferenciavam dos Homo sapiens.

O passeio matinal já havia se tornado uma parte indispensável da rotina de Knut. O diretor perguntou a Christian e Matthias se um jornalista poderia acompanhá-lo. "Knut é muito presente na imprensa. Agradeço a vocês por isso. Encontrei um site dedicado a ele. Mas, se não oferecermos coisas novas, logo vão falar cada vez menos a seu respeito. Por isso pensei que poderíamos mostrar algo novo a cada semana: na próxima, um passeio; na outra, aulas de natação; e assim por diante." Matthias engoliu em seco enquanto Christian deu um passo à frente e disse: "É cedo demais. Vamos pedir para a imprensa ser mais paciente. Seria horrível se Knut se assustasse com uma câmera durante o passeio e pulasse dentro do cercado dos ursos-pardos. Além disso, o que faríamos se os fãs descobrissem sobre a caminhada matinal e tentassem entrar no zoológico antes do horário? Desde a morte de John Lennon, sabemos que não há nada mais perigoso do que um fã". O diretor agitou a mão esquerda em frente ao nariz como um leque e saiu do recinto.

Toda manhã, no passeio, Knut conhecia novas espécies. Uma delas estava sentada, serena, em um galho alto, vestindo uma camisa justa muito atraente. "Converse com o urso-do-sol!" Knut seguiu o conselho, pois o urso-do-sol não parecia arrogante nem maldoso. "Parece que vai fazer calor outra vez. Já está quente a essa hora."

O urso-do-sol respondeu casualmente ao cuidadoso comentário de Knut. "Não está nem um pouco quente. Está frio."

"Você está pouco vestido. Olhe bem para Knut. Ele está usando um belo blusão."

Quando o urso ouviu aquilo, inúmeras linhas de expressão surgiram em seu rosto. "Você chama a si mesmo de Knut? Um urso usando a terceira pessoa! É a coisa mais ridícula que já ouvi! Ainda é um bebê?"

Knut decidiu em um curto ataque de raiva nunca mais estabelecer contato com o urso-do-sol. Knut era Knut. Por que não deveria Knut dizer Knut? Mas era impossível tirar o comentário do urso-do-sol da cabeça. Ao observar com atenção uma conversa entre Matthias e Christian, era possível identificar imediatamente que Matthias não chamava a si mesmo de Matthias. Ele não usava seu próprio nome, como se não tivesse nada a ver com ele, e o transferia para as outras pessoas. Que fenômeno curioso! Como Matthias chamava a si mesmo? "Eu". O que era ainda mais curioso era o fato de que Christian também se chamava de "eu". Como não se confundiam, se todos usavam a mesma palavra para se referir a si mesmos?

Na manhã seguinte, "eu" passei novamente pelo cercado do urso-do-sol, mas ele não estava lá. Talvez ainda estivesse dormindo em sua caverna. Encontrei a ursa-lua no cercado vizinho. Pigarreei e falei a palavra "eu" pela primeira vez: "Eu me chamo Knut, caso não saiba". A ursa-lua me olhou, estreitando ainda mais seus olhos, e murmurou: "*Kawaii*".

Eu já havia ouvido muito aquela palavra, mas sempre vinda da boca de alguma menina magrinha e imatura. "Que língua é essa?"

"É de Sasebo, onde minha avó nasceu. Nos últimos tempos, a palavra se espalhou como uma praga. Aqui no zoológico, você vai ouvi-la de visitantes internacionais."

"E o que significa exatamente?"

"Que alguém é tão fofo, tão doce, que eu gostaria de envolvê-lo em meus braços e devorá-lo de uma só vez."

Eu não queria estar no seu cardápio, então me afastei, sem me despedir dela. Matthias, que não compreendeu nossa conversa, perguntou às minhas costas: "O que foi? Que pressa é essa? Não acha que alguém deveria limpar essa lua empoeirada dessa ursa? Mas antes disso preciso jogar você na máquina de lavar. Por que rola tanto nesse chão sujo? Acha que precisa de camuflagem? O inverno berlinense é cinza, por isso você quer ficar cinza. O inverno no polo Norte é provavelmente branco como a neve e belíssimo".

Mas por que afinal a ursa-lua queria devorar algo que ela achava fofo? Será que era o costume em Sasebo, sua cidade natal? Nunca considerei nenhuma comida *kawaii*. Era verdade que sempre achara Matthias um doce, mas nunca quisera comê-lo. Eu tentava, em vão, encontrar uma conexão entre a fofura de uma criatura e o desejo de comê-la.

Minha educação como um passeador continuava com sucesso, mas também deixava feridas profundas. Quem falava de si mesmo na terceira pessoa ainda era um bebê: com aquilo o urso-do-sol ferira meu orgulho. Por ser fofinho, eu seria devorado: O urso-do-sol me transformara em um covarde. Desde que comecei a usar "eu", as palavras que os outros usavam me atingiam como pedras. Exausto e desgastado, eu deitava em minha cama pensando em como seria bom se pudesse ficar o tempo todo sozinho com Matthias. Sozinho com ele: devia ser tão bom quanto ficar sozinho, ou até melhor, pois poderia tirar o novo fardo chamado "eu" de meus ombros e relaxar como Knut. Mas depois de um sono reparador eu já estava curioso o bastante para explorar o mundo lá fora.

Um dia, um fotógrafo nos acompanhou em nosso passeio. Ele não me incomodava. Christian insistiu que no máximo um nos acompanhasse, já que para ele muitos jornalistas significariam um risco de vida para mim. O vídeo de meu passeio apareceu naquela mesma noite no noticiário, então pude me ver na tela. Christian disse a Matthias: "Como consegue se comportar tão naturalmente sabendo que está sendo filmado o tempo todo? Uma multidão de pessoas nervosas sentada em frente à TV se preocupa ou simplesmente espera, ansiosas, para ver se Knut vai sobreviver. E você sai para passear com ele como se fosse um qualquer que encontrou na rua".

"Para mim, seria muito melhor se Knut fosse um cão que encontrei na rua. Melhor ainda se fosse um vira-lata."

"Você não pode subestimar o poder de uma estrela. Uma estrela pode influenciar a sociedade, talvez mais até do que os políticos. Meu sonho é que um dia Knut seja como Joana d'Arc, levantando a grande bandeira contra o aquecimento global e conduzindo um enorme protesto."

O passeio era comparável a uma educação acadêmica, enquanto o show era mais um ganha-pão. Para facilitar o trabalho, eu procurava descobrir sob quais circunstâncias e em quais ocasiões a alegria humana era produzida e o que a fazia desaparecer novamente. Quanto mais pensava nisso, mais complicado me parecia. Quando eu fazia algo de propósito, o público não gostava. Eu não deveria planejar nada. O público se entediava quando eu repetia alguma cena com muita frequência, mas achava demais quando muitas ideias novas apareciam em rápida sucessão. Os espectadores então paravam de rir e voltavam à sua mente fechada. Eu encenava sua empolgação como as ondas do oceano. Quando ouvia que o entusiasmo crescia, cortava minhas ofertas rapidamente.

Se a reação fosse muito desanimada, voltava minha atenção novamente a eles.

Dei o nome de "rua dos ursos" à via onde a ursa-parda, a ursa-lua, o urso-do-sol e o urso-beiçudo moravam com sua família. Pouco a pouco compreendia melhor por que Matthias considerava todos aqueles diferentes animais membros do mesmo grupo.

A maioria dos ursos dormia à noite em um quarto que não se podia ver de fora. De manhã, saíam para um terraço feito de laje de pedra, que continha uma piscina.

Somente os pandas viviam em outra rua, mesmo pertencendo à família dos ursos. Eles não ficavam em uma área aberta, mas em uma imensa jaula. Não tinham terraço, mas contavam com um jardim de bambus. Matthias me disse: "Christian cuidou muito bem de Yang Yang. A morte dela o devastou. Ele ficou de luto por meses. Graças a você, voltou aos eixos". Tentei imaginar como seria perder um protegido, ficar profundamente triste e depois voltar aos eixos, pondo-se de pé sobre duas ou quatro pernas, graças a um novo protegido. Meu fluxo de pensamento foi interrompido quando um panda, que até aquele momento estava mordiscando grandes folhas verdes, me olhou de cima a baixo e disse, seco: "Você é realmente fofo. Mas cuidado! Os animais que são fofos demais são os que estão morrendo". Assustado, perguntei o que ele queria dizer com aquilo. "Você é fofo, e eu também. Como estamos em risco de extinção, temos que ativar o instinto de proteção dos humanos. Por esse motivo, a natureza está tornando nosso rosto cada vez mais adequado ao gosto humano, para que sejamos cada vez mais fofos. Olhe para os ratos. Eles não se importam nem um pouco se os humanos os consideram fofos. A espécie deles não tem nenhum risco de ser extinta."

Antes de cada passeio, eu ficava tenso, pois não sabia qual novo conhecimento ia me chocar daquela vez. Matthias, por outro lado, parecia relaxado antes e durante os passeios, deixando os ombros e as costas serem levados calmamente por suas panturrilhas fortes. Quanto mais se aproximava a hora do show, mais distraído ele ficava. Quando eu pulava nas costas dele antes do show, percebia que as omoplatas estavam duras como uma rocha. Eu não ficava nervoso com o show, pois estava certo do sucesso. Matthias achava que não se podia fazer pausas durante a apresentação. Ele oferecia coisas novas a todo momento, mas eu sentia que, na verdade, Matthias não tinha vontade de brincar. Quando lutávamos, aquilo não me incomodava muito, já que conseguia sentir o calor de suas mãos, mas o jogo com bola era um problema para mim. Eu não conseguia achar interessante todas as bolas que ele me jogava e tinha uma que eu nem queria tocar. Era da cor de uma moeda de ouro e tinha cheiro de botas de borracha. Três palavras estavam escritas nela: "globalização", "inovação" e "comunicação". Quando eu parecia desconfiado e ignorava a bola, Matthias ficava nervoso. Achei que devia ser um presente de um patrocinador importante, então pulei nela, mas não conseguia abraçá-la. Estava tentando cooperar, mas fingir amor por uma bola era muito difícil para mim. Então, joguei-a longe com toda a força. A bola voou alto e a plateia vibrou.

A próxima bola que Matthias atirou para mim era uma pequena, modesta e vermelha. Apertei-a contra meu peito, deitei de costas e dei leves chutes nela. O público prendia a respiração, esperando pelo próximo movimento. Os corações batiam cada vez mais rápido, a expectativa crescia a cada segundo, mas eu não sabia como atingir os desejos do público. Obediente, continuei deitado no chão com a bola sobre minha barriga. "Que intervalo mais longo esse! Você não vai chutar a gol?" O grito que surgiu do público fez todos os espectadores caírem numa gargalhada que retumbou em meus ouvidos.

Eu sabia que precisava oferecer algo novo para que o show continuasse. Mas, como não conseguia pensar em nada, continuei chutando a bola que segurava na minha barriga. Por um segundo, me distraí e chutei com muita força. Naquele instante, a bola escapou de meus braços, rolou pela face da rocha e foi parar dentro da piscina. As pessoas, cheias de alegria, caíram em uma gargalhada ensurdecedora. Às vezes, é bem fácil agradar a um Homo sapiens adulto, já que todos são de natureza infantil.

O inesperado é sempre mais interessante: essa é a lição que aprendi naquele dia. Nem tinha pensado que a bola poderia cair na água, o que era bom. Uma menininha gritou, com uma voz suplicante: "Knut, entre na água! Pegue a bola pra mim!". Mas eu não queria entrar na água, já que ainda não havia aprendido a nadar.

Em um sonho, a bela e madura rainha apareceu novamente, usando um casaco de pele branco e brilhante. Ela me elogiou: "Nada mal. Subestimei você". Não a via fazia tempo e percebi que ela havia crescido quase uma cabeça. "Você descobre como o palco deve ser sem que ninguém ensine. Não faz nada de extraordinário, só tenta mostrar como uma brincadeira de criança comum pode ser interessante. Talvez seja uma nova arte que eu não conhecia."

"Quem é você? Minha avó?"

"Sou não apenas sua avó, mas também sua bisavó e sua tataravó. Sou a superimposição de inúmeros ancestrais. De frente você só vê uma figura, mas atrás de mim há uma infinita linha de ancestrais. Não sou uma, sou muitas."

"Você é minha mãe também?"

"Não, represento somente os mortos. Sua mãe ainda vive. Por que não vai visitá-la?"

Para Matthias, o fim do show significava o início do relaxamento. De volta ao quarto, ele fazia café e folheava um jornal. Por um longo tempo, eu acreditava que as páginas dos jornais existiam só para ser amassadas, dobradas e rasgadas. Achava que eram somente um brinquedo. Mas, como Matthias lia todo dia para mim um artigo, a convicção de que jornais estavam lá para serem lidos se tornou cada vez mais forte para mim.

No jornal, havia histórias estranhas. Por exemplo, aparentemente um zoológico teria vendido a carne de cangurus e crocodilos a restaurantes chiques para sobreviver à crise. Ela era oferecida como uma iguaria e ingerida por clientes que queriam algo incomum. Senti um frio na espinha quando me lembrei das palavras que a ursa-lua me disse: que um animal pode ser tão fofo que todos gostariam de devorá-lo. Matthias suspirou e disse: "Sinto pena deles". Pensei que sentia pena dos cangurus sendo oferecidos em filés, mas não. Matthias continuou: "Os outros zoológicos também estão sofrendo com a falta de dinheiro". Criei o hábito de estudar as letras impressas enquanto Matthias lia os textos. Inicialmente consegui notar a letra "o", que aparecia algumas vezes na palavra "zoológico". De alguma forma, não era mais analfabeto.

Todo dia, chegavam cartas lá de fora. Matthias abria os envelopes furiosamente, lia as cartas dos fãs e as usava como alimento para a nova e imensa lixeira. Também recebíamos pacotes dos mais diferentes formatos e tamanhos. "Knut, este é um presente para você, de uma fã: chocolate, que faz mal para sua saúde. Vou repassar para uma instituição de caridade. Alguma objeção?" Matthias nunca me deixava experimentar chocolate.

Um dia, ele chegou carregando uma caixa grande. "Knut, você sabe o que é isso?" Parecia um cubo gigante de chocolate, mas o que ele tirou de dentro dele lembrava mais uma televisão.

"Você tem que digitar seu nome e clicar aqui. Viu? São fotos suas! Pode ver a si mesmo na internet." Matthias continuou batendo nas teclas, e eu vi uma coisa branca na laje de pedra. "Consegue se reconhecer? É você! Que fofo!" Matthias olhava para o outro Knut como se estivesse apaixonado, como se tivesse esquecido que o verdadeiro Knut estava sentado do seu lado. Se aquela foto era Knut, então eu não era mais Knut.

Christian entrou no quarto, com traços de exaustão ao redor dos olhos. "Nossa, nunca imaginei que encontraria um computador no mundo dos ursos, se dependesse de você!"

Matthias franziu o cenho. "O departamento de imprensa pediu que eu respondesse ao máximo de cartas de fãs que conseguisse. Os fãs estão diferentes. Não é o bastante para eles adorar Knut. Agora querem ser notados. Alguns até matariam seu ídolo se os ignorasse. Todos os dias recebemos centenas de cartas. É impossível responder a todas, mas tenho que fazer o máximo que puder. Aqui, uma de exemplo", Matthias disse, e leu algumas das cartas que estavam à sua frente.

"*Querido ursinho, meu nome é Melissa, tenho três anos. Penso em você o tempo todo, especialmente quando vou dormir.*"

"*Caro sr. Knut, decidi comprar um carro elétrico. É importante para mim que façamos algo para parar com o derretimento das calotas polares. Atenciosamente, Frank.*"

"*Querido Knut, esta semana fiz setenta anos. Gosto de caminhar na neve. Sempre levo sua foto comigo como um talismã. Com carinho, Günther.*"

"*Querido Knut, meu hobby é tricotar. Gostaria de fazer um blusão de presente para você. Que tamanho você veste? Qual é sua cor favorita? Tudo de bom, Maria.*"

Matthias traduzia os e-mails que estavam em inglês enquanto lia.

"Desculpe por estar escrevendo em inglês. Você fala inglês? Às vezes fico pensando qual é a língua dos habitantes do polo Norte. Inglês? Com amor, John."

Matthias achava aquilo engraçado, mas eu não conseguia entender a graça daquilo.

Aparentemente muitos animais não tinham dificuldade alguma em ignorar meu interesse por eles. Os da África, por exemplo, não achavam nada de mais em mim, enquanto eu nunca me cansava de olhar para eles. Ficava parado na frente do aviário até Matthias perder a paciência. O caminhar lamacento e vagaroso dos hipopótamos era igualmente impressionante, mas eles nunca viravam a cabeça em minha direção. Eu, por outro lado, não tinha interesse algum pela ursa-parda ou pela ursa-lua, que se ajeitavam para mim e me lançavam olhares sedutores.

Graças a Christian, eu já estava desde a tenra infância muito bem informado sobre os perigos do sexo feminino. Sempre que o inteligente veterinário respondia às perguntas do jornalista, acompanhava cada palavra.

"Existe um estudo de caso envolvendo um jovem urso que não foi criado por sua mãe biológica, e sim com uma mamadeira de leite, que nunca aprendeu a se comunicar com outros membros de sua espécie. Nos anos após a adolescência, tentou declarar seu amor para uma ursa, mas ela desferiu um golpe vigoroso e o machucou."

Christian respondeu, consciente: "Não se preocupem! Não vamos apresentar Knut a ursas fêmeas até que esteja forte o bastante para se proteger das agressões femininas". Em outras palavras, a mamadeira de leite humana que me nutriu seria a culpada por eu não ser compreendido pelas mulheres. E um mal-entendido poderia levar a sérias lesões.

Na manhã seguinte, durante o passeio, a ursa-parda voltou a flertar: "Espere um pouco. Por que você tem medo de mim?". Eu queria ignorá-la, mas Matthias não deixou. "Vocês, os ursos-polares, vão ser extintos se continuarem cometendo incesto", declarou a ursa-parda. Não tinha certeza de quanto Matthias entendia da língua dos ursos. Seus pensamentos pareciam flutuar nas mesmas ondas de pensamento dos ursos. Se não fosse por aquilo, não teria escolhido aquele exato momento para comentar que havia cada vez mais filhotes de ursos-polares com ursos-pardos.

"É claro que no zoológico não queremos encorajar essas uniões. Mas na natureza isso acontece facilmente, já que há cada vez menos território para os ursos-polares. Eles foram forçados a emigrar cada vez mais para o sul."

Não quero me mudar para o sul de jeito nenhum, pensei. A ursa-parda insistiu, esticando o focinho em minha direção: "Casamentos internacionais estão entrando na moda. Linhagens puras estão sendo extintas. Não quer mesmo saber como seria fazer sexo com uma ursa-parda?".

O olhar de Matthias vagava entre mim e a ursa-parda. "Knut, você sabe que é parente da ursa-parda? Você pode casar com ela se quiser. Uma ursa-do-sol, por outro lado, não seria próxima o bastante."

Eu não queria casar com ninguém da família do urso-do-sol, De qualquer forma, não achava corpos magros atraentes. Quando crescer, quero casar com Matthias e viver com ele até que a morte nos separe. Mas ele não disse nada sobre o parentesco genético entre ursos-polares e Homo sapiens. Na frente da área do urso-do-sol, comparei-me com Matthias e com o urso-do-sol. Não importava sob qual ângulo eu olhasse: a semelhança entre mim e Matthias era maior do que a semelhança entre mim e o urso-do-sol.

"Como está nosso ursinho que fala de si mesmo na terceira pessoa? Será que seu problema agora é o triângulo amoroso?" O urso-do-sol sabia que eu o estava observando em segredo, mesmo quando fingia estar com pressa. Suas palavras me irritaram.

"Triângulo amoroso? Do que está falando?"

Vi que ao redor de seu nariz se formaram dobras arrogantes e desdenhosas. "Ora, você, Matthias e Christian."

"Nós três trabalhamos muito bem juntos."

"Mas você não faz ideia de com quem Matthias e Christian se relacionam. Fora do zoológico."

Suas palavras me atingiram como um golpe. Ele não viu minha reação e disse, com olhos brilhantes: "No mês que vem casarei".

"Ela vem da Malásia também?"

"Não. Por quê? Ela é de Munique."

Quando fiquei sozinho, comecei a pensar. O que Matthias fazia quando não estava trabalhando no zoológico? Eu me senti totalmente libertado quando pude sair das quatro paredes às quais estava confinado e passear pelo zoológico, mas cada mundo exterior tem um mundo ainda mais exterior, e o pensamento me perturbou. O que havia além do zoológico? Quando eu poderia finalmente chegar ao mundo exterior mais exterior?

Durante a noite, a chuva lavou o ar. Respirei fundo e, como se em resposta àquilo, um lagarto saiu de um arbusto. Ele parou abruptamente, então rastejou para a frente com as pernas arqueadas e parou de novo. Caminhou em meio círculo e desapareceu dentro do arbusto. "Esse era um descendente dos dinossauros", disse Matthias. "Seus ancestrais eram gigantes, maiores do que os elefantes de hoje. Nós, os mamíferos, tínhamos tanto medo dos répteis que nunca saíamos à luz do dia." Para minha surpresa, eu conseguia imediatamente imaginar a figura de um dinossauro, mesmo nunca tendo visto um. E não era só aquilo: alguns dia depois, quando outro lagarto cruzou meu caminho durante o passeio matinal, pareceu em minha retina do tamanho de um elefante. Pulei para trás, aterrorizado. Matthias não riu, só perguntou se eu estava com medo. "O medo é um sinal de imaginação. Uma cabeça enferrujada não conhece o medo." De quem ele estava falando quando dissera "cabeça enferrujada"?

Eu e Matthias observamos o lagarto sem perdê-lo de vista nem por um momento até que a ponta do seu rabo foi totalmente sugada para dentro do arbusto. Eu estava aliviado. "Nós, mamíferos, sempre temos muitas preocupações", Matthias disse com um suspiro.

Um dia, Christian perguntou a ele como estava sua família. "Muito bem, mas às vezes não consigo entender o que meus próprios filhos pensam. Provavelmente porque estou exausto."

"Você entende muito bem o que os ursos pensam. Estou certo?"

"Não se pode comparar ursos com nossos próprios filhos."

"Não. Mas você discute tudo com Knut. Faz isso com sua esposa também ou está escondendo algo dela?"

"Não."

"Está feliz com sua esposa maravilhosa e seus filhos, certo?"

"Você também."

Fiz como se não estivesse entendendo a conversa.

Quando eu descia a rua dos ursos, chegava a uma ponte que cruzava um lago. Ficamos um tempo em cima da ponte. Uma pata nadava com seus três patinhos atrás. Senti que Matthias queria me dizer alguma coisa. "Um pato consegue nadar assim que nasce. Isso significa que eles já nascem como patos e não crescem para ser algo diferente. Mas você vai ter aulas de natação. Já brincou bastante na banheira, mas nunca nadou em uma piscina de verdade." Os patinhos estavam movendo seus pés nadadores freneticamente embaixo d'água, como se tivessem medo de que a mãe nadasse para longe e sumisse da vista.

"Na natureza, o urso recém-nascido passa dois invernos sob supervisão da mãe. Há tantas coisas que o filhote precisa aprender para poder sobreviver... Um professor russo se vestiu com pele de urso e passou dois anos na selva com dois filhotes cuja mãe havia sido morta por um caçador. Está muito frio para eu nadar lá fora, mas se quiser ser uma verdadeira mãe de urso vou precisar criar coragem para ensinar você a nadar."

Na manhã seguinte, Matthias vestiu seu traje de banho e pulou diante dos meus olhos na pequena piscina. O espelho líquido se quebrou, integrando o corpo humano, e se restaurou novamente. Matthias fazia esforço para manter a cabeça acima da água, já que não estava presa a um local conveniente, como a cabeça de um pato. Ele tinha que manter seus braços magrinhos em constante movimento para não se afogar. Esboçou um sorriso para me acalmar, mas para mim estava claro que ele não conseguiria ser um pato. Eu corria, em pânico, de um lado pro outro na terra firme. Matthias me chamou com um gesto, tirando rapidamente a mão da água para abanar de novo e de novo, mas eu não tinha coragem de pular. Só consegui respirar fundo novamente quando Matthias, balançando a cabeça, finalmente saiu da água. Entretanto, ele não ficou ao meu lado na terra firme por muito tempo: seus olhos estavam fixos em mim quando seu corpo desapareceu novamente dentro da água. Havia algo de errado com ele. Depois de muita hesitação, pulei. Surpreendentemente, a água me recebeu amigável. Fui abraçado e sustentado por ela. Que delícia! Meu corpo já sabia nadar.

Brinquei muito. Gritando de alegria, fingia que estava me afogando. Em uma das vezes, senti dor. Quando respiramos errado, a água sem forma pode queimar a mucosa do nariz. Os músculos de meus braços no fim eram como faixas de borracha estiradas, mas eu não queria parar, mesmo quando Matthias, mais de uma vez, falou que a brincadeira tinha chegado ao fim.

Eu teria adormecido nos braços da água se ele não tivesse me forçado a abandonar meu novo amor. De volta à terra firme, sacudi todo o corpo e logo meu pelo já estava seco novamente.

"Nadar é uma diversão."

Não consegui me conter no dia seguinte, quando vi o urso-do-sol. Ele coçou a barriga com os dedos magros e virou de costas para mim antes de responder: "Nadar é uma atividade sem sentido. Não tenho tempo para joguinhos. Um novo projeto grandioso clama por mim. Vou escrever a gloriosa história da península da Malásia pelo ponto de vista dos ursos-do-sol". Nunca teria me ocorrido que ele conseguia não somente coçar a barriga, mas também um manuscrito. Sem hesitação, ele se referiu à atividade como "escrita". Quando perguntei se aquela península ficava muito longe, ele respondeu, fazendo uso das dobras ao lado do nariz para demonstrar seu desdém: "Muito longe, é claro, mas não sei quão longe teria que ser para que considerasse muito longe. Nunca esteve no polo Norte, não é?".

"E o que eu tenho a ver com o polo Norte?"

"Ah, você agora fala perfeitamente na primeira pessoa. Já sinto falta do bebê urso, que falava de si mesmo na terceira! Não há nada mais tedioso do que um urso-polar civilizado. Não, não. Foi brincadeira. Você não precisa ir aos polos. Mas não fica nem um pouco preocupado com o fato de que o polo Norte corre risco de desaparecer? Não nasci na península malaia, mas me preocupo com o futuro da região onde meus antepassados viveram. É por isso que estou pesquisando sua história e penso na possibilidade da coexistência de culturas. Você também deveria pensar um pouco sobre o polo Norte, em vez de ficar se ocupando somente com caminhadas, nadar e jogar bola."

"Meus antepassados vieram todos da Alemanha Oriental, não do polo Norte!"

"Ah, é? Mesmo os que viveram há milhares de anos? Você é um caso perdido!"

Diferentemente do urso-do-sol, o urso-beiçudo me respondeu de forma muito amigável quando falei com ele pela primeira vez.

"É o clima perfeito para tirar uma soneca."

"Sim, a temperatura está bem agradável."

Foi tudo o que falamos. Mas o mesmo urso me criticou muito quando nos vimos pela segunda vez: "Você corre de um lado para outro do zoológico sem um motivo, um propósito. Você se vende para o público com seu show. Sua vida tem algum sentido?".

"E você? O que faz o dia todo?", contra-ataquei.

"Eu? Eu faço beiço. Fazer beiço é um trabalho digno. Requer coragem. O público espera que eu faça algo interessante para entretê-lo. Tem coragem de se recusar a brincar e assim decepcionar o público? Você vai passear todo dia porque se diverte com isso. Consegue renunciar à diversão ou não tem coragem?" Ele estava certo: eu não tinha coragem de decepcionar Matthias e o público. Era incapaz de fazer nada.

Desconcertava-me falar com outros animais sobre nossos estilos de vida. Desde o início eu tinha medo dos lobos canadenses, então tentei me manter longe deles. Um dia passei perto da área deles por acidente e só percebi quando era tarde demais. O líder me abordou de imediato. "Ei, você aí, correndo de um lado para outro, sempre sozinho. Não tem família?"

"Não."

"E sua mãe?"

"Minha mãe é Matthias. Ele está sempre comigo."

"Mas vocês não se parecem em nada. Ele deve ter raptado você quando bebê. Olhe para minha família. Todos somos idênticos."

Matthias voltou para me buscar e disse, como se estivesse escutando nossa conversa: "Os lobos têm uma figura esbelta, elegante e aristocrática. Mas prefiro os ursos. Sabe por quê? Os machos de lobo brigam até definir quem é o mais forte do grupo. Então, ele produz filhotes com sua parceira. Os outros lobos não reproduzem. Isso me dá arrepios". Da mesma forma que Matthias não compreendia a língua dos lobos, felizmente, o contrário também era o caso.

Eu não gostava dos lobos e tentei ignorar suas opiniões. Mas não conseguia esquecer o que o líder me dissera. Eu não era parecido com Matthias? Tinha sido sequestrado quando bebê? Aquele pensamento ficou revirando na minha mente durante todo o dia.

A imprensa escrevia sobre mim com frequência. Quando Christian trazia um artigo, Matthias o lia em voz alta e, à noite, eu estudava cada frase sozinho. "Primeira aula de natação de Knut." Pegaram uma parte da minha vida e a trancafiaram em um papel de jornal. Quando eu nadava, Knut devia estar contido naquele "eu" que nadava, em vez de ser transferido para o papel do jornal no dia seguinte. Talvez eu devesse ter evitado que tantas pessoas soubessem que meu nome era Knut. Usavam meu nome para seu próprio deleite sempre que queriam.

Um artigo em especial me causou uma forte impressão. Por várias semanas, recusava-se a me deixar em paz. Não passava um dia sem que eu lesse um artigo sobre mim. Não lia mais por curiosidade, e sim por preocupação. "Knut foi rejeitado por sua mãe logo após o nascimento e foi criado por um ser humano. Agora está aprendendo a nadar, assim como outras técnicas de sobrevivência, todas ensinadas por humanos." Como assim? Minha mãe me rejeitara? Aquilo era novidade para mim. Remexi a pilha de jornais velhos, procurando por uma pista. Em algum lugar, devia existir um artigo falando sobre como eu fora parar em mãos humanas. No final de minha busca, ainda não havia aprendido nada mais sobre minha mãe biológica, mesmo tendo aperfeiçoado a arte da leitura.

Entre outros artigos, encontrei um que dizia: "Depois do nascimento de Knut e seu irmão, a mãe Toska não demonstrou interesse por eles. Após várias horas, especialistas determinaram que os filhotes recém-nascidos estavam em perigo mortal, então, foram removidos da presença dela. Normalmente a mãe ursa fica agressiva quando há uma tentativa de remoção dos filhotes, então ela precisaria receber uma dose de tranquilizante, mesmo que não tivesse intenção de criá-los. Mas surpreendentemente Toska não esboçou nenhuma reação quando os cuidadores do zoológico o pegaram. Especialistas conjecturaram que a vida circense estressante pode tê-la feito perder os instintos maternos. É um fato conhecido que os animais de circo trabalhavam demais e sob muita pressão no regime socialista".

O dia em que quase morri de susto me invadiu sem aviso prévio. Machuquei Matthias enquanto brincávamos. Sua pele fina rompeu e, em instantes, já estava vermelha de sangue. Matthias nem levantou a voz, mas o acidente aconteceu durante o show e muitos membros da plateia ficaram horrorizados ao ver aquilo e começaram a gritar histericamente. Voltamos ao quarto e Christian tratou a ferida. Ele aplicou a bandagem enquanto eu tentava lamber a garrafa de antisséptico. A garrafa caiu e Christian me repreendeu.

Voltamos para a área de recreação. Senti, pela primeira vez, a hostilidade corrosiva da plateia e estremeci. "Caros visitantes", Matthias gritou a plenos pulmões, "a ferida foi mínima, de nenhuma importância!" Gritar não era do feitio dele. O público aplaudiu com entusiasmo.

Com grande esforço, continuamos com o show até finalmente chegar ao final. Christian nos fitava pensativo quando retornamos e disse: "Se as coisas continuarem assim, o peso de Knut vai atingir e passar dos cinquenta quilos na semana que vem". Como Matthias não respondeu, ele continuou: "Há muito tempo concordamos que o limite seria cinquenta. Ontem eu estava pensando que podíamos aumentar o limite para sessenta quilos. Mas o público viu sangue. Além disso, não vai demorar muito até que Knut atinja sessenta. Mais cedo ou mais tarde, você terá que se afastar dele. Talvez agora seja o melhor momento".

Christian falava calmamente, mas no final sua voz estremeceu e ele secou a umidade dos olhos com as costas da mão. Matthias colocou a mão no ombro dele. "Seria ruim se a morte nos separasse, mas não é o caso. É a vida, e não a morte, que nos separa. Fico feliz que tenhamos conseguido chegar tão longe."

Então, ele se virou para mim e perguntou: "Você vai me mandar um e-mail de vez em quando, não é mesmo?". Naquele momento, ouvi uma voz monstruosa e me assustei até perceber que vinha de Christian. Ele chorava.

Naquele mesmo dia, fui transferido para uma cela. Havia uma cama de palha no meio, e Matthias instalou nosso velho computador ao lado. Então, deu algumas batidinhas na cama para se certificar de que estava tudo certo. Através das barras do portão, pude ver a laje de pedra onde nosso show diário acontecia. No fundo da cela, havia um pequeno alçapão através do qual podiam passar minha comida. Matthias conferiu as portas e deu instruções detalhadas aos humanos que estavam parados ali em silêncio. Então ele mesmo deitou na minha futura cama, fechou os olhos e ficou lá, como um homem morto. Após dez segundos, levantou e saiu do recinto sem nem olhar para mim.

Depois daquilo, Matthias nunca mais foi me ver. De manhã e à noite, minha comida era servida através do alçapão. Pelo cheiro, sabia que os funcionários que cuidavam de mim variavam, mas Matthias e Christian nunca estavam entre eles.

Toda manhã, quando o portão era aberto, eu saía para o local onde, ao longe, podia ver o público, muito menor do que antes. À noite, quando sentia cheiro de comida, voltava para meu quarto. O computador ainda estava ali, mas eu não lembrava como fazia para ligá-lo. Em um canto da cama, ficava o tedioso ursinho de pelúcia que me acompanhava desde a infância. Parecia deprimido.

Perdi toda a vontade de entreter o público. A única vantagem de estar do lado de fora era que o sol, quando brilhava, clareava minha cabeça e aquecia minhas costas. Aliviava as dores. Eu colocava os quatro membros embaixo da barriga e não saía do lugar. "Knut parece triste." A voz de uma menininha montou em um cavalo de vento e chegou aos meus tímpanos. "Ele não tem ninguém com quem brincar." As crianças reconheciam minha situação de cara, enquanto alguns adultos soltavam palavras indelicadas. Suas afirmações fediam, assim como suas tripas cínicas; sua humanidade era aplicada somente quando falavam de outros Homo sapiens.

"Olhe para essas garras horríveis. Ele machucou um cuidador com elas."

"Quando crescer até mesmo Knut pode ser perigoso. Ele é um animal selvagem, não um cachorro."

"Ele não é mais fofo."

Minha mãe me deixou depois do meu nascimento. Pensei naquilo depois que Matthias me abandonou. Quando ele estava comigo, não sentia vontade de arejar o segredo do meu passado.

Um Homo sapiens do sexo masculino havia me criado. Era raro que algo do tipo acontecesse, quase um milagre. Demorou um tempo até eu finalmente entender que aquele milagre era minha própria história. Matthias era um verdadeiro mamífero, mais do que muitos do seu tipo, porque me deixava mamar. Ele me alimentou não somente com leite, mas também com parte de sua própria vida. Era o orgulho de todos os mamíferos.

Matthias não era nem um parente distante, muito menos meu pai biológico. Como o lobo havia comentado, o humano e eu não tínhamos semelhança alguma. Da bunda ao rosto, éramos diferentes. O lobo se orgulhava do fato de que todos os membros de sua família eram parecidos, como cópias. Mas eu adorava Matthias por ter amamentado e cuidado de uma criatura que não se parecia com ele em nada. O lobo se devotava somente à expansão de sua própria família. Matthias, por outro lado, olhava lá longe, à distância, para o polo Norte.

Matthias estava sempre ao meu lado, devotando seus dias para cuidar de mim mesmo tendo uma esposa encantadora e crianças queridas, para quem havia dado seus genes, esperando por ele. Não o fazia porque eu era fofo. Bilhões de olhos preocupados me observavam diariamente. Se eu morresse, os gases do efeito estufa teriam formado uma camada gigante e forte como aço no céu que teria baixado sobre a cidade como uma tampa em uma panela e, então, com o vapor fervente, a temperatura teria aumentado drasticamente, e todos os habitantes da cidade teriam sido cozidos por completo. No polo Norte, todas as calotas polares teriam derretido, os ursos-polares teriam se afogado e os campos verdes teriam sumido debaixo do mar transbordante. O polo Norte e até mesmo o mundo seriam salvos, porque Matthias conseguira fazer o leite fluir de seus dedos para alimentar o menino-prodígio. O ursinho fora salvo, então seu dever era salvar o polo Norte de mais perigos. Ele teria que estudar toda a literatura filosófica e sacra que a humanidade produzira no passado para encontrar uma resposta. Precisava nadar, atravessar o mar gelado com suas calotas, para chegar à resposta. Havia uma expectativa tão alta sobre seus ombros que atingia o céu, pesando muitas toneladas.

Soava como um conto heroico, mas eu não era nada mais, nada menos do que uma criatura indefesa. Estava lá, patético como um coelho sem pelos. Na TV, eu me via como recém-nascido. Meus olhos ainda estavam fechados, minhas orelhas, que ainda não conseguiam ouvir, estavam caídas, meus quatro membros instáveis não conseguiam nem mesmo levantar minha barriga do chão. Por que aquela criança já estava no mundo? Não seria melhor que ficasse um pouco mais de tempo no útero da mãe? Os telespectadores deviam ter se perguntado a mesma coisa. Se fosse possível, eu teria negado que aquele ser era eu.

Por muito tempo, não havia formulado de modo tão claro a dúvida quanto a por que minha mãe se recusou a cuidar de mim. Ela provavelmente tinha seus motivos, que eu ainda não compreendia. As crianças, no geral, não conseguem entender o que se passa na cabeça dos pais. É inútil especular. É um dos princípios básicos da natureza. A pergunta que eu fazia era, na verdade, por que mamíferos eram feitos de tal maneira que não conseguiam sobreviver sem o leite da mãe. Um pássaro recém-nascido, por exemplo, podia sobreviver sem a mãe se o pai levasse minhocas deliciosas para ele comer. Mas crianças mamíferas deviam beber leite materno. Era o que as definia. Nenhuma outra substância, a não ser o leite, podia nutri-las. Talvez fosse o motivo pelo qual sempre tínhamos que nos lembrar de nossos passados leitosos e nunca podíamos ser livres como os pássaros.

Outra coisa que eu não entendia: por que só fêmeas produziam leite? Se meu pai Lars pudesse me amamentar, minha vida teria sido bem diferente. Mas Toska fora obrigada a assumir toda a responsabilidade.

O circo protesta contra toda injustiça da natureza. O mágico faz sua cartola dar à luz pombas. O acrobata pula de um galho para outro mesmo não tendo nascido macaco. O domador força criaturas selvagens que têm medo de fogo a pular por dentro de aros em chamas. E Matthias fizera fluir leite de seus dedos. Em algum momento, assisti à apresentação de um circo do leste asiático na televisão. Água jorrava como uma fonte dos dedos de mulheres vestidas como faisões. Um feito teatral impressionante! E Matthias conseguiu fazer aquilo, ao menos. Para falar a verdade, não demorou muito para que eu entendesse o truque com a mamadeira, mas minha admiração e respeito por ele não diminuíram. Não há mágica sem truques. E Matthias não me dava só leite. Ele se preocupava o tempo todo comigo, perguntando se não estaria quente ou frio demais para mim ou se eu não poderia machucar a cabeça em alguma quina. Ele parou de ir para casa e, por um tempo, passou todas as noites comigo, cuidando de mim vinte e quatro horas por dia. Quando eu estava sendo desmamado, preparava complicadas refeições todos os dias.

Ele me passava a sensação de que eu nunca seria abandonado. Lavava meu corpo em uma banheira e me secava com uma toalha. Depois de preparar minha comida, um processo que consumia muito tempo, esperava pacientemente até que eu estivesse satisfeito. Nunca me apressava. Recolhia os restos de comida que eu havia espalhado por tudo que era lado, limpava o chão. Sentava ao meu lado quando eu via TV e explicava os humanos que apareciam nos programas. Pulava na água fria para me ensinar a nadar. Lia o jornal todos os dias para mim, em voz alta, mas um dia desapareceu sem se despedir.

Continuei recebendo jornais em minha cela. Matthias devia ser o responsável por aquilo. Na maioria das vezes, eram aqueles jornais berlinenses gratuitos, cheios de imagens e com pouco texto. Os artigos tinham quase todos um conteúdo incompreensível; outros eram tristes, de cortar o coração. Não encontrei um sequer que me alegrasse. Mesmo assim, não conseguia parar de ler, uma vez que tivesse enfiado meu focinho num material de leitura.

A notícia chegou até mim na forma de um artigo de jornal: Matthias morrera. Fora vítima de um ataque cardíaco. Inicialmente eu não conseguia compreender o que significava. Li o artigo do início ao fim várias vezes. De repente, um pensamento me atingiu como uma pedra: nunca mais ia vê-lo. Seria perfeitamente possível que não voltasse a vê-lo mesmo que continuasse vivo, claro. Mas eu teria pensado, de vez em quando: talvez eu o veja de novo. Os seres humanos chamavam aquele talvez de "esperança". Meu "talvez" estava morto.

Inicialmente, Matthias adoecera, com um câncer nos rins, então sofrera um infarto. Disseram que morrera na hora, ainda que tivesse sido seu primeiro infarto. Por que ele não fora me visitar antes de seu coração ser atacado mortalmente? Deveria ter colocado um pouco de sua saliva na minha comida, como um sinal. Significaria muito para mim. Ele poderia ter se escondido entre a massa de visitantes e chamado por mim. Eu teria ouvido.

O jornal era uma salada de frutas. Não havia nada de comestível para mim, mas como eu não tinha outra fonte de informação mordiscava todo ele dia após dia, até a última nota de rodapé.

Um dia, li um artigo de opinião afirmando que a morte de Matthias era culpa minha. Que eu era uma criança trocada, que o demônio havia substituído seu filho biológico por mim. Que alguns humanos tinham tentado abrir seus olhos, mas Matthias não queria voltar para seu filho biológico e ficava com Knut, que achava ser seu verdadeiro filho. Que Matthias tinha sido possuído pelo demônio.

Eu não conhecia aquele animal chamado demônio, não havia um representante de sua espécie no zoológico.

Em outro artigo, um jornalista argumentava que eu teria sugado a força vital de Matthias. Ele provavelmente estava se referindo ao leite que eu bebia todos os dias.

O funeral de Matthias foi uma cerimônia privada, só para o círculo mais próximo. Não fui convidado. Não sei bem o que os humanos fazem em um funeral. Talvez os mais próximos do falecido sintam a presença dele mais uma vez durante a cerimônia. Ninguém era mais próximo de Matthias do que eu, mas não fui convidado, e os motivos continuaram sendo um enigma para mim.

Li uma entrevista com Christian em que ele afirmava: "Matthias estava sob muito estresse". De novo, falavam de estresse. Era o motivo que davam para minha mãe ter me abandonado e para a morte de Matthias, mas não havia nenhum animal chamado Estresse. Pelo menos não em nosso zoológico. Devia ser um animal fantasioso, que os humanos tinham imaginado, como se não houvesse animais reais o bastante. Queria discutir aquilo com o urso-do-sol, mas desde minha separação de Matthias não permitiam que eu passeasse pelo zoológico ou falasse com ninguém.

Já que estava sendo mantido à distância de outros animais, prestava ainda mais atenção aos sons feitos pelas plantas. O som das folhas das árvores, por exemplo, me acalmava mesmo eu não conseguindo compreender seu idioma.

Lá fora, no local do show, o ar quente brilhava até mesmo na sombra. Minha temperatura corporal aumentava a cada movimento, por menor que fosse. Eu estava prestes a explodir, de modo que não tinha escolha a não ser nadar. Quando eu entrava na água, os espectadores gritavam de alegria e apontavam as câmeras para mim. Eu ainda não sabia por quê. Na água, logo me entediava de novo. Parecia que o público tampouco se empolgava ao observar meu tédio. O número de visitantes diminuiu drasticamente.

Em uma manhã de chuva, minha popularidade havia decrescido tanto que só havia uma pessoa parada atrás da cerca, observando. Ele me olhava sem nunca desviar o rosto, mesmo quando abriu desajeitado o guarda-chuva preto. Um vento leve trouxe seu cheiro até mim. Eu o conhecia. Quem era aquele homem? Estiquei o nariz à frente tanto quanto conseguia. Farejei com vontade, respirei fundo o odor. Era Maurice, o substituto do turno da noite. Na época, ele lia para mim trechos de sua coleção de livros. Mexi o focinho, ele levantou a mão e acenou de volta.

Depois da morte de Matthias, houve uma sucessão de eventos perturbadores. Eu queria poder me envolver no cobertor negro do luto e chorar minhas dores sozinho até que voassem para longe de mim, mas não era possível. Precisava lutar com garras e dentes contra a maldade do mundo. Uma das minhas maiores preocupações era a herança — não que eu achasse que merecia parte do que Matthias possuía. Como podia ter direito ao dinheiro de alguém se nunca recebera nem uma porcentagem dos lucros que gerara ao zoológico? Aquela não era uma briga entre mim e o zoológico, e sim entre dois zoológicos. Eles brigavam pela minha fortuna, mas eu nem fora chamado para testemunhar. Acompanhava o processo pelo jornal e ficava cada vez mais cabisbaixo. O zoológico em Neumünster, ao qual meu pai Lars pertencia, havia processado o zoológico de Berlim, que estava faturando muito dinheiro comigo. O zoológico de Berlim deveria compartilhar setecentos mil euros do seu lucro com o zoológico de Neumünster. Perdi o apetite quando vi uma caricatura de meu corpo transformado no símbolo do euro. Em outro artigo, falavam do chocolate envenenado que haviam me enviado como presente.

Quem tinha posse do pai também era dono do filho e, portanto, da propriedade do filho: um jornal afirmava que havia uma lei que estabelecia aquela estrutura de propriedade. Uma jornalista escreveu em outro lugar que aquela lei antiquada não deveria ser aceita na sociedade atual. O zoológico de Neumünster insistia que eu e minha fortuna pertencíamos a eles. O zoológico de Berlim cedeu e ofereceu trezentos e cinquenta mil euros, nenhum centavo a mais. Pelo menos era a situação que eu conseguia compreender a partir do que a imprensa publicava.

Eu nunca teria pensado que poderiam lucrar comigo. Não era só a venda de ingressos que tinha aumentado, mas também toda uma coleção de "produtos Knut", que geravam muitos lucros. Uma infinidade de ursinhos de pelúcia com meu rosto foi vendida como sacrifício. Havia um Knut minúsculo feito de um material duro, um Knut de tamanho médio, um Knut fofinho e um Knut de proporções exageradas. Aparentemente cada vez que as prateleiras com os ursinhos de pelúcia se esgotavam, aparecia um caminhão na porta dos fundos para entregar uma nova leva de Knuts. Todos os clones se chamavam Knut. Imaginei uma imensa pilha de Knuts, e queria gritar a plenos pulmões: "Eu sou o único, o verdadeiro Knut!". Mas ninguém me ouvia. Os Knuts à venda não eram só animais de pelúcia, mas também chaveiros, canecas, camisetas, camisas, moletons e DVDs. Na TV, descobri que havia também um CD com músicas do Knut. Havia jogos de xadrez nos quais a cabeça do rei era substituída pela minha, bules de chá com a alça no formato do meu corpo. Cadernos, canetas, sacolas, bolsas, mochilas, capas de celular, porta-moedas: meu rosto estava em todo lugar.

Os tabloides com frequência noticiavam pessoas que tinham sua riqueza aumentada regularmente, construíam mansões magníficas, iam para festas vestidas com veludo ou seda pretos, vermelhos ou dourados, eram fotografadas com brincos de marfim nas orelhas. O dinheiro não me interessava, mas um artigo atraiu a minha atenção: um homem havia sido preso por corrupção, mas pagara cem mil euros de fiança e fora solto temporariamente. Lembrei-me um pouco de Matthias ter explicado para mim: você pode comprar sua liberdade, pelo menos por um tempo. Eu poderia pagar para sair da minha cela?

Logo cedo, ainda estava suportavelmente fresco na área ao ar livre onde eu fazia meu show, mas depois que o sol chegava ao seu ápice o calor cruel ficava mais intenso a cada minuto, para me atormentar. Os pensamentos sobre os produtos Knut e os processos aqueciam minha cabeça até começar a doer. Eu a escondi com os braços e procurei respirar com calma, então ouvi alguém atrás da cerca dizendo: "Olha lá! É a maldita crise financeira! Até o Knut fica com dor de cabeça só de pensar nela".

Um dia, por fim a carta do meu ânimo foi jogada e vi nela meu número da sorte. No café da manhã, senti o cheiro de um homem conhecido. Era Maurice. Descobri um envelope na minha bandeja, abri com impaciência e li que havia recebido um convite para um evento fechado organizado pelo prefeito. Na noite seguinte, Maurice ia me pegar para me levar ao evento. Estavam abrindo uma exceção ao permitir que eu fosse, pois a pessoa que me convidara era importante para o zoológico, e tratava-se de um evento privado, conduzido com confidencialidade. A recepção ocorreria na suíte de um hotel de luxo, que ficava na beira de um dos lagos de Berlim. Do espaçoso terraço no sétimo andar, era possível ter uma bela vista da água. Uma limusine buscaria Maurice, depois passaria no zoológico para me pegar e seguiria direto para a recepção.

Maurice e eu desembarcamos. Eu não sabia se tinha sido a vista do lago, cercado por verde, ou o sol poente, mas respirei ar puro pela primeira vez em muito tempo, o que me refrescou e alegrou. Na frente da entrada do hotel estavam dois seguranças com uniforme cor de pinheiro. Seu tórax estava decorado com faixas de couro. Quase sorri para eles, mas seus olhos, que estavam em nós, eram severos e hostis. Se não fosse por aquilo, eu teria perguntado: vocês são policiais de verdade ou atores?

Maurice pegou minha pata direita e me conduziu através do saguão de entrada vazio. Havia um monstruoso lustre no teto, iluminando o recinto com um tom amarelado.

Eu conhecia o dispositivo chamado elevador graças à televisão, mas era minha primeira vez nele. Quando suas portas de metal se abriram novamente à minha frente, eu estava em frente a um mundo novo. Não sabia mais ao certo se era real ou mera projeção.

O recinto já estava lotado de convidados conversando. Suas vozes zumbiam em meu cérebro como um enxame de abelhas. O doce aroma da carne assada circulava pelo local. Eu não conseguia ver através da multidão. Por todos os lados, costas, barrigas e bundas, empacotadas em blusas e calças. Maurice me conduziu através da massa de gente até um destino desconhecido para mim. De repente, havia um homem parado à nossa frente. Seu rosto estava corado, seu terno era frio e elegante. Tentei entender o que aquele homem tão interessante fazia. Seu sorriso perfurava meus olhos, e ele me deu um beijo na bochecha. Os convidados ao nosso redor aplaudiram. Aparentemente, eu estava sendo observado. Maurice desejou ao homem um feliz aniversário e o presenteou com uma caixa, ornada com um grande laço no topo. No papel de presente, havia uma foto minha! O homem agradeceu, beijou-nos novamente na bochecha e confiou o presente a um jovem que estava parado ao seu lado, à disposição. Então recebi uma taça quase cheia de um líquido amarelo. O aniversariante bateu sua taça na minha, produzindo um som transparente como vidro. Os homens no recinto abruptamente levantaram suas taças e gritaram: "*Prost!*".

Olhei fundo no líquido. Na parede interna da taça estavam grudadas minúsculas bolhas, gradualmente se afastando da parede e subindo à superfície até que chegavam ao ar e explodiam, desaparecendo. Eu queria continuar observando-as, mas Maurice tirou a taça de minha mão, dizendo aos sussurros que era melhor que eu não bebesse espumante. Ele pegou outra taça. Tomei um gole e fiquei satisfeito com o gosto de maçã que senti.

O homem não tinha um corpo robusto de alto-falante, nem mesmo uma voz especialmente poderosa, mas toda vez que abria a boca as outras no recinto se fechavam e todos os ouvidos escutavam atentamente. Ele deve ser uma estrela, pensei, e senti a inveja crescer dentro de mim. Eu também era uma estrela, tinha um grande público à minha espera, que vibrava com cada movimento de meu corpo. Houvera uma época em que podia atrair a atenção de milhões de humanos e me sentia tão forte como se pudesse assoprar as nuvens para longe, fazer uma tempestade cair sobre o mundo inteiro, chamar o som com um movimento de minha mão ou desviar um vento tempestuoso. Queria voltar no tempo e ter aquele poder em minhas mãos novamente.

O estimado homem, em algum momento, sumiu na multidão. Apurei os ouvidos, para saber com precisão onde ele estava. À sua volta, os convidados formavam várias ondas circulares. O círculo mais interno calava e ouvia atentamente, enquanto os outros deformavam suas palavras e as transportavam mais para fora.

Fui empurrado de leve por um homem passando atrás de mim, de modo que meu nariz foi pressionado contra o peito de Maurice. Senti seu aroma de manteiga dos velhos tempos. De repente, cresceu em mim a alegria do reencontro, um pouco atrasada, mas intensa. Espontaneamente, lambi sua bochecha. Ele puxou o rosto, só pelas aparências, mas na verdade estava gostando da situação, ou não teria dito ao homem que nos observava com inveja: "Espécies diferentes, costumes diferentes. Há diferentes tipos de beijo".

O aroma da carne assada veio da direção de onde as pessoas saíam. Cada um segurava um prato, no qual havia um minúsculo pedaço de comida. Maurice leu meu rosto e sussurrou: "Espere um pouco, também vamos pegar comida, mas não agora!". Esperei por muito tempo, até que não conseguia mais suportar, e caminhei discretamente na direção para a qual meu sentido olfativo conduzia. Maurice me parou e disse, com tom preocupado: "Eu busco a comida, espere aqui". Eu não entendia qual era o problema.

Enquanto eu esperava, alguns homens foram até mim e disseram ter me visto na televisão. Um deles tocou meu pelo com cautela.

Finalmente Maurice voltou com um prato, no qual havia um pedaço de carne — tão esquálido quanto um rato moribundo —, três batatinhas e um pouco de purê de maçã. No jornal, eu já havia lido o bastante sobre a situação complicada das finanças municipais. O zoológico também sofria com a falta de dinheiro, mas aquela pobreza alarmante, que podia ser sentida ali com a própria língua, excedia minha concepção de pobreza. Quando olhei para meu prato, já estava vazio. "Aqui você não deve se empanturrar", Maurice sussurrou no meu ouvido. Ofendido, fui sozinho até o terraço e fiquei observando a superfície preta do grande lago. A lua tremia em meio às ondas.

Entre os homens que estavam parados em um círculo no terraço, havia um que falava sem parar com uma voz clara. Entendi que ele comentava um programa de entrevistas que passara na TV no dia anterior. Imitava, brincando, um dos participantes do programa, mas no início parecia que estava tentando imitar um falcão. "Não posso aceitar que todos os casais queiram adotar filhos. Querendo ou não, hoje temos casais do mesmo sexo. Até aí tudo bem. Mas se adotarem crianças e tiverem influência sobre elas, mais tarde essas crianças vão adotar outras crianças e um dia nenhuma criança vai nascer neste país. Só teremos crianças adotadas." Risadas. A mímica do intérprete voltou do profissionalmente grotesco para a sua própria. "Eu não conseguia acreditar. Quem disse isso foi um jovem, mas ele já tinha um corte de cabelo de chefe de departamento. Mas, espere, esta é a melhor parte. Uma mulher elegante, de cabelos grisalhos levantou. Devia ter uns oitenta anos. Ela disse com uma voz calma: 'Mas quase todos os pais cujos filhos acabam em relacionamentos homossexuais são heterossexuais. Eles são os que produzem esses filhos homossexuais. Se quer impedir isso, deve proibir os casamentos heterossexuais'." Alguns homens caíram na gargalhada, outros sorriram com malícia. "Mas não sei quantos na plateia realmente entenderam o que a mulher disse. Há muitos tapados que não compreendem ironia, humor e insinuações. É muito importante que a mente seja esticada e jogada constantemente em todas as direções. Comecei a bater palmas na frente da televisão, queria mostrar meu respeito por ela. Quem era mesmo?" "Também a vi. Era a autora daquele livro... Como é mesmo o nome?"

Não tive coragem de entrar na roda, fiquei sentado na cadeira, que estava mais para o lado. Dali observei todas aquelas bundas desconhecidas em suas calças justas. Eram firmes e saradas. Tão diferentes da minha, que era flácida como uma velha calça de moletom! Não queria mais levantar, de tanta vergonha. A cadeira ao meu lado estava vazia, mas ninguém queria sentar. Então sentei nela, escondendo-me de fininho dentro do meu pelo. Um estranho vestindo um blusão branco como a neve se aproximou. "Você está bem?", perguntou, com a voz gentil. Infelizmente, seu rosto tinha ares felinos, mas mesmo assim era bonito. Encarei, encantado, enquanto ele se apresentava: "Michael". Não estava muito claro para mim se eu deveria dizer meu nome também ou talvez dizer a ele o que gostaria de comer. Decidi pela segunda opção. "Batata cozida com salsinha seria uma boa ideia, mas batata assada com bastante manteiga parece ainda melhor." Michael riu, e com isso surgiu uma sombra profunda entre seus longos cílios e as maçãs do rosto acentuadas. "Não tolero a maioria dos alimentos, então evito comer em festas. Até mesmo em casa acho difícil comer. Sei que, por causa disso, sou terrivelmente magro. Quando era pequeno, me diziam com frequência que eu era muito fofinho. Daí veio a puberdade, meu corpo cresceu de forma explosiva e fiquei chocado quando ouvi que meu charme havia sumido. Eu não tinha mais apetite, emagreci e não conseguia voltar a ser quem era." Suas bochechas formavam cavidades profundas e os lábios cheios brilhavam em vermelho-sangue.

"Você ficou triste quando disseram que não era mais fofo?"

"Me senti sozinho e abandonado. Só conseguia pensar em clichês de melodramas, como 'Ninguém me ama!'. No pior momento, minha mãe nos deixou."

"Ela morreu?"

"Não. Fugiu."

Maurice voltou, com as bochechas rosadas. "É hora de ir para casa." Não era uma sugestão, e sim uma ordem. Maurice ignorou Michael, como se ele não estivesse ali. Nem mesmo o cumprimentou. Quando olhei de volta, saudoso, Michael respondeu, em tom de consolo: "Vou visitar você em breve. Sei onde te encontrar". Sua voz tinha uma característica que só uma abelha consegue atingir com seu mel. Eu estava salivando.

Maurice pegou minha pata, me conduzindo através da massa de gente para fora da suíte e para fora do hotel. No elevador, colocou seu braço em meus ombros. Eu não queria ir para casa. Na limusine, disse a Maurice: "Gostaria de ir de novo a uma festa com você, e logo". Ele me olhou com pena e acariciou o pelo do meu peito.

No dia seguinte, a luz do sol refletia na laje de pedra mais forte do que o usual, quase me cegando. Eu me espreguicei, demorando tanto quanto podia, me posicionei conscientemente sob a luz, estiquei os braços como um nadador olímpico e pulei na água. Só tinha três espectadores, mas eles aplaudiram com entusiasmo. Inicialmente, nadei de costas, então me virei e troquei para nado peito. Um galho flutuava à minha frente. Testei sua consistência com os dentes. Então o segurei na boca e comecei a nadar de verdade. Balançando a cabeça, observei como o galho perturbava a água. O público foi crescendo aos poucos. Já eram dez pessoas paradas ali, apontando as câmeras em minha direção. Uma grande vontade de brincar tomou conta de mim. Sacudi o galho para a frente e para trás, e, com um som crepitante, as gotas transparentes como o vidro criaram buracos redondos no ar. Girei o galho, mergulhei com ele e prendi a respiração. Então, com um floreio, voltei à superfície. Aplausos exultantes. Mergulhei mais uma vez, tentando nadar quanto podia sem respirar, então emergi em um ponto distante, balançando a cabeça tão forte que água voou em todas as direções. Já havia mais de trinta pessoas atrás da cerca. Boiei de costas. Meu céu estava coberto por lentes de câmera.

No crepúsculo, as vozes dos visitantes sempre ficavam mais fracas e logo os pássaros eram os que supervisionavam o design acústico do zoológico. Então, as vozes dos homens só podiam ser ouvidas isoladamente, e mais tarde, no momento em que o sol sumia atrás do edifício, todos os bicos caíam em um profundo silêncio. À noite, de vez em quando, podia-se ouvir o uivo do velho lobo. Ele não era meu melhor amigo, mas em noites solitárias às vezes desejava trocar umas palavras até mesmo com ele.

A noite se aprofundava sem acompanhamento musical. Algo fez com que eu sentisse um frio na espinha. Virei-me e vi que a tela empoeirada do computador estava brilhando lá dentro. Aquele equipamento estava lá desde sempre, como um altar familiar, mas eu havia me esquecido de sua existência. Quase desmoronei quando vi o rosto de Michael surgir na tela. "Hoje você está bem, não é?", ele perguntou, empolgado, como se não houvesse nada de estranho naquilo tudo. Mas não consegui esconder meu choque.

"Você estava me observando esse tempo todo?"

"Sim."

"Onde estava? Escondido entre os visitantes? Infelizmente não consigo reconhecer muito bem o rosto dos humanos quando estão atrás da cerca. É muito longe. Só consigo discernir se é homem, mulher ou criança, mais pela atmosfera e pelos contornos desfocados."

"Eu não estava entre os visitantes. Estava observando você de cima de uma nuvem."

"Você está doido?"

"Já leu o jornal hoje?"

"Não"

"Estão planejando um encontro entre você e sua mãe."

"Minha mãe? Matthias?"

"Não, Toska."

Tentei rapidamente imaginar uma conversa entre mim e minha mãe biológica, mas a tentativa foi um fracasso, pois só conseguia pensar em um desenho de criança: dois bonecos de neve mudos parados lado a lado.

"Michael, você sabe tanto, por isso quero perguntar uma coisa. Por que as pessoas acreditam que minha mãe era neurótica?"

Michael acariciou o queixo macio, onde não havia rastro da passagem de um barbeador. "Essa não é uma pergunta simples. Não sei se minha resposta está certa, mas acho que as pessoas do zoológico consideram o circo algo não natural. Lá golfinhos e orcas dão pirueta e jogam bolas de um lado para outro, e isso ainda seria aceitável, mas quando uma ursa anda de bicicleta já é demais. Se um animal faz uma coisa dessas, é provável que esteja mal da cabeça. Assim pensam os humanos, que têm uma noção bem restrita de liberdade."

"Minha mãe andava de bicicleta?"

"Não tenho certeza. Talvez tivesse uma bola ou andasse na corda bamba. De qualquer forma, ela aparecia no palco em um ato que não seria possível sem um treinamento rigoroso. Eu não sei se a forçaram a fazer isso ou se ela simplesmente herdou algo que seus ancestrais aprenderam. Como eu."

"Você também trabalhou em circo?"

"Não, não bem em um circo, mas em um lugar muito parecido com um. Com cinco anos, eu já estava em cima do palco, dançando e cantando. Mal conseguia ficar de pé sobre duas pernas e já comecei o treino pesado. Cantava músicas de amor sem saber o que significavam. Tive uma carreira de sucesso, crescendo cada dia mais, sem pausa. Quando entrei na puberdade, de repente não me achavam mais bonito. Um amigo me disse que haviam roubado minha infância de forma violenta e que eu deveria recuperá-la."

"Você foi forçado a dançar e cantar?"

"No início, sim. Depois de um tempo eu mesmo me forçava, e não conseguia fazer diferente, pois me divertia muito. Era como estar embriagado."

"Será que era a mesma coisa para minha mãe? Foi isso que a deixou doente?"

"Acho que não. Quando encontrar com ela, pode perguntar. Agora preciso ir para casa."

Depois da visita de Michael, caí em um sono profundo e despreocupado. Quando acordei, a parte de dentro de minhas pálpebras brilhava em um rosa-avermelhado. Após o café da manhã, corri para a área de lazer sem pensar, feliz como quando era criança. Matthias não estava mais lá, mas seu sorriso ainda brilhava em meu cérebro. Do outro lado da cerca, um grande número de visitantes já estava esperando por mim com suas câmeras de prontidão. O vento trouxe o odor do diretor. Usei a mão direita para me segurar contra a árvore nua, que era a única naquela área, crescendo de uma fenda no chão de pedra, e com a mão esquerda acenei para meu velho conhecido. Ele acenou de volta. Então começou. Como um atleta se aquecendo, movi meus ombros para cima e para baixo e virei a cabeça para os dois lados. Durante a tarde, o número de visitantes aumentou. Na parte mais quente do dia, o público diminuiu um pouco, mas no fim da tarde cresceu novamente. Os humanos ficavam apertados em duas ou três fileiras, com o olhar fixo em mim.

Não era fácil ter sempre que inventar novas brincadeiras. Estrangulei meu cérebro, tentando extrair novas ideias dele, o que fez minha temperatura corporal subir de forma desagradável. Meu desejo de mostrar ao público uma nova brincadeira era descaradamente grande, assim como a expectativa dos visitantes, sobretudo das crianças. Os adultos nem sempre pareciam curiosos desde o início, eu tinha que fabricar o interesse neles. Quando conseguia, observava com satisfação como os corpos rígidos dos humanos relaxavam, seus rostos radiantes.

Naquele dia, tive só uma ideia maluca, que era melhor do que nada: imaginei como seria se a laje de pedra estivesse coberta com uma camada de gelo e eu pudesse escorregar nela. "Olha, Knut está praticamente andando no gelo!", gritou um garoto. "Talvez esteja com saudade de casa, do polo Norte", respondeu uma voz adulta e masculina.

"Será que Knut vai voltar ao polo Norte?", perguntou uma voz de menina, com um tom triste. Pensei nas patinadoras do gelo que tinha visto na televisão e admirado tanto. Queria ser como elas, usar uma saia curta e dançar uma dança gelada. Queria decorar meu peito com joias minúsculas, como elas. Ou será que eram cacos de gelo e vapor de água? As patinadoras do gelo podiam deslizar para a frente enquanto empurravam para trás. Queria tentar aquele movimento, mas por algum motivo não era possível. Caí de bunda e ouvi a risada alta do público. Mas devagar se vai longe. Continuaria tentando no dia seguinte.

O verão se estendia, sem parar, com seus dias aterrorizantemente quentes — nos quais eu não conseguia fazer nada a não ser sentar à sombra e esperar pelo pôr do sol. Deixei meus olhos semicerrados, na esperança de ver um campo nevado, ao menos em minha mente. Em vez disso, vi um espelho d'água cada vez maior. Consegui cheirar que a água era feita de gelo derretido. Não havia nem mesmo uma pequena placa de gelo dentro da água, que brilhava azul até o horizonte. "Ah, Knut está se afogando!", uma criança gritou. Levei um susto, voltei a mim abruptamente e busquei a terra firme nadando peito, apressado. Fazia muito tempo que minha avó tinha surgido para mim em sonho.

A visita de Michael logo começou a ser uma parte regular da minha rotina noturna. Eu passava o dia inteiro esperando. "Você alegra seu público." Ele parecia ter me observado o dia inteiro.

"Eu me divirto."

"Antes eu também gostava muito do palco, mesmo que no início fosse forçado a me apresentar. Quando criança, achava normal não poder jantar se tivesse cometido muitos erros nos treinos de canto e dança."

"Matthias nunca me forçou a nada."

"Eu sei. Quando vejo você assim, fico feliz pela nova geração. Mas você ainda não é livre. E não tem direitos humanos. Eles podem matar você quando bem entenderem."

Michael contou a história de certo sr. Meier, que era especializado em leis animais. Ele processou o diretor de um zoológico na saxônia por ter sacrificado um urso-beiçudo recém-nascido depois que sua mãe se recusou a amamentá-lo. A procuradoria regional rejeitou o pedido por considerar que um urso criado por humanos poderia, mais tarde, desenvolver um transtorno de personalidade cujas consequências desastrosas só poderiam ser evitadas com uma eutanásia. Parecia que todos os humanos envolvidos estavam satisfeitos com a decisão. Não haviam compreendido ainda que o sr. Meier não gostava dos animais, e sim dos direitos dos animais. Alguns homens pescam como hobby. Outros caçam veados. O sr. Meier tinha outro tipo de presa: leis. Ele processou o zoológico de Berlim por não sacrificar o filhote depois de rejeitado pela mãe. Argumentou que um animal criado por humanos não teria a habilidade de se inserir na sociedade dos ursos. Seria melhor se aquele urso-problema não existisse. Na verdade, ele deveria levar um tiro para evitar consequências desastrosas. Se o zoológico na Saxônia era inocente, então o zoológico de Berlim era culpado. Era ilógico declarar os dois zoológicos inocentes. Aquele era o argumento do sr. Meier. Senti um gelo descendo pela minha espinha, então uma comoção em meu cérebro e uma coluna de calor subindo do topo da minha cabeça. "Os seres humanos odeiam tudo que não é natural", declarou Michael. "Eles acham que os ursos devem continuar sendo ursos. É o mesmo que pensar que os pobres devem continuar sendo pobres. Todo o resto seria, para essas pessoas, não natural."

"Se é assim, então por que construíram zoológicos?"

"Ah, isso é mesmo uma contradição. Mas inconsistência é a verdadeira natureza dos seres humanos."

"Você está de brincadeira!"

"Não precisa se preocupar com o que é natural ou com o que é não natural. Só viva como bem entender."

A questão da naturalidade me roubou a habilidade de cair no sono e continuar imerso nele toda a noite. Seria natural se eu tivesse colocado a teta de Toska em minha boca às cegas e sugado com toda a força? Se pelos quentes sem início nem fim me envolvessem e nunca me deixassem? Eu teria passado as minhas primeiras semanas de vida em uma caverna cheia de odores maternais até que o pior do inverno tivesse passado. Desde que nascera, sempre tivera pouca relação com a natureza. Por tal motivo minha vida teria sido não natural? Eu tinha sobrevivido porque Matthias havia me dado leite que vinha de uma mamadeira de plástico. Aquilo não fazia parte da natureza em seu sentido mais amplo? O Homo sapiens é o resultado de uma mutação, e poderia até ser considerado um monstro. Uma daquelas criaturas decidiu cuidar de um ursinho-polar rejeitado. Não era uma das maravilhas da natureza?

Se tudo tivesse ocorrido de acordo com a ordem natural, eu teria encontrado um corpo maternal na caverna. Mas, na caverna onde cresci, não havia nada. Na frente de meu nariz havia um muro. Meu anseio pelo mundo além do muro não seria uma prova de que eu era um berlinense? Quando nasci, o Muro de Berlim já era parte da história, mas muitos berlinenses ainda tinham um muro em seu cérebro, que separava o lado esquerdo do direito.

Há pessoas que desprezam um urso-polar que nunca esteve no polo Norte. Mas o urso-do-sol, também chamado de urso-da-malásia, nunca visitou a península da Malásia, assim como a ursa-lua, também conhecida como ursa-tibetana, nunca esteve no Tibete. Todos só conhecemos Berlim, e esse não é um motivo para sermos desprezados. Na verdade, somos todos berlinenses. "Michael, e você? É um berlinense, como nós?"

Ele sorriu timidamente. "Só estou de visita. Agora que dei as costas à vida de artista, sou livre para viajar para onde quero. Estou sempre na estrada."

"Onde você mora?"
"Já caminhou na lua?"
"Ainda não. Deve ser agradável e frio por lá."
"Para você, Berlim deve ser muito quente. Deve ter vontade de reclamar que precisa de um ar-condicionado, mas, acredite, é melhor assim."
"Por quê?"
"Se seu quarto fosse tão gelado quanto uma geladeira e o ar lá fora fosse tão quente quanto um deserto no sol do meio-dia, você nunca mais conseguiria sair. Você gosta de ficar ao ar livre, não?"
"Sim, adoro o ambiente externo. Não há nada mais belo do que o lá fora", respondi.
"Um dia, você poderá ir bem lá para fora, assim como eu", disse Michael com uma risada, então sumiu. Como sempre, não se despediu. Matthias também sumiu sem se despedir. Que eu lembre, minha mãe Toska tampouco havia dito algo em despedida.

Na próxima visita, Michael explicou que estavam planejando um encontro entre mim e uma jovem ursa se o encontro com Toska corresse bem. Então eu veria meu pai, Lars. Eu não lia mais jornais com tanta frequência quanto antes. Michael disse: "Não sei o que pensar desse encontro com uma parceira em potencial. Na verdade, é um absurdo querer provar sua habilidade de integração. Esse é o objetivo principal desses encontros. Você não tem problemas psicológicos!".

Suspirei. Michael acariciou meus ombros, consolando-me, e continuou: "Não pense demais nisso. Eles sempre acham que precisam controlar todos os outros animais".

Naquele dia, Michael estava pálido, muito mais pálido do que Matthias da última vez que o vi. Perguntei, preocupado: "Você está doente?".

"Não, é só que algo de muito ruim me ocorreu agora. Meu sangue se recusa a circular por meu corpo quando meus pensamentos ficam trancados em algum lugar. Meu problema nunca foi o sexo feminino, pelo qual nunca me interessei muito, apesar de querer ter filhos e ser muito próximo deles, o que ninguém entedia. Mesmo antes de minha punição, fui atormentado de todas as maneiras possíveis."

Eu conseguia achar palavras para tudo, mas a onda de calor daquele verão me emudecia. Cada dia eu pensava: hoje a onda de calor atingiu seu ápice. Mas no dia seguinte ficava mais quente ainda. Quando é que o sol ia ficar satisfeito com sua potência e parar de trabalhar feito um louco? Michael agora me visitava somente à noite, quando a temperatura caía um pouco.

Perguntei se ele vinha de ônibus ou de bicicleta, já que havia comentado que odiava carros. Ele balançou a cabeça, que estava levemente abaixada, mas não respondeu. Notei que os bolsos de sua calça estavam vazios. Não poderia haver nem uma minúscula carteira ali dentro. Além disso, ele estava usando um relógio. Era elegante e macio dos pés à cabeça, como uma pantera-negra.

Aparentemente o calor não incomodava os visitantes do zoológico. Dia após dia, cada vez mais espectadores se reuniam na frente do meu cercado. Não apenas aos sábados e domingos, mas nos dias de semana também corpos humanos formavam um muro duplo, sem uma fresta sequer. Eu tentava todo dia observar com atenção os rostos, e em algum momento me tornei hipermetrope. Via crianças bem pequenas empacotadas em seus carrinhos. Esticavam a mão e choravam como um gato no cio. O rosto das mães, atrás dos carrinhos, ensinava-me quantos tipos diferentes delas existiam no mundo: uma parecia exausta e severa, outra tão vazia quanto um céu azul, uma terceira agarrava-se à sua própria alegria.

Naquele dia, vi quatro carrinhos de bebê um ao lado do outro. As quatro mães eram da mesma altura, como se fossem estampadas pelo mesmo estêncil. A alegria em seu rosto também era como cópia uma da outra. Percebi de repente que havia só três crianças: no quarto carrinho estava um ursinho de pelúcia com meu rosto, sozinho. Onde fora a criança? Estremeci e não consegui desviar o olhar da mãe com o ursinho de pelúcia. Ela tinha uma mecha de cabelo de pé no alto da cabeça, como uma antena. A gola da blusa estava amassada. A mulher estava radiante, como eu imaginava uma mãe feliz. Saberia que seu bebê era um urso de pelúcia? Estava tudo bem com ela?

O ursinho de pelúcia no carrinho de bebê poderia ser meu irmão gêmeo perdido. Não conseguia me lembrar dele, mas havia lido no jornal que meu irmão tinha morrido quatro dias depois de nascermos. Desde então, meu irmão morto havia parado de crescer. Talvez tivesse permanecido para sempre um bebê e transitasse pelo zoológico na forma de um animal de pelúcia dentro de um carrinho de bebê. Seguiria perambulando por anos ou até décadas?

O calor finalmente cedeu um pouco. Até consegui pensar na palavra "outono". No café da manhã, sem querer derramei um pouco de leite no chão. Os funcionários espalhavam jornais velhos no chão. Vi na primeira página de um deles uma grande foto de Michael. Devido à hipermetropia, não conseguia ler as letrinhas pequenas muito bem. Com esforço, consegui decifrar as palavras embaixo da foto. Michael estava morto. A data era pequena demais para decifrar.

Naquela noite, ele foi me visitar novamente, como se nada tivesse acontecido. Eu devo ter entendido errado. Era sempre melhor fazer uma pergunta polêmica diretamente para a pessoa, mas naquele caso eu não sabia como formulá-la. Michael perguntou se eu já havia conhecido minha mãe.

"Ainda não, mas ouvi boatos de que vai ser logo."

"É melhor planejar o que vai perguntar. No encontro, você provavelmente estará muito empolgado para pensar no que falar. Seria uma lástima."

"O que você perguntaria para sua mãe, se fosse possível?"

"Hum, provavelmente como ela teria criado a gente, se nosso pai não estivesse lá. Ele era muito pobre e nos forçou a ser músicos de sucesso. Eu achava que só pensava em dinheiro, mas isso não era o mais importante para ele. Quando jovem, ele queria ser músico, tocava vários instrumentos. O irmão mais velho ria dele. Para meu tio, era óbvio que meu pai nunca poderia ser músico. O ódio entre eles fez com que meu pai enlouquecesse."

"Por que você se despediu dos palcos?"

"Pensei que poderíamos sobreviver a todas as mudanças no meio ambiente se conseguíssemos mudar nosso corpo e pensamentos. Mas não tenho mais meio ambiente. Assim, não há nada a fazer."

Perguntei a mim mesmo se eu ainda tinha um meio ambiente. Ninguém mais me visitava exceto Michael. Eu usava todo o grande terraço com a piscina, mas não era bem um meio ambiente para mim. Quando olhava para o céu, era tomado pelo desejo de viajar para longe. Nunca estivera de fato lá fora, mas estava certo de que nossa terra era imensa, ou o céu não seria tão grande.

O inverno se aproximava lá de longe a passos de bota, pesados e lentos. Se não houvesse um lá longe, o inverno perderia seu frio no calor de Berlim. Um dia, o vento frio passaria até mesmo ali, onde eu estava. Devia haver um lugar distante, onde o frio se protegia do calor da cidade e conseguia sobreviver. Eu queria ir para lá.

Os visitantes do zoológico apareciam usando casacos, alguns enrolavam cachecóis de lã no pescoço ou calçavam luvas. Ficavam lá parados, pacientes atrás da cerca, com o nariz vermelho devido ao frio, observando-me.

Outro dia, um visitante jogou uma abóbora no meu cercado. Era um presente engraçado. Ela rolou e caiu na água, mas não se afogou. Para minha surpresa, sabia nadar. Pulei na água e a segui, empurrando-a com o focinho. Depois de um tempo, comecei a mordiscá-la. Estava com um pouco de fome, e percebi que não tinha um gosto ruim. Continuei brincando com a abóbora, que agora não tinha um pedaço.

"Knut não está com frio? Ele está tomando banho ao ar livre!", disse uma criança, impressionada.

"Não, para ele nunca é frio. Knut vem do polo Norte."

A voz do adulto mentia. Eu não vinha do polo Norte, li mais de uma vez no jornal que eu nasci em Berlim. Também li mais de uma vez que minha mãe nasceu no Canadá e cresceu na Alemanha Oriental. Mesmo assim, sempre diziam que eu vinha do polo Norte — provavelmente devido ao meu pelo branco como a neve.

À noite, a temperatura caía drasticamente. Michael nunca usava casaco quando vinha me ver, talvez não tivesse um. Naquela noite, usava, como sempre, uma blusa branca com a gola rendada e um terno preto e justo. Suas meias eram brancas, seus sapatos eram de couro preto. "Você é tão lindo com esse cabelo preto", eu disse.

"Anseio por pelos brancos, por isso venho te visitar", ele respondeu, de forma brincalhona. "Mas você não pode contar a ninguém que venho. Não estou com vontade de ser caçado pela imprensa."

"Não leio mais jornais, só têm mentiras."

"Eles escreveram coisas horríveis sobre você", disse Michael, indignado.

Concordei com a cabeça e disse: "Também li coisas horríveis sobre você!". Não queria ter dito isso assim, mas era tarde demais. O rosto de Michael congelou. Demorou um tempo até ele reagir novamente.

"Com certeza não há nada sobre mim nos jornais."

"Não. Eu li que você havia morrido."

A abóbora tinha uma mistura de cores amarelo-esverdeada, assim como as folhas outonais que o vento trazia para meu terraço. Quantos dias tinham se passado desde que Michael fizera sua última visita? Ele nunca mais viera, e eu não sabia como medir o tempo. Já que a cada dia fazia mais frio, fiquei aliviado com o pensamento de que eu havia sobrevivido ao verão. Mas o alívio não aliviava as dores do luto. Não sabia mais o que poderia me alegrar. O dia em que veria meus pais novamente? O dia em que conheceria minha futura esposa? Preferia ir de novo a uma festa com Maurice a casar. Não queria ter uma namorada, não queria formar família. Queria simplesmente ir lá fora de novo!

Esperava pelo dia em que o inverno se intensificasse e eu pudesse mergulhar de cabeça na estação mais fria do ano. O inverno era o paraíso para todos os que haviam sobrevivido ao purgatório do verão. Eu queria sonhar no ar gelado do polo Norte, queria ver à minha frente um campo nevado, que, diferentemente do papel de jornal, não seria coberto de fofocas e mentiras, mas brilharia branco e imaculado. O polo Norte devia ser tão doce e nutritivo quanto o leite materno.

O vento úmido formava uma camada tão pesada que eu não sabia se chorava ou se sorria. Percebi uma grande agitação em minha garganta. Sentia que minha medula espinhal também estava estranhamente fria e encharcada. Pensei que estava prestes a desmaiar. Meu ânimo parecia úmido e escuro, com uma camada de euforia. O sentimento exercera pressão sobre mim o dia inteiro, e à noite ficou insustentavelmente denso. Um vento úmido lambeu minha pele, querendo sentir o gosto da minha carne e da minha medula. Atrás da membrana cinza do céu brilhava uma lâmpada fluorescente. A luz fraca confundia a nós todos, a mim e aos objetos ao meu redor. A cerca e a laje de pedra mostravam as cores erradas, como se não soubessem mais se era alvorada ou crepúsculo. Olhei para cima. Algo mais escuro que a luz voava no entremeio. Um floco de neve. Estava nevando! Mais um floco. Neve! Mais um floco. Neve! E mais um floco. Neve! Os flocos dançavam aqui e ali. Neve! À primeira vista, parecia surpreendentemente escura, apesar de não ser nada mais do que uma branca cristalização. Neve! Que magnífico perceber que o brilho das cores em movimento instantaneamente escurecia. Neve! Os flocos giram ao cair. Neve! Mais um floco. Neve! E mais um. Neve! Não tinha fim. Eu só olhava pra cima. De todos os lados, ao meu redor, folhas brancas voavam como as folhas de outono em uma tempestade. A neve era uma espaçonave, levou-me junto e voou o mais rápido que podia em direção ao crânio — ao crânio de nossa terra.

Grafia atualizada segundo o Acordo Ortográfico da Língua Portuguesa de 1990, que entrou em vigor em 2009.

capa
Alyssa Cartwright
composição
Jussara Fino
preparação
Lígia Azevedo
revisão
Huendel Viana
Valquíria Della Pozza

Dados Internacionais de Catalogação na Publicação (CIP)

— —

Tawada, Yoko (1960-)
Memórias de um urso-polar: Yoko Tawada
Título original: *Etüden im Schnee*
Tradução: Lúcia Collischonn de Abreu e Gerson Roberto Neumann
São Paulo: Todavia, 1ª ed., 2019
272 páginas

ISBN 978-85-88808-98-0

1. Literatura alemã 2. Romance 3. Ficção 4. Literatura contemporânea
I. Abreu, Lúcia Collischonn II. Neumann, Gerson Roberto III. Título
CDD 833.92

— —

Índice para catálogo sistemático:
1. Literatura alemã: Romance 833.92

todavia
Rua Luís Anhaia, 44
05433.020 São Paulo SP
T. 55 11. 3094 0500
www.todavialivros.com.br

fonte
Register*
papel
Munken print cream
80 g/m²
impressão
Ipsis